suhrkamp taschenbuch 542

Franz Innerhofer wurde 1944 als Sohn einer Landarbeiterin in Krimml (Salzburg) geboren. Von 1950 bis 1961 lebte er auf dem Hof seines Vaters. Nach einer Schmiedelehre besuchte er ab 1966 das Gymnasium für Berufstätige und studierte anschließend Germanistik und Anglistik an der Universität Salzburg. 1973 erhielt er ein österreichisches Staatsstipendium für Literatur, das ihm ermöglichte, den Roman *Schöne Tage* zu Ende zu schreiben. Für dieses Buch wurde Franz Innerhofer der Bremer Literaturpreis 1975 der Rudolf-Alexander-Schröder-Stiftung zuerkannt. 1975 erschien Innerhofers zweiter Roman *Schattseite*, dem 1977 der Roman *Die großen Wörter* folgte.
Nach dem Erfolg seines ersten Romans *Schöne Tage* (st 349) erzählt Innerhofer in seinem neuen Buch von den weiteren Stationen seines alter ego Holl. Die Schmiedelehre, die Berufsschule, schließlich die Anstellung in einer Fabrik: Holl erfährt die Unterschiede zwischen unten und oben an Leib und Seele. Allmählich erkennt er die Zusammenhänge: Nachdem er in der Fabrik durch seine exakten Schweißnähte die Bewunderung seines Vorgesetzten geweckt hat, wird er dafür mit besserer Bezahlung und besserem Quartier belohnt; nebenbei hört er allerdings, daß dafür ein anderer entlassen wurde.
Holl liest und fragt, lernt nachzudenken und – ein langer Prozeß – zu begreifen, aber wir finden ihn nach wie vor auf der Schattseite des Lebens.
»Innerhofers hervorragende Leistung ist, nicht von vornherein einen außerbürgerlichen Standpunkt einzunehmen, sondern seinen Franz Holl recht lange und immer wieder in seinem Unglück rotieren, ihn zwischendurch und letzten Endes aber erkennen zu lassen: Da gibt es nicht nur welche, die mich unglücklich machen, denen nützt das auch noch, wenn ich unglücklich bin. Die Frage also: Wie kommt man da heraus? Wo Literatur sich gegen jene Verhältnisse wendet, wo die Hauptfigur des Romans kein stärkeres Bedürfnis kennt, als die herrschenden Lebens- und Arbeitsbedingungen loszuwerden, da stellt sich Literatur, ob sie es will oder nicht, mitten hinein in die aktuellen gesellschaftlichen Auseinandersetzungen.«

Michael Scharang

Franz Innerhofer
Schattseite

Roman

Suhrkamp

suhrkamp taschenbuch 542
Erste Auflage 1979

Lizenzausgabe mit freundlicher Genehmigung
des Residenz Verlags, Salzburg
Suhrkamp Taschenbuch Verlag

Satz: IBV Lichtsatz KG, Berlin
Druck: Ebner Ulm · Printed in Germany
Umschlag nach Entwürfen
von Willy Fleckhaus und Rolf Staudt

Schattseite

Da war der Tag, dem Tage der Angst vorausgegangen waren, im Grunde genommen ein ganzer Sommer, denn schon im Frühjahr wußte ich, daß ich im Herbst fortgehen würde. Jeden Tag nahm ich Abschied von den Grundstücken, über die keine Knechte, keine Mägde mehr gingen. Die Nächte verbrachte ich allein auf einem Strohsackbett in der leeren, großen Kammer, tagsüber schwitzte ich und war stolz auf den Schweiß, den andere vor mir vergossen hatten, aber ich wußte nicht mehr, zu wem ich nun gehörte. Tausende von Erinnerungen. Erzählungen. Niemand äußert einen brauchbaren Satz. Immer nur Vergangenheit, immer höre ich, was jemand macht oder gemacht hat, aber ich höre nie, was einer machen könnte. Und schon gar nicht höre ich, was ich machen könnte. Ich. Was fange ich mit mir an?
Die Stube war auf einmal so groß.
Vor dem Haus war es ruhig.
Auf den Wegen war es ruhig.
In der Nachbarschaft war es ruhig.
Überall fehlten Menschen.
Niemand kam zurück.
Einmal ging ich an einem Sonntagvormittag in ein Wirtshaus und betrank mich innerhalb von zwei Stunden so, daß ich eine Woche brauchte, um mich von der Übelkeit zu erholen. In der Schweiz, in Deutschland, in Österreich wußte ich um diese Zeit die ehemaligen Landarbeiter auf Baustellen und in Wäldern, darunter auch weichende Bauernsöhne. Die ersten Bauern ließen bereits ihre Höfe verkommen. Zwei junge Bergbauern zogen die Aufmerksamkeit auf sich, weil sie in der Erntezeit mit ihren Frauen in einem italienischen Badeort Urlaub machten. Arbeiterfamilien bauten sich an Sonntagen ihre Häuser.

Alfred Main, der mir schon in der Volksschulzeit besonders schweigsam vorgekommen war, kam jeden Abend vom höchsten Bergbauerndorf herunter, stellte sich vor den Kinoeingang und starrte stumm die Leute an, als hätte er bis auf wenige Ausnahmen der ganzen Ortschaft etwas vorzuwerfen. Ein Fuhrunternehmer, der mit einem Lastwagen angefangen, sich noch mehrere dazugekauft, eine Schottergrube erworben, Garagen und ein Haus gebaut hatte, half an einem Nachmittag einem Bauern beim Mistaufladen und erschoß sich danach.
Hauptsächlich aber beschäftigte mich das Problem, wie befreie ich mich von meiner Familie, die sich mich angeeignet hat? Um weiterzukommen, brauche ich einen Beruf. Wenn ich mir auch auf dem Hof nichts mehr sagen zu lassen brauchte, weil ich als einziger mit allen Maschinen umgehen konnte, so war die Angst vorm Vater doch noch so groß, daß ich nicht mit ihm reden konnte. Immer noch fürchtete ich sein plötzliches Aufbrausen, seine Stimme. Immer noch hatte ich Angst, mitten im Schrekken zu verstummen. Niemand sagte mir, hab doch keine Angst! Du bist frei! Du kannst tun und lassen, was du willst! Nirgends las ich, welche Rechte ein Mensch hat. Sicher war ich mir nur, daß mich niemand hindern konnte, einen Beruf zu erlernen. Diese Sicherheit brauchte ich, weil ich nicht wußte, wie mein Vater auf mein Vorhaben reagieren würde.

Nach dem Essen ging ich hinauf in die Kammer. Mir war klar, daß nun in der Küche über mich geredet würde. Vielleicht nicht, solange Bertha mit dem Abwaschen und Aufräumen beschäftigt ist. Aber sobald Bertha aus der Küche geht, wird über mich geredet. Natürlich werden sie sagen, jetzt, wo wir ihm einen Anzug, eine Hose, ein Hemd und einen Rock gekauft haben, geht er. Und sicher werden sie noch viel mehr sagen. Ich ging in der großen Kammer umher und fluchte. Ja, sie werden mir vorhalten, daß ich Bettnässer gewesen bin. Jahrelang ist es mein größter Wunsch gewesen, in diese Kammer zu kommen. Ich kam mir wahnsinnig allein vor. Hunderttausendmal hatte ich diese Gegend schon verflucht, aber nun dämmerte mir, daß ich noch immer ein Gefangener war, ich hatte meinen Körper befreit, aber nicht meine Vergangenheit. Sie schleifte ich wie einen Waschlappen hinter mir her, vor ihr hatte ich Angst, vor ihr wollte ich flüchten. Dazu kam auf einmal auch der Gedanke, daß Bruckmann keine Ahnung hatte, daß er durch mich eine wichtige Kundschaft verlieren würde. Aber Josef Bruckmann ist Unternehmer, sagte ich mir und schob den Gedanken wieder beiseite. Ich zog mich um und beschloß, allein ins Dorf zu gehen. Unter der hinteren Tür stieß ich mit der Bäuerin zusammen, sie schaute mich böse und voller Verdruß an und sagte kein Wort. In der Nachbarschaft wurden die Gesichter schon heller und freundlicher, manche ignorierten mich überhaupt, aber das würde sich ändern, sobald ich selber einen blauen Arbeitsanzug anhätte. Es waren nämlich Arbeiter, die mit der Familie Lein, meiner Familie auf dem Hof, nicht redeten und umgekehrt. Und gerade diese Gesichter waren es, die es mir plötzlich wieder leicht machten, denn schon als Kind hatte ich mich in das feindliche Lager gesehnt. Ich hatte auch nie aufgehört, Menschen, die an mir vorbeischauten, zu grüßen, sofern es sich um Arbeiter handelte. Stolze Großbauern grüßte ich nicht, dieser Stolz kam mir hohl und lächerlich vor. Die Befangenheit, in die mich die Besitzerfamilie Lein beim Abendessen durch ihre nahe Anwesenheit gestürzt hatte, löste sich knapp außer Haudorf auf. Ich lachte laut in die Dunkelheit und sagte, sollen sie doch reden, von mir aus bis spät in die Nacht hinein. Ich fing an zu laufen, hüpfte auf und nieder. Diese Gegend traut mir nichts zu, sie schüttelt den Kopf, wenn ich etwas unternehme, ein Knecht hat mich sogar für den letzten Menschen gehalten, als er mit der Nachbarstochter Streit hatte. Für die Nachbarstochter sei sogar ich noch zu schade, nein, so einfach machen wir es den Leuten nicht, du wirst ihnen zeigen, daß du nicht der bist, für den sie dich halten. Ich war so in das Selbstgespräch vertieft, daß ich nicht merkte, wie mir ein Bauer aus der Nachbarschaft entgegenkam. Er schmunzelte, als würde er mich schon verstehen. Scheiße. Ich lief auf eine Brücke zu, du gehörst erschlagen, du bist nicht wie die andern, du kannst nicht einmal normal gehen. Erst als ich das Dorf erblickte, hörte ich auf, mich zu beschimpfen. Links und rechts vom Weg standen Häuser. Der Weg selber war beleuchtet. Ich ging in einem Tempo, von dem mir vorkam, es könnte normal sein, in Richtung Kino, entschloß mich aber an der Kreuzung, nicht zum Kino zu gehen, sondern ins Lanner, weil ich dort sicher sein konnte, keinen vertrauten Bekannten anzutreffen. Tatsächlich saßen im Lanner auch nur Leute aus dem Dorf, von denen bei meinem Eintritt niemand zurückgrüßte. Ich setzte mich an einen der freien Tische, bestellte bei der Kellnerin ein Glas Rotwein und bemühte mich, einen unbekümmerten Eindruck zu erwecken, dachte aber, das wird sich sicher ändern, sobald ich im Dorf bin, es muß sich nur herumsprechen, daß ich im Dorf bin. Später kamen zwei Arbeiter, die ebenfalls nicht im Dorf wohnten. Einer ging gleich auf mich zu und sprach mich beim Vornamen an, was mich sehr überraschte. Irgendwie fühlte ich mich geschmeichelt, daß ein Arbeiter, mit dem ich nie gesprochen habe, auf mich zukommt und mich beim Vornamen anspricht. Woher weiß er überhaupt meinen Vornamen? Sie luden mich ein, mit ihnen Karten zu spielen. Nein! dachte ich, traute mich aber nicht, nein zu sagen. Immerhin, tröstete ich mich, kannst du gewinnen. Auch die beiden betonten mehrmals, daß es sich um ein Spiel handle. Zuerst gewann ich. Dann verlor ich innerhalb weniger Stunden einen ganzen Wochenlohn und hörte, daß genausogut ich hätte gewinnen können. Dann erhoben sich die beiden und drückten mir die Hand und sagten, ich solle wieder einmal mit ihnen spielen. Wir grinsten uns noch einmal an. Später ging ich etwas gelangweilt neben einem Bach her, ein lächerlicher Bach, dachte ich, fließt Jahr und Tag durch den Ort, aber das kann doch nicht stimmen, die haben doch Frauen und Kinder zu Hause und müssen an Werktagen arbeiten, mit Krampen und Schaufel, wie ich mir an Werktagen meinen Lebensunterhalt verdienen muß, das kann ihnen doch nicht gleichgültig sein, die müssen sich doch etwas gedacht haben. Ich blieb stehen und strich über das Brükkengeländer. Es war nicht so sehr der Verlust des Geldes, was mich schmerzte, sondern vielmehr der Gedanke, ich muß etwas an mir haben, was die Leute dazu bringt, mich für dumm zu halten. Die zwei müssen mich gesehen haben und sich gedacht haben, den knöpfen wir uns vor. Diese Hunde! Da ich kein Geld mehr in der Tasche hatte, blieb mir nichts anderes übrig, als nach Haudorf zurückzugehen.

Der Gestank alter Scheiße stand über dem rund ausgeschnittenen Loch, ich roch ihn und dachte, worüber man nicht sprach, das Glied eines jungen Knechtes fiel mir ein, das ich als Kind in der Hand gehalten hatte, bis wir plötzlich Schritte hörten und uns schnell versteckten, hinter Brettern, eng aneinandergedrückt mit angehaltenem Atem. Immer mußte man damit rechnen, es kann jeden Augenblick jemand kommen. Keine Schritte, keine Türen hörte ich, meine kamen mir laut vor, als ich durch das breite Vorhaus über die Holzstiege ins untere Vorhaus ging und die große Stube betrat.
Niemand drängte sich um den Ofen.
Niemand riß Socken und Kleider vom Ofengestell.
Niemand brummte.
Niemand fluchte.
Nicht einmal die Wanduhr tickte.

Ich schlüpfte in die Gummistiefel, stampfte auf den Holzboden und ging in die Küche.
An mir rieben sich vertraute Gesichter.
Da waren vorwurfsvolle Blicke, dagegen half nur, schnell zum Waschtrog, waschen, abtrocknen, frühstücken und hinaus.
Keine Gedanken aufkommen lassen. Was ist heute zu tun? Mähen! Traktor volltanken, Mähmesser schleifen, Tor auf, starten, hinaus, Tor zu und weg. Da war der Stall, den wir einmal mit Scheiße beschmiert hatten, da war eine Vertrautheit, die ich mir schon lange mit dem Traktor vom Leib fahren wollte, heilig war mir nur die Stelle, an der ich den Traktor zum ersten Mal bestiegen hatte, alles andere wollte ich niederfahren und entstellen.
Mit Höchstgeschwindigkeit durch die Siedlung.
Mit dem höchstmöglichen Gang ins taunasse Gras, daß ich außer Motor und Messerrasseln nichts hörte und nichts sah außer Gras.
Meine *befleckte* Seele jauchzte vor Erleichterung.
Auch zu Mittag beim Essen konnte ich nicht reden, denn Rudolf Lein, der Vater, der in der Zwischenzeit weit von mir abgerückt war, schaute finster in die kleine Runde. Allzu gern hätte ich jemanden bestürmt, mich bei jemandem bedankt, um mir nicht sagen zu müssen, ich hätte mich selber gerettet. Mein Ich war zu klein, zu unterdrückt, um solche Anwandlungen zu bestehen. Mein Ich war viel zu schweigsam, zu oft hatte es sich erhoben, sich an Sätzen, Blicken und Handflächen gestoßen.

Hans Kofler und ich trafen uns hinter dem Haus. Wir standen dort eine Weile und schauten zum Nachbarn hinüber, wo die jüngste Tochter uns zuliebe recht umständlich das Pflaster kehrte. Wir wußten nicht, ob wir ins Kino gehen oder wegfahren sollten. Leo Rager, unser gemeinsamer Freund, empfing uns im verschmierten Schlosseranzug. Ich erzählte ihm sofort von meiner Kündigung, ich sagte Kündigung. Was, du hast gekündigt? Seine Eltern, sein Bruder, er, alle schauten mich erstaunt an. Dann zeigte sich Freude auf ihren Gesichtern. Aber als ich sagte, ich will Facharbeiter werden, verschwand sie wieder. Sie sagten nicht, daß ich es nicht könne, sie schauten mich nur an, als hätte ich etwas Peinliches gesagt, eine Dummheit. Ja, in vierzehn Tagen fange ich an. Hans hat mir die Lehrstelle überlassen. Da lächelten sie ein wenig, aber alles hatte auf einmal den Eindruck, daß ich eine Dummheit begangen hatte. Ich schaute, daß ich so schnell wie möglich hinauskam, war traurig, lachte und erzählte Hans Kofler sofort eine unserer Geschichten, das heißt, ich brauchte sie nicht zu erzählen. Ich stieß ihn nur über die Böschung hinunter, rannte ihm nach und zeigte auf das Tor vor uns, dann wußte Kofler schon, daß die Schlittenfahrt gemeint war. Es war ein breites Tor aus Brettern, Stangen und Stacheldraht. Kofler riß es auf, rannte durch und schlug es mir vor der Nase zu und lief mit Gelächter vor mir her durch den Hohlweg. Ja, fahren wir doch zu Erika und ihrer Schwester, rief ich, mehr als nichts kann es nicht sein. Du spinnst, schrie Kofler, glaubst du, ich lasse mir wieder einen Hund nachhetzen? Außerdem hätten die zwei Schwestern außer Eltern auch noch Brüder. Nein, das sei ihm zu gefährlich. Ich redete lange auf ihn ein, daß dieses Mal kein Nachttopf ausgeleert würde, obwohl ich natürlich selber nicht wußte, wie die Geschichte ausgehen würde. Mir gings nur darum, hinzukommen und daß jemand mitkam, für Eva. Wir setzten uns auf ein Moped, es gefiel uns, daß uns die Leute nachschauten und sich wunderten, wo wir wohl wieder hinfahren würden. Bei einem Automaten blieben wir stehen und drückten Kaugummi und Schokolade heraus und fuhren weiter, durch ein Bauerndorf. Ich dachte, ob es da nicht eine Formel gebe, wie man mit einem Mädchen, mit dem man noch nie gesprochen hat, ziemlich bald auf etwas ganz Bestimmtes zu sprechen

kommt. Ja, es kam mir dumm vor, darüber überhaupt reden zu müssen, jahrelang nie und auf einmal sollte man reden. Wir ließen das Moped ein Stück vom Haus entfernt hinter einem Bretterstapel stehen, vergewisserten uns, daß uns niemand zuschaute, und gingen zu Fuß weiter, an einem Zaun entlang, gingen über einen frisch abgeheuten Hang im Bogen auf ein breites Holzhaus zu, machten uns aus, in welche Richtung wir am besten davonlaufen könnten, näherten uns, hielten, horchten, schauten und gelangten über ein Vordach durchs Fenster zu den zwei Mädchen, die bereits in ihren Betten lagen, und teilten zunächst einmal Schokolade und Kaugummi aus. Jetzt mußt du nur aufpassen, sage ich mir, daß sie dir nicht die Hände zerkratzt.
Ihr geht aber schon früh schlafen.
Mir fiel sonst nichts ein. Erika redete. Ich redete. Eva sagte etwas. Alle sagten etwas. Mir war es peinlich, ich hätte am liebsten gesagt: Erika! ich möchte mit dir vögeln. Statt dessen redete ich irgendeinen Unsinn weiter und fing an, die Schuhbänder aufzumachen, als käme es nur darauf an, zu reden und mich so schnell wie möglich zu Erika ins Bett zu legen. Und als sie sagte, soll ich dir helfen, fühlte ich mich auf das Dümmste ertappt und zog mich in meiner plötzlichen Hilflosigkeit noch schneller aus. Dieses verfluchte Gummistiefeltragen! Ich stieß Schuhe und Socken weit unters Bett. Auch Hans Kofler, sah ich nun, legte sich zu Eva ins Bett, aber diese wehrte sich. Im Haus gingen Schritte und Türen. Unter Menschen war Erika so schüchtern, daß sie kaum oder nicht redete. Ich tastete sie ab, Brüste, Oberschenkel, Hüften, und erwartete, daß etwas passiert, daß sie meine Hand ergreift, daß sie mich hindert, wie andre mich gehindert haben, aber sie hindert mich nicht.

Der Tag, an dem ich mich von der Familie Lein verabschiedete, kam schneller, als mir lieb war. Ich hätte schon

in der Früh gehen können, drückte mich aber bis zum Abend herum. Ich ging aus der großen Kammer und schlug neben dem Abort fluchend auf alte Röcke ein, ich packte in der Kammer meine Habseligkeiten zusammen, breite schiefrige Bretter, aus Brettern zusammengenagelte Betten, Strohsäcke, willst du wirklich weggehen?, ein niedriger Plafond, dieses Alleingelassensein, dieses Sich-allein-zu-einem-Entschluß-durchringen-Müssen, diese zerklüfteten Hände, weg von diesen zerklüfteten Händen, ich hörte Frauen lachen, und diese Luft, stickig aus Gewölbekammern, aus Kellern über Stiegen herauf, tausende Male im Vorbeigehen eingeatmet, wie ein Gespenst irrte ich noch einmal durch das ganze Haus, stand draußen, schaute durch die Hollerstaude, lief, stand unterm Stall, atmete, stand vor dem Haus, stand neben dem Haus, stand, lief, Machkammer, Hühnerstall, Traktor, vordere Scheunenaussicht, Futterloch, seitliche Scheunenaussicht, Misthaufen, Silo, Traktor, Kreissäge, wenn auch tausendmal verflucht, aber es war meine Zeit, mein Leben, das da überall klebte und herumlag, mein Leben, von dem ich mich losriß, zugunsten eines anderen.
Kofler half mir bei der Übersiedlung. Dann stand ich plötzlich zwischen zwei Koffern. Ich sah Kofler auf dem Moped davonfahren. Eine Frau ging lachend auf mich zu, ich konnte mir vorstellen, fast Kofler zu sein, auf dem Moped zurückzufahren, zurückzufahren, ich wollte der Rauch, das halbverbrannte Benzingemisch sein, das aus dem Auspuff kam und zurückblieb, rechts vor mir waren ein Bett, eine Schreibtruhe, ein Misthaufen und eine Hütte, links ein niedriger Stall aus Holz und Gemäuer, alt und verwittert, die Frau gab mir die Hand.
Du kommst spät. Wir haben dich schon erwartet.
Und dieses Gesicht, vom vielen Haushaltführen bleich, und diese Schritte, müde vom vielen Stiegensteigen.
Ich bin nicht früher weggekommen.
Ich sollte mitkommen, hörte ich.

Auch das Haus, an das der Stall gebaut war, schien mir uralt. An der Mauer war Brennholz aufgestapelt, ganz vorn an der Ecke sah ich den Abort, über dem Eingang einen Balkon. Ich soll aufpassen, daß ich nicht über die Schwelle stolpere. Tatsächlich sah ich, als ich die Schwelle überschritt, nur verschwommen ein finsteres Vorhaus. Ich folgte der Frau über eine knarrende Stiege, auf der sie mich auf halber Höhe aufforderte, mich zu bücken, dazu hörte ich bereits fremde Stimmen, darunter die laute Stimme von Josef Bruckmann. Die Stiege war steil, eng und finster. Oben ging ich einige Schritte, dann wurde ich schon wieder auf eine Schwelle aufmerksam gemacht, ich tappte auf einen lichtlosen Türausschnitt zu, die Frau machte knapp vor mir eine Tür auf und sagte lachend: So! Das ist dein Zimmer! Ich war überrascht, denn ich hatte mir beim Hinaufgehen einen Augenblick lang gedacht, wenn das Haus schon so alt und so finster ist, was kann das dann für eine Kammer sein? Das Zimmer war nicht groß. Ein runder Tisch und zwei Stühle vorm Fenster, rechts an der Wand das Bett, links eine Couch, an die Couch anschließend ein hoher Schrank, davor an der Wand neben der Tür ein Kommodenkasten, über den eine bestickte Decke gebreitet war. Die Wände mit hellen, gestreiften Tapeten beklebt, ein mit Stoff bespannter Schirm dämpfte das nackte elektrische Licht. Überm Bett sah ich eine Leselampe, eine Milchglasröhre, zwischen einen vernickelten Metallkörper gespannt, aus dem eine Schnur herunterhing, mit einer haselnußgroßen Kugel daran. Puppen, ich sah Puppen, plötzlich schauten mich von der Couch herunter mehrere Puppen an. Die Einrichtung, hörte ich, sei nicht einheitlich. Aus Platzmangel hätten sie alle Zimmer vollräumen müssen.
Das macht doch nichts, sagte ich überrascht und wunderte mich, was da anders sein könnte. Ich war mit dem Zimmer überglücklich, besonders der runde Tisch und der gepolsterte Stuhl interessierten mich. Das habe ich

doch schon einmal gesehen? In einem Film, ja in einem Film habe ich so einen Stuhl und so einen Tisch gesehen, auch an einem Fenster.
Das hätten wir also, sagte die Frau.
Wenn du etwas brauchst, mußt du es uns sagen.
Das gelte auch fürs Haus, ergänzte sie auf meinen fragenden Blick, schließlich müsse ich von heute an in diesem Haus leben. Dann ergriff sie die Tür und sagte, sie zeige mir nun die Küche; oder willst du zuerst auspakken?
Nein, sagte ich schnell, ich komme gleich mit, auspacken kann ich auch später. Aufpassen, sagte sie wieder, daß du nicht über die Türschwellen stolperst. Auch auf der Stiege blieb sie stehen und machte mich lachend auf einen Balken aufmerksam. An dem hätten sich schon viele den Kopf angeschlagen, dabei schaute sie mich an, daß mir vorkam, ich müßte mich nun endlich zu diesem Haus äußern. Im ersten Moment kam mir vor, sie sei streng, aber so wie ich das Wort streng im Kopf hatte, paßte es nicht zu dieser Frau. Sie führte mich an Truhen, Türen, Gemäuer vorbei, machte mich auf eine Stufe aufmerksam. Ja, gibt es in diesem Haus nur Stufen und Schwellen zum Drüberstolpern, sagte ich und wäre beinahe mit dem Kopf gegen den Küchentürstock gerannt, hätte mich Josef Bruckmann nicht rechtzeitig vom Tisch aus angerufen. Als ich schon einige Schritte in der Küche war, drehte ich mich noch einmal schnell um und schaute mir den Türstock an, nickte und ging weiter, auf Josef Bruckmann zu. Ihn, dachte ich, muß ich zuerst begrüßen. Zuerst Josef Bruckmann, dann die anderen.
Ja, bist du endlich da, hörte ich Bruckmann sagen.
Ich sah Gesichter und Blicke auf mich gerichtet. Das verwirrte mich so, daß ich meine ganze Aufmerksamkeit brauchte, um die Hände, die ich der Reihe nach ergriff, nicht zu verfehlen. Ich spürte, wie mir der Schweiß von den Achselhöhlen tropfte. Ich hörte Namen und spürte,

wie mir das Blut ins Gesicht stieg. Ich unterschied zunächst nur zwischen Mann Frau, alt jung. Zu meinem Schrecken hätte ich in meiner Begrüßungsverwirrung, die sich mit jedem neuen Gesicht steigerte, auch jene Frau, die sie Helene nannten, noch einmal begrüßt, aber diese sagte, wir haben uns draußen schon begrüßt. Und im nächsten Augenblick sagte ein Mann, ich solle mich doch setzen. Ich setzte mich auf den Stuhl, auf den seine Hand zeigte, aber mir war, als müßte ich durchs Gemäuer springen. Ein altes, mir flüchtig bekanntes Bauerngesicht fragte lachend, ob ich dem Lein davon sei.
Diese Frage brachte mich wieder etwas zur Besinnung. Das heißt nicht davon, sagte der Mann, der mir den Stuhl angeboten hatte, dieser Bursch ist gekommen, weil er einen Beruf erlernen will. Josef Bruckmann schaute mich an und sagte: Jetzt erzähl! Wie gehts dir? Gut, sagte ich. Das höre er gern. Daß es einem Menschen gut gehe, höre er immer gern.
Ich bekam ein Glas Schnaps zu trinken.
Ich roch daran und sagte, der Schnaps sei scharf.
Josef Bruckmann fragte, ob ich schon bei der Mutter gewesen sei.
Nein, die werde sich wundern, sagte ich und schmunzelte.
Und allmählich bekam ich auch Ordnung in meine Sinne.
Der Mann, der zum Bauern gesagt hat, das heißt nicht davon, ist mit Helene verheiratet und heißt Georg. Helene und Georg sind Bruckmanns Eltern. Aus der Ecke lächelte mich ein Mann an. Das ist wahrscheinlich ein Verwandter. Die Frau neben ihm gehört zu Bruckmann. Mit dem Rücken zur Mauer saß eine alte, magere Frau mit einem häßlichen Gesicht.
Hast du überhaupt schon gegessen, fragte Helene.
Ja, log ich, weil ich jetzt nicht allein essen wollte.
Wenn du Hunger hast, sagte Bruckmann, mußt du es sagen.

Hunger, mischte sich der alte Bauer wieder ein, hat er sicher. Du hast doch ein schönes Stück Weg hinter dir. Dann fragte er mich noch, was es zu essen gegeben habe.
Etwas Kräftiges? Mir schien, es lag ihm viel an dieser Frage, denn er sagte resignierend: Was! Nur Tee und Brotaufstrich? Das sei doch kein Nachtmahl.
Die anderen schmunzelten.

Nach einer Weile stand ich auf und sagte, ich müsse meine Sachen auspacken. Ich ließ mich im Zimmer erschöpft in den Stuhl fallen, der auch Armlehnen hatte, und versuchte, an nichts zu denken. Durchs Fenster sah ich einen Obstgarten, ein Stück Straße und zum Teil die Vorderfront von zwei Bauernhäusern. Ich saß aber nur für kurze Zeit zurückgelehnt im Stuhl, dann überkam mich ein schrecklich einsames Gefühl, obwohl ich nichts an den Gegenständen und nichts an dem Zimmer auszusetzen hatte, obwohl ich selber in das Zimmer gegangen war, kam es mir vor, als hätte man mich mitsamt den Koffern durchs Fenster hereingestülpt. Dazu erinnerte ich mich, daß ich den Geruch nach frischer Wäsche auch im Zimmer von Erika und Eva gerochen hatte. Ich mußte aufstehen, mußte etwas tun. Das Gefühl war mir lästig, mir fiel dafür kein Wort ein, höchstens: *Hier ist auf einmal alles so anders, daß ich nichts mit mir anfangen kann.* Freilich, auch mit der großen leeren Kammer wußte ich nichts anzufangen. Im Grunde genommen hatte ich noch mit keiner Kammer etwas anzufangen gewußt. Auf keinen Fall empfand ich jetzt Heimweh, das kannte ich nicht, was ich zurückgelassen hatte, war nur eine zusammengelebte Kindheitsschrecklichkeit. Ich öffnete schnell den Koffer, in dem ich den Anzug hatte, nahm Rock, Hose, einen Kleiderbügel heraus und hängte den Anzug auf. Unten hörte ich auf einmal einen Hund bellen, ich war mir aber sicher, daß ich bei meinem Eintritt keinen

Hund bemerkt hatte. Auf der Straße sah ich Leute gehen. Ich schaute auf die Uhr und überlegte, was ich am Abend machen könnte. Zum Auspacken hatte ich eigentlich nichts mehr, zumindest hatte ich mich noch nicht entschieden, was ich wegschaffen und was ich dalassen würde. So schob ich die Koffer nur unters Bett und verließ das Zimmer. Das Haus war tatsächlich umständlich und finster. Als ich das untere Vorhaus betrat, zuckte ich zusammen, weil mich ein kleiner schwarzer Hund anbellte, aber ich wußte nun, daß es einen Hund gab. Der Hund knurrte und bellte und wollte mich nicht an sich vorbeilassen, immer sprang er, gegen meine Beine kläffend, vor mir hin und her und zog sich, als Josef Bruckmann ihn von der Küchentür aus zurückrief, nur unwillig zurück. Der sei nicht gefährlich, sagte der Mann, der mit dem Bauern gesprochen und mir den Stuhl angeboten hatte. Der Wiedereintritt in die Küche war mir peinlich, ich mußte aber in die Küche gehen, um zu erfahren, wie ich später wieder ins Haus kommen würde. Dazu hatte ich auch noch das Gefühl, ich müßte mein Ausgehen begründen. Ich sagte, ich würde ins Kino gehen. Dann wandte ich mich an Helene, ich weiß aber nicht, hörte ich mich sagen, wie ich dann wieder ins Haus komme. Ich schaute auf die Uhr und sagte überrascht, daß ich die Zeit beinahe übersehen hätte.
Ah, sagte Josef Bruckmann, das schaffst du leicht.
Und der alte Bauer: Der hat sicher eine, die jetzt auf ihn wartet. Ich hätte auf dieses Redespiel einsteigen sollen, stieg aber nicht darauf ein. Ich haßte diese Art von Ansprache. Zum Glück erhob sich Helene von ihrem Stuhl und ging auf mich zu. Einen Schlüssel gebe es nur für die hintere Haustür. Dann, guten Abend. Ich stolperte hinaus ins Vorhaus, guten Abend! guten Abend!, ging es in meinem Kopf weiter. Zur hinteren Tür führte ein enger Gang. Ich wurde wieder auf eine Stufe aufmerksam gemacht. Ja, kann man in diesem Haus nirgends gehen,

ohne ans Gehen zu denken? Kann man nicht, sagte Helene und lachte. Komisch, dachte ich, wie diese Frau redet, ihre Sätze hören sich so bestimmt an. Sie schien sich über meine Verwunderung zu amüsieren. Unter der Tür reichte sie mir den Schlüssel und zeigte mir noch, wie ich über eine Abkürzung am schnellsten zur Straße käme. Dann war ich allein. Es war dunkel. Ich tastete mich an einem Holzstapel entlang. Der Boden war weich und roch nach aufgewühlter Erde. Ich dachte sofort an freilaufende Schweine, daß ich aufpassen muß, daß ich in keinen Schweinedreck treten darf, den wirst du bis zum Kino nicht so leicht los, dann sitzt du im Kino, und die Leute glauben, du kommst aus einem Schweinestall.
Ich entdeckte einige Schritte neben mir einen breiten dunklen Streifen und merkte beim Betreten, daß es sich um Bretter handelte, die zum Zaun führten. Mir war recht eigenartig zumute. Ich stieg über den Zaun, ging über ein Brett, das über einen Kanal gelegt war, stieg die Böschung hinauf und betrat die Landstraße. Die Richtung und die Zeit, alles kam mir auf einmal so ungewohnt vor, als hätte ich um diese Zeit da nichts verloren. Aber es hat sich doch nichts verändert sagte ich mir, was soll da schon für ein Unterschied sein, ob du um diese Zeit von Haudorf aus zum Kino gehst oder vom Dorf aus, du bist jetzt im Dorf und gehörst jetzt zum Dorf. Ich war aber nicht weit gegangen, da entdeckte ich, daß mir auch verschiedene Häuser anders vorkamen, als wären sie über Nacht auf mich zugerückt. Daraufhin konzentrierte ich mich nur mehr auf mein Vorhaben, nämlich zum Kino zu gehen. An die Häuser mußt du dich einfach gewöhnen. Einmal rasten knapp hintereinander zwei Autos an mir vorbei, daß ich mich an den Zaun drücken mußte. Das möchte ich sehen, dachte ich, wenn dich da einer niederfährt, ob du da noch zum Nummernschilderlesen kommst. Plötzlich hörte ich hinter mir eine vertraute Stimme: Don Camillo! Ich drehte mich um. Tatsächlich.

Loferer. Obwohl ich ihn Jahre nicht mehr gesehen hatte, versetzte mich Loferer in die Zeit, als es noch genug Landarbeiter gab. Er lächelte ein wenig und fragte, wo ich hingehe. Dann wollte er wissen, wie es auf dem Hof aussehe.
Auf dem Hof ist es sehr ruhig geworden, sagte ich.
Ich bin nicht mehr dort.
Was? Er schüttelte den Kopf. Du machst wohl einen Witz! Du mußt es mir nicht glauben, aber es ist so. Aber sag mir doch, was du machst? Er hatte mich ein Jahr lang Don Camillo genannt. Damals mußte ich ihm gehorchen. Damals kam er mir immer so mächtig vor, wenn er erzählte, wie er Frauen eroberte, wenn ich sah, wie er jeden Abend sofort nach dem Essen das Haus verließ. Und jetzt konnte ich auf einmal mit ihm reden.
Er sei auf dem Weg zum Hof.
Er habe sich vorgenommen, ein Jahr mit Kofler und mir zu arbeiten. Nur, um mit Kofler und mir zu arbeiten? Das glaubte ich ihm zuerst überhaupt nicht. Aber als ich allein weiterging, kam es mir wieder nicht so unwahrscheinlich vor. Wer redete um diese Zeit noch mit einem Landarbeiter? Das fiel mir nun plötzlich auf, und ich erschrak, weil ich nie zuvor daran gedacht hatte und weil mir das auf einmal so selbstverständlich vorkam, obwohl ich bis gestern selber zu den Landarbeitern gehört hatte. Zuerst bin ich ein Kind und will wie Loferer werden, und auf einmal steht Loferer vor mir und kommt mir plötzlich einsam, ja, einsam vor? Derart verwundert, gelangte ich zum Kino.
Ich blieb stehen und hielt nach einem bekannten Gesicht Ausschau. Rechts vom Eingang auf den Stufen stand Alfred Main und blickte auf die Ankommenden herunter. Der Kinobesitzer rannte heraus und durch die Leute, an den geparkten Autos vorbei, zum Vorführraum zurück. Abseits, an einen Gartenzaun gelehnt, standen einige Bergbauernsöhne und schauten zu den Schaukästen her-

über, vor denen sich Leute drängten. Ein junger Bauer, der Kofler und mir wegen seiner unbäuerlichen Kleidung schon oft aufgefallen war, stieg mit zwei Mädchen aus einem neuen Auto und ging an einer Gruppe von jüngeren Arbeitern vorbei auf den Eingang zu, ohne daß er jemanden von den Herumstehenden beachtete. Jonny, ein junger Bauarbeiter, kam lachend mit einer Gruppe aus dem Café und streifte Alfred Main, vielleicht aus Versehen, vielleicht mit Absicht. Erika sah ich nirgends. Auch Leo Rager sah ich nicht unter den Leuten, die vorm Kino standen, hoffte aber, ihn im Foyer anzutreffen, daß er im Café saß, konnte ich mir nicht vorstellen. Während ich auf die Leute zuging, beschloß ich, mit Grüßen sparsam umzugehen. Das sind Dorfbewohner, sagte ich mir, die erwidern deinen Gruß erst, wenn es sich herumgesprochen hat, daß du nun im Dorf wohnst. Einige frühere Schulkollegen wandten sich auch tatsächlich ab, als ich mich ihnen näherte, um mir nicht ins Gesicht schauen zu müssen. Einer nickte mir zu. Nur Alfred Main lächelte mir entgegen und nannte meinen Vornamen. Im Foyer drängten sich die Leute zum Kartenschalter. Nebenan spielte laut der Musikautomat. Ich hielt wieder Ausschau, stellte mich an und ärgerte mich, daß beim Kartenverkauf Unterschiede gemacht wurden. Von den einen werden die Namen sorgfältig ausgesprochen, während mir immer noch verstohlen die Karte zugeschoben wird, obwohl ich zu den beständigsten Kinobesuchern gehöre. Aber auch das wird sich ändern. Was will dieser Main, hörte ich hinter mir eine Frau sagen, jeden Abend steht er vorm Kino und starrt die Leute an. Da noch kein Einlaß war, ging ich wieder hinaus, stellte mich eine Weile vor die Schaukästen und näherte mich schließlich den Bergbauernsöhnen und erfuhr, daß beim Güterwegbau ein zwanzigjähriger Arbeiter tödlich verunglückt sei. Vom Traktor erdrückt, hieß es.

Als ich den Kinosaal betrat, war dieser schon mehr als zur

Hälfte besetzt. Der Eingang war so angebracht, daß einen die Leute anschauten. Ein Gewirr von Stimmen und Getuschel. Auf der Leinwand lief bereits die Reklame, und aus den Lautsprechern hörte man noch einmal die Namen, die man schon am Schalter zu hören bekam. Mir gings an diesem Abend nicht um den Film, ich wollte nur mit Leuten in der Dunkelheit sitzen. Die Zeit verging mir auch viel zu schnell, obwohl auf der Leinwand nur ein Fremdenverkehrsort zu sehen war, daß ich mir sofort dachte, ah, da wird am Schluß sicher geheiratet, zuerst gestritten und dann geheiratet. Und das war es auch. Sportwagen See Pfarrer junge Leute Schlagermusik. Dann stand ich draußen. Vorm Kino gab es ein größeres Autostarten. Ich ging mit einem unerträglichen Gefühl der Leere hinter irgendwelchen Leuten her und wollte Bretter zwischen sie schieben, damit sie sich nicht einhängen konnten. Alle gehen so unbekümmert, reden so unbekümmert, ärgerte ich mich. Je näher ich an das Haus kam, um so fremder und unheimlicher wurde mir alles. Im Haus brauchte ich eine Weile, um den Hund zu beruhigen. Dann hörte ich ein Kind schreien und die Stimme einer Frau. Ich tastete mich am Gemäuer entlang, in der Hoffnung, einen Lichtschalter zu finden, stieß dabei irgend etwas um. Lichtschalter fand ich keinen, und ich gelangte nur mühsam ins Zimmer. Natürlich konnte ich nicht schlafen, zu viele Dinge gingen mir durch den Kopf und zu fremd war mir alles. Als ich schon lange Türen schlagen und Schritte gehen hörte, Glockengeläute und Stimmen und Autos von der Straße her, stand ich auf und zog mich an. Laut Taufschein war ich Mitglied der römisch-katholischen Kirche, ohne zu wissen, was römisch zu bedeuten hatte. Mir fiel auf, daß es in diesem Zimmer kein Kruzifix gab, worüber ich sehr froh war. Dieses Haus ist vielleicht gar nicht katholisch, dachte ich und verließ mit Schuhen und Schuhputzzeug in der Hand das Zimmer, um auf dem Balkon die Schuhe zu glänzen. Ich

schaute flach über das Tal, hinüber zur Schattseite. Der Wald war an diesem Morgen fast schwarz. Ich legte meine Sachen auf einen Stuhl und ging auf den Abort zu. Plötzlich gab es mir einen Riß. Das gibt es nicht, dachte ich, ließ meinen Blick an mir hinuntergleiten, hob den Fuß und fing an, den kleinen schwarzen Hund zu verfluchen. Aber wie ich auf einem Fuß auf den Abort zuhüpfte, kam es mir verdächtig vor. Dieser Gestank, denke ich, stammt doch nicht von einem Hund, eher von einer Katze. So fluchte ich auf eine mir noch unbekannte Katze und beschloß, mir ein paar Socken zu kaufen, da ich mein letztes frisches Paar anhatte. Das Abortbrett war naß. Ich legte Zeitungen drauf und zog mir im Sitzen die Socken aus.
Im Haus roch es nach gebratenem Fleisch. Es war ruhig. Ob ich in der Nacht Schwierigkeiten gehabt hätte. Helene stand lachend hinter einem großen gemauerten Herd. Ist etwas kaputt, etwas gebrochen? Ich weiß nicht, was ich alles umgestoßen habe. Nein, dem Haus, sagte sie, sei nichts zugestoßen. Sie zeigte mir die Waschschüssel Handtuch Seife. Bad gebe es noch keines, das sei noch nicht fertig. Das sagte sie, als hätte ich danach gefragt, als wäre ein Bad eine Selbstverständlichkeit, ich hatte an eine solche Errungenschaft nicht einmal gedacht. Das macht nichts, sagte ich, holte mir vom Herd warmes Wasser, zog das Hemd aus und fing an, mich zu waschen und zu rasieren. Das Frühstück richte sie mir heute her, aber in Zukunft müsse ich entweder früher aufstehen und mit den andern frühstücken oder es mir selber herrichten, wo alles zu finden sei, zeige sie mir noch. Dann lachte sie wieder. Mir ist es peinlich, sagte ich beim Frühstück, daß ich durch mein Heimkommen das Haus aufgeweckt habe, ich muß sicher das ganze Haus aufgeweckt haben.
Ja, sagte sie. Das hast du.
Darauf schwieg ich und dachte nach, was ich sagen könnte.

Sie darauf nüchtern: Das war auch zu erwarten, der Hund kennt dich noch nicht.
Ich: Damit ich nicht vergesse, auf dem Balkon liegt Katzendreck oder Hundsdreck, ich kann es nicht genau sagen, ob ich auf Katzendreck oder Hundsdreck getreten bin.
Da wurde ihr Gesicht ernst. Sie ging, ohne etwas zu sagen, aus der Küche, und als sie zurückkam, warf sie einen prüfenden Blick auf mein Frühstück, mit dem ich noch nicht fertig war und verschwand wieder. Später sagte sie, der Dreck stamme weder von einem Hund noch von einer Katze. Ada, die Schwester des alten Bauern, habe den Dreck im Gehen aus dem Kittel fallen lassen. Ich solle, hörte ich, in Zukunft unten auf den Abort gehen. Sie habe leider nicht wissen können, daß das passieren würde. Sie könne nicht an alles denken.
Passiert das denn oft?
Eigentlich schon. Nicht auf dem Balkonboden, aber neben und vorm Abort. Es vergehe kein Tag, an dem sie nicht den oberen Abort putzen müsse. Seit einigen Wochen nur den oberen, früher den unteren und den oberen, aber das habe einen wochenlangen Kampf gebraucht, um Ada dazu zu bringen, daß sie nur oben auf den Abort gehe.
Das sei eine der unangenehmen Geschichten.
Gibt es denn mehr unangenehme Geschichten?
Ja, antwortete sie und ging mit einer Schüssel hinaus. Sie hatte offenbar mit Kochen und anderen Haushaltsarbeiten alle Hände voll zu tun. Auf dem Herd dampften mehrere Töpfe. Auf der Anrichte überm Holzkasten lagen ein Bündel Schnittlauch und anderes Grünzeug. Auf der Kredenz standen Schalen aufeinandergestapelt. Die Küche war so finster, daß mitten am Vormittag das Licht brennen mußte. Zwei winzige Fenster, mit dicken Eisenstangen vergittert, ließen kaum Licht herein. An der Ecke überm Waschtrog tropfte Wasser von der Mauer.

Aber am meisten störte mich das schwere Gewölbe, je länger ich es anstarrte, um so deutlicher wurde mir der Gedanke, es könnte mir eines Tages auf den Kopf fallen. Der Tisch, die Bank, auf der ich saß, und der Bodenbelag, sah ich, waren neu. Alles andere war alt. Ich stellte die Kaffeetasse in die Abwasch und ging mit einer Menge Fragen im Kopf hinauf ins Zimmer, zog den Rock an, ging hinunter und sagte durch die Küchentür, ich gehe zum Großkaufmann, um mir ein paar Sachen zu kaufen. Bruckmann, dachte ich, geht anscheinend doch in die Kirche. Oder steht er nur auf dem Kirchplatz und redet mit den Bauern? Auf dem Weg zum Großkaufmann entschloß ich mich, mir außer Socken auch einen neuen Arbeitsanzug zu kaufen. Deine alten Arbeitsanzüge sind dir ja schon zu klein. Du kannst nicht in zu kleinen Arbeitsanzügen durchs Dorf gehen. Ich war schon recht gespannt auf den ersten Arbeitstag. Bauern, die vor einer Pension standen, schauten mich an. Arbeiter schauten mich an, darunter einer, von dem ich wußte, daß er zu den Kommunisten gehörte. Überall auf den Straßen, die durchs Dorf führten, standen irgendwelche Gruppen, vom Sonnberg, von der Schattseite, von den Siedlungen, die außerhalb des Dorfes lagen. Touristen sah ich keine mehr. Neben dem Wirtshaus Walder erinnerte mich eine Stelle wieder an das bleiche Gesicht eines Mannes, der an der Mauer lehnte und aus dem Mund blutete. Jedesmal sah ich dieses plötzlich bleiche Gesicht, vielleicht weil ich damals selber verzweifelt war, nie wußte, was mir passieren würde. Aber jetzt ruhe ich mich aus. Mit diesem Gedanken betrat ich ein großes Geschäft, ein modernes, in dem Bergbauern mit Rucksäcken standen und von Verkäuferinnen bedient werden mußten, weil sie sich unter den vielen Waren nicht zurechtfanden. Die Verkäuferinnen schrien mit ihnen, als wären sie alle Schwerhörige. Überhaupt erweckten die Verkäuferinnen nicht den Eindruck, daß ihnen der Sonntagvormittagverkauf Spaß machte. Mich schickten sie in die Textilabteilung, wo ich von der Chefin so freundlich bedient wurde, daß ich nicht für den Werktag, sondern auch für den Feiertag neu eingekleidet wurde.

Am Nachmittag kam Kofler.
Ich hätte natürlich auch mit dem Zug oder dem Autobus fahren können, aber er hatte mir angeboten, mich mit dem Moped zur Familie meiner Mutter zu bringen.
Bei der Mutter hieß es: *Ja so, ja, wenn du glaubst, daß das für dich besser ist, soll es uns nur recht sein.*
Du bist ihm also davon?
Ja, seit gestern habe ich einen Lehrplatz.
Ja, wenn du glaubst, daß das für dich besser ist, soll es uns nur recht sein.
Das ist Hans Kofler, sagte ich.
Ja, dann kommt herein.
Und allmählich kamen wieder alle in Bewegung, selbst die Geschwister starrten mich an, als wäre ein Gespenst vorgefahren, jetzt ist doch nicht Weihnachten, du kommst doch nur zu Ostern und zu Weihnachten. Die ganze Familie war dabei, einen Spaziergang zu machen. Die Betroffenheit in ihren Gesichtern machte mich selber fassungslos. Um den mütterlichen Verdruß, den ich kannte und fürchtete, nicht sehen zu müssen, nicht aufkommen zu lassen, beeilte ich mich: Kost und Quartier habe ich frei, und überdies bekomme ich noch so viel bezahlt, daß ich leicht durchkomme. Ich sprach von einem riesigen Glück. Dieser Lehrplatz sei ein Zufall. Von den andern hätte mich keiner genommen, weil alle Rudolf Lein kennen. Ich habe es ja gesehen, jeder hat mir abgeraten, Facharbeiter sei keine Zukunft, weil jeder sofort denkt, wenn er mich nimmt, kauft ihm Lein keine Maschine ab. Man ließ mich reden, wie man einen Pfarrer predigen oder einen Clown reden läßt.
Die Frau Lein tue ihnen leid.

Daß sie kränklich sei und soviel arbeiten müsse.
Man sprach eine Weile über den Hof, wie Lein nun ohne mich zurechtkommen würde.
Alles habe ich, sagte ich. Nur die Wäsche müßte mir gewaschen und geflickt werden.
Dieser Satz war mir peinlich, ich wollte nicht, daß jemand anderer etwas für mich tue, damit es nicht wieder heißen würde: Schau, was wir für dich alles tun, aber ich wußte niemanden, der mir hätte die Wäsche versorgen können. So platzte ich mit diesem Wäschesatz heraus, und die Mutter fing ihn auf, gab sich Mühe, sich zu freuen.
Natürlich versorge sie mir die Wäsche.
Natürlich nehme das jetzt ich in die Hand.
Er ist dein Sohn, sagte ihr Mann.
Die Betonung lag auf Sohn.

Ich fuhr mit Hans Kofler zurück.
Dann stand ich lange zwischen Haus und Obstgarten.
Dann ging ich durchs Dorf und spürte auf einmal, wie wenig ich mit mir anfangen konnte. Enttäuscht. Wütend. Niedergeschlagen. Ich ging zum Kino. Ich schaute durch Wirtshausfenster. Überall starrte mich die gleiche Langeweile an. Lustlose Gesichter auf dem Weg zum Bahnhof. Männer auf dem Heimweg, bemüht, daß man ihnen das Wirtshaus nicht ansah. Männer, die irgendwo standen und schauten. Rasende Autos. Vollgefressene Kühe, die aus den Feldern getrieben wurden. Später saß ich in der Küche, blätterte im Halbdunkeln Zeitungen durch, hörte die Uhr ticken. Einmal ging ich hinauf ins Zimmer, setzte mich an den Tisch, hielt es aber nur für kurze Zeit aus.
Als Helene und Georg mit der Milch vom Stall hereinkamen, atmete ich auf und lachte. Die Küche wurde sofort belebt. Der alte Bauer kam. Ada schlurfte herein, mager, bleich und mürrisch. Inge, Bruckmanns Frau, kam. Kinder kamen mit Milchflaschen. Josef Bruckmann polterte

über die Stiege herunter und in die Küche herein.
Erzähl, wie gehts?
Was sagt deine Mutter?
Am Abend ging ich wieder ins Kino.
In der Früh hörte ich eine Tür zufallen, schnelle Schritte, an meiner Tür Klopfen und Bruckmanns Stimme: Aufstehen!
Ich sprang aus dem Bett.
Als ich die Küche betrat, herrschte eine Hast, daß mir vorkam, ich müßte weglaufen. Alle auf einmal so ernst. Mir wurde ganz anders. Ich stürzte zum Waschtrog, goß mir kaltes Wasser ins Gesicht. Verflucht! Warum bleibt ihr nicht in euren Betten und schlaft euch diesen Ernst aus den Gesichtern!
Kaum saß ich am Tisch, wollte ich aufspringen.
Bruckmann schaute mich lange streng an.
Auch die andern, seine Frau, Georg und Helene, richteten ihre Blicke auf mich. So, sagte Bruckmann, jetzt beginnt für dich der Ernst des Lebens. Schwein! Schwindler! fluchte ich in mich hinein.
Helene nickte zum Satz ihres Sohnes.
In meinem Mund verwandelten sich Brot und Butter zu einem lästigen Brei. So also, du lachst und redest zuerst mit mir, läßt mich reden und erzählen, und wenn ich dir nicht mehr auskann, machst du plötzlich ein anderes Gesicht. Ich würgte den Brei hinunter und gab mir Mühe, mir nichts anmerken zu lassen. Der Betrug kam mir so ungeheuerlich vor, daß ich kein Wort dafür wußte. Nur: Bruckmann hat mich in eine Falle gelockt. Ich griff nach der blauen Schildkappe, die ich neben mir auf der Bank liegen hatte, stand auf und ging hinaus ins Freie. Ich fühlte mich weit zurückgeschickt, in eine Zeit, als die Tage mit Verzweiflung anfingen. Die leblosen Gegenstände glotzten mich auf einmal wieder an. Ich mußte sofort an Kofler denken, an dessen Entschluß; trotz Zureden und Nörgeln von seiten der Verwandten weigerte er

sich, aus sich einen Facharbeiter zu machen. Ich wurde aufgefordert, mich in ein Auto zu setzen. Ich haßte diesen Menschen nun. Auf der Fahrt zur Werkstatt sah ich verzagte Lehrmädchengesichter. Die Luft war schön. Der Tau und die nasse Straße waren schön. Das Gras war schön. Der Staub war schön, der überall in der Werkstatt lag. Ich war froh ums Aufräumen, ums Anfassen von kalten Gegenständen. Ein schwarzer Käfer krabbelte hilflos über einen Schraubenschlüssel. Vor Jahren hätte meine Anwesenheit seinen Tod bedeutet, ich hätte ihn zerquetscht aus Neid um seine Freiheit, aus Rache, jetzt ließ ich ihn krabbeln. Um meinen Zustand erträglicher zu machen, pfiff ich weiche, harmonische Melodien vor mich hin.

Kam eine Kundschaft, versuchte ich zu lachen.

Mein Lehrbub, sagte Bruckmann zu den Kundschaften.

Die Freude am Beruf war natürlich weg.

Meine Person war mir natürlich wichtiger als der Beruf.

Als Helene die Jause brachte, ging sie lachend auf mich zu und fragte, ob es mir schon leid tue.

Ich schüttelte heftig den Kopf, als wäre ich von der Frage entsetzt. Nach der Jause war mir schon etwas leichter zumute. Ich war den ganzen Tag mit Aufräumen beschäftigt. Um sechs schlossen wir die Tore und kehrten ins Haus zurück. Waschen. Essen. Danach ging ich hinauf ins Zimmer und saß eine Weile untätig im Stuhl. Draußen beruhigte sich allmählich der Werktag. Im Zimmer drängte noch immer alles zum Weggehen. Ich raffte mich auf und entschloß mich, ins Kino zu gehen, in der Hoffnung, dort Kofler oder einen anderen Bekannten anzutreffen. Ich zog mich um und ging noch einmal hinunter in die Küche, um mich zu verabschieden, weil ich das Gefühl hatte, ich könnte nicht gut, ohne etwas zu sagen, aus dem Haus gehen. Bruckmann saß im Arbeitsanzug hinterm Tisch, schaute von der Zeitung auf, wieder mit dem strengen Blick. Was ich vorhabe.

Ins Kino gehen, antworte ich und verziehe den Mund.
Er schüttelt den Kopf.
An einem Werktag?
Helene schaute mich an.
Ich stolperte hinaus und ging wieder hinauf ins Zimmer. Ich setzte mich an den runden Tisch und schaute auf die abendliche Straße hinaus. Das Haus befand sich insgesamt in einer bäuerlichen Ruhe, die nur manchmal durch einen zuklappenden Kastendeckel oder ein Poltern vom Stall herauf durchbrochen wurde. Draußen gingen Menschen in Richtung Kino. Durch die Obstbäume strich Wind, zumindest bildete ich mir ein, daß sich das Laub bewegte. Nachzuschauen, ob Wolken die Nacht verdunkelten, fand ich nicht der Mühe wert. Nach Haudorf zurückgehen und mich zu einem Gescheiterten verurteilen, sagte ich mir, werde ich nicht. Wenn ich weggehe, dann weit, womöglich in ein anderes Land.
Dieser Gedanke beruhigte mich ein wenig.
Ich blieb noch lange still sitzen, von Müdigkeit keine Spur, immer wieder hörte ich die Turmuhr durch die Nacht schlagen und schlief erst ein, als in der Nachbarschaft jemand mit Melkgeschirr hantierte, wachte durch Schläge an der Tür auf, spürte ein Stechen im Kopf, eine dumpfe Müdigkeit im Körper, Bettwärme.
Unten empfing mich das Meistergesicht, streng und geil auf einen unterwürfigen und freundlichen Gruß.

Jetzt verstehe ich erst richtig, warum Lehrlinge immer einen so unangenehm stillen Eindruck auf mich gemacht haben, warum sie mir am Arbeitsplatz oft wie wandelnde Gegenstände vorgekommen sind.
Am zweiten Nachmittag, der warm und sonnig war, führte mir Bruckmann kurz das Elektroschweißen in seiner einfachsten Handhabung vor und ließ mich für einige Stunden allein in der Werkstatt zurück mit dem Auftrag, einige kleinere Schweißungen zu erledigen, denn die

Werkstatt hatte ich in meiner Wut auf meinen plötzlichen Abstieg bereits aufgeräumt. Ich wartete, bis ich von ihm und seinem Auto nichts mehr sah, um mich in Ruhe an den Auftrag zu machen. Ruhe brauchte ich, denn auch die Werkstatt war mir zum Davonlaufen fremd; selbst auf der Betondecke kam ich mir wie aufgespießt vor, wenn ich auf einem Fleck stehen mußte. Ich legte mir auf dem Schweißtisch die Flacheisenteile zurecht, suchte nach einem Gegenstand, um sie zu beschweren, weil ich beim Zuschauen durch den Schweißschirm gesehen hatte, daß dieser runde Stab, die Elektrode, leicht kleben bleibt. Aus dem Karton, der auf dem Schweißtisch lag, nahm ich eine Elektrode, spannte sie in eine mit einer hitzebeständigen Isolierschicht umgebene Zange, die an ein dickes schwarzes Kabel angeschlossen war, das zum Schweißaggregat führte. Ich war etwas aufgeregt. Zusätzlich beunruhigte mich, daß Bruckmann gesagt hatte, ein Mensch in meinem Alter müsse nach zwei Wochen die wichtigsten Arbeiten beherrschen. Ich ließ meinen Blick noch einmal durchs Fenster über Felder streifen. Dann schaltete ich ein. Das Gebläse wirbelte die Luft durcheinander und Staub auf. Das mit grünlackiertem Blech verkleidete Aggregat machte einen unerträglichen Lärm. Mit der einen Hand umklammerte ich den Elektrodenhalter, mit der anderen hielt ich mir den Schirm, der mich gegen ultraviolette Strahlen schützen sollte, vors Gesicht, versuchte durch das dunkle Schutzglas zu schauen, sah aber nur mein Gesicht, das sich darin spiegelte.
Es geht nicht.
Das Schweißen gelingt nicht.
Ich kann meine Hand nicht handhaben.
Die Hand, die den Elektrodenhalter umklammerte, führte die Bewegungen, die ich vom Zuschauen noch klar im Kopf hatte, nicht aus. Ich stutzte, stöhnte, probierte wieder und wieder und verfing mich allmählich in einer ungeheuren Wut und Verzweiflung. Eine Menge ver-

glühter Elektroden lag bereits auf dem Boden und machte mir durch ihren Anblick meinen Zustand nur noch unerträglicher, so daß mir zu allem Überfluß noch vorkam, die Menschen, die bisher über mich geurteilt hatten, hätten doch recht gehabt. Schließlich, in einem letzten Anflug von Verzweiflung, legte ich den Schirm weg, obwohl mir gesagt worden war, auf keinen Fall mit bloßen Augen in den Lichtbogen zu schauen. Ich konnte nun sehen, wo ich die Elektrode zum Zünden brachte, sah nichts, war, bis sich die Pupillen an die plötzliche Grelle gewöhnt hatten, geblendet, und allmählich sah ich, wie unter dem grell-grünen Lichtbogen die Elektrode pfauchend und zitternd abschmolz.
Mit der Dämmerung begann der Schmerz.
Die Nacht endlos.
In der Früh brach überm Tisch ein Geschrei los.
Dem alten Bauern schwoll der Hals an, in seinem roten Gesicht bebte und zitterte es, seine schweren Hände ballten sich über der Tischplatte.
Bruckmann fuhr von der Bank auf und schrie.
Der Alte berief sich auf meine Augen und nannte Bruckmann verantwortungslos. Bruckmann schrie, das gehe ihn nichts an. Helene stand mit einem umgebundenen Kopftuch unter der Tür, schaute.
Auf dem Weg zum Arzt wurde ich verschiedentlich angesprochen, ob ich dem Vater durchgebrannt sei, wer mich aufgehetzt habe? Schließlich mußte ich von den Leuten ja neu eingeordnet werden. Schließlich konnten sie mich nicht in ihren Köpfen weiter auf dem Hof belassen. Auch der Arzt mußte eine neue Karteikarte anlegen.

Am Nachmittag, als die Schmerzen nachließen, half ich Helene beim Bretteraufstapeln. Eigentlich wollte man mich ins Haus schicken, aber ich sagte, Bretterstapeln tut doch meinen Augen nichts. Nein, du bist im Krankenstand, sagte Georg. Nur meine Augen sind im Kranken-

stand, entgegnete ich. Es war neben der Straße. Plötzlich sehe ich die Stiefmutter kommen, ich will sie grüßen, aber sie schaut weg und geht vorbei.
War das nicht Martha Lein?
Ja, sagt ich.
Mir ging dieses Wegschauen lange durch den Kopf.
Vor ein paar Tagen hat sie geweint, und jetzt geht sie vorbei und kennt mich nicht mehr?

Ich stapelte weiter und versuchte zu lachen, als wäre nichts gewesen, als wäre nicht Martha Lein, sondern eine ganz unbedeutende Person vorbeigegangen, hatte aber Mühe, die Bretter nicht zu verfehlen, murmelte etwas von Augen, die ließen mich im Stich, und versuchte wieder zu lachen. Ich war froh, daß ich die Bretter hatte, etwas zum Anfassen. Ich habe nichts zu verlieren, es muß irgendwie weitergehen. Abwarten, mehr als umkommen kannst du nicht. Diese zwei Sätze wurden mir wieder vertraut. Aber alles in mir war im Begriff, umzufallen und zusammenzustürzen. Überall starrte mich diese Neuheit an, daß ich mich zusammennehmen mußte, nicht wie ein scheugewordenes Pferd aus dem Ort zu galoppieren. Ich sprach in diesen Tagen wenig. So viel wie möglich hielt ich mich im Haus verborgen, in einem Haus, das mich von außen immer abgestoßen hatte. Es saß bis zu den Fensterstökken in der Erde. Helene, die neben anderen Arbeiten mit Inge Bruckmann den Haushalt führte, fluchte auf die Umständlichkeit. Das Haus war finster und völlig verbaut. Wer es gewohnt war, schnell durchs Haus zu gehen, stieß überall mit dem Kopf an und stolperte über Schwellen und Stufen oder rannte an eine Truhe an. Andauernd wurde irgendwo geflucht. Andauernd mußte man Angst haben, sich an einem vorstehenden Nagel die Haut aufzuschlitzen.

Helene und Georg, die das Kraineranwesen auf Ersuchen des alten Bauern und der Bäuerin, nachdem diese ihre Tochter aus dem Haus geekelt hatten, mit der Verpflichtung übernommen hatten, für die alte Bäuerin, den Bauern und dessen Schwester bis zu deren Tod zu sorgen, hätten nach ihrem Einzug das Haus nur lichter und wohnlicher machen wollen, sagten sie, seien aber schon, als sie sich daranmachten, den ersten Fensterstock herauszureißen, mit den Alten heftig aneinandergeraten, obwohl diese zunächst gegen eine derartige Veränderung nichts einzuwenden gehabt hätten. Weil es, sagte Georg, ja in der Kammer gewesen sei, in die sie, er und Helene, nachher eingezogen seien, aber nicht einmal in dieser Kammer hätte nach Ansicht der Alten, obwohl sie vorher zugestimmt hätten, etwas verändert werden dürfen. Weil es vorher auch immer so gewesen sei, so der alte Bauer zu Georg. Es habe immer leicht getan und werde wohl auch weiterhin leicht tun, so die alte Bäuerin zu Helene. Denn, was für uns gut genug ist, habe sie der Alte angeschrien, sagte Helene, wird wohl auch für euch gut genug sein.

Zwei Tage nach meinem mißglückten Schweißversuch hieß es zu Mittag, daß die alte Bäuerin im Haus sei. Ich ging nach dem Essen hinauf ins Zimmer und überlegte, wie ich Helene und Georg beibringen könnte, daß ich nicht neben Ada essen wollte. Die anderen, so schien es mir, hatten sich an Ada gewöhnt, aber mir hob es an ihrer Seite bei jedem Bissen den Magen, so daß ich ständig gegen den Brechreiz ankämpfen mußte. Plötzlich hörte ich einen Schrei und dann nichts mehr. Kurz darauf wurde ich durch das Knarren von Bodenbrettern aufmerksam. Es hörte sich an, als schliche sich jemand durchs obere Stockwerk. Ich machte die Zimmertür auf, ging einige Schritte vor, um das vordere Vorhaus zu überblicken, und hörte im hinteren Teil eine Tür zufallen und dachte, das wird die alte Krainerin sein. Kurz darauf hörte ich

unten ein furchtbares Geschrei, von dem ich kein Wort verstand. Es hörte sich nur schrecklich an. Das Geschrei kam die Stiege herauf und endete mit etwas wie: umbringen. Dann wurde eine Tür zugeknallt, ein Schlüssel mehrmals umgedreht, dann wieder geschrien und an Möbeln gerückt. Georg und Helene standen mit verstörten Gesichtern heraußen und redeten abwechselnd durch die Tür. Von innen kamen Flüche und Verwünschungen.
Am Abend, als ich neben Ada hinterm Tisch saß, kam die alte Frau, die geschrien hatte, in die Küche, schaute mich liebenswürdig an und begrüßte mich auf das herzlichste, indem sie nach meiner Hand griff. Ihr sei erst gestern zu Ohren gekommen, daß ich zu ihnen ins Haus gekommen sei. Das freue sie. Sie könne mir gar nicht sagen, wie froh sie darüber sei. Sie werde schon sorgen, daß es mir bei ihnen gut gehe. Sie sagte auch etwas von besuchen, ich war aber so damit beschäftigt, meine Hand freizubekommen, daß ich ihr nicht mehr zuhörte.
Sie verschwand schnell, ohne auf die andern zu achten. Niemand sagte etwas.
Der alte Krainer saß hochaufgerichtet auf dem Stuhl, von dem mir Georg gesagt hatte, das sei der einzige Stuhl, auf den ich mich nicht setzen dürfe, und schaute streng auf Ada herunter. Bruckmann saß ihm gegenüber und warf hin und wieder einen Blick auf seine Frau, die neben ihm hockte. Helene, die mir gegenüber saß, schaute mich an und ich sie. Ada saß tief über den Teller gebeugt, schlürfte und blies in die Suppe. Gesprochen wurde erst, als Georg eilig hereinkam und auf Helenes Frage, warum er nicht früher komme, aufzählte, was noch alles zu machen sei.

Georg, der seit fünf in der Früh auf den Beinen war, sprang nach einigen Bissen auf, rannte in den oberen Stock hinauf, rannte herunter, riß den Eisenbahnerrock von der Tür und rannte aus dem Haus, in den Nachtdienst und war am Vormittag darauf schon wieder auf den Beinen. Helene, die außer mit den Alten auch mit der Schwiegertochter Ärger hatte, stand meistens um vier auf und ging in den Stall, nur wenn Georg, der noch zwei oder drei Jahre auf seine Pension hatte, mit dem Frühzug nicht in den Dienst mußte, standen beide etwas später auf und gingen gemeinsam in den Stall. Der alte Bauer, von dem sie im Frühjahr das Anwesen übernommen hatten, stand um fünf auf und ging, obwohl das niemand von ihm verlangte, ebenfalls in den Stall, aus Gewohnheit, aber hauptsächlich um seinen Machtanspruch, über Weibervolk zu gebieten, nicht aufgeben zu müssen, so Georg einmal nach dem Abendessen. Er kümmerte sich um die Fütterung und saß, wenn ich in die Küche kam, immer schon auf seinem Stuhl, schaute auf die Tischplatte und wartete, bis ihm von einer Frau der Kaffee vorgesetzt wurde. Er war verbittert und sprach beim Frühstück mit niemandem. Seine wuchtigen Hände hatte er auf der Tischplatte liegen, seinen Hut, den er beim Arbeiten immer aufhatte, daneben. Große Tränensäcke markierten sein Gesicht. Den Kaffee trank er zuerst, indem er seine große volle Schale mit beiden Händen zum Mund führte, erst wenn er so viel getrunken hatte, daß der Kaffee nicht mehr überschwappen konnte, führte er die Schale mit einer Hand, mit einer groben zittrigen Bewegung, an die Lippen. Diese Hilflosigkeit ärgerte ihn wahrscheinlich zusätzlich. Den Mann, der sich auf einem der Krainergrundstücke eine Werkstatt gebaut hatte, haßte der Alte, um so mehr, als dieser nun am selben Tisch mit ihm frühstückte. Mit mir sprach er in der Früh auch nicht, wahrscheinlich weil ich allein als Dritter zu wenig war, um den Eindruck der Anwesenheit des jungen Meisters genügend zu schwächen. So frühstückten wir schweigend, während aus dem Radio eine Belangsendung nach der anderen über uns hereinbrach. Ich wollte auch nicht neben dem Lehrherrn frühstücken, den Hut, der neben

Brot und Butter lag, wollte ich auf den Boden hinunterschmeißen, das Radio wollte ich abdrehen, unternahm aber nichts, weil ich mir sagte, du weißt nicht, ob du nicht gehen mußt. Ada, die von Helene gewaschen und gekämmt werden mußte, war zu meiner Erleichterung beim Frühstück noch nicht anwesend. Die alte Krainerin, die, wie mir Helene und Georg sagten, ab einem gewissen Zeitpunkt das ganze Anwesen am liebsten in den Pfarrhof geschleppt hätte, saß um die Frühstückszeit entweder in der Kirche oder hielt sich irgendwo in der Umgebung bei Bekannten auf einem Bauernhof auf, um von dort aus eine möglichst große Anzahl von Menschen gegen die neuen Besitzer aufzuhetzen. Ich existierte hauptsächlich aus Augen, Ohren und Gehen, in der Werkstatt rettete ich mich durch Zupacken vor dem Denken, im Haus war bloßes Dahocken die Rettung, nach dem Essen hinterm Tisch im Arbeitsanzug hockenbleiben und den Frauen beim Küchenaufräumen zuschauen.
Als ich mich mit Hans Kofler das nächste Mal traf, war ich bereits ein anderer Mensch. Über all die Dinge, über die wir vor einer Woche noch gemeinsam gelacht hatten, konnte ich nur mehr *wehmütig schmunzeln.* Über meinen Abstieg schwieg ich, weil ich mich schämte. Es gefalle mir gut. Die Arbeit sei leichter, und Freiheiten hätte ich mehr als früher.
Ins Kino gehst du in diesen Tagen selten?
Das Kino, sagte ich abschätzig, interessiert mich eigentlich nicht mehr. Inskinogehen sei eine Angelegenheit fürs Wochenende.
Kofler, dem ich nichts vormachen konnte, sah mich stutzig an, sagte jedoch nichts, wahrscheinlich, um mich zu schonen.

Helene, die mir in den ersten Tagen in der Küche gesagt hatte, mein Zimmer rieche nach Fußschweiß, ich müsse mir andere Socken kaufen, machte Bruckmann, zu dem ich nun Meister sagte, als sie mit der Jause in die Werkstatt kam und hörte, daß mich der Lehrherr einer Kundschaft mit *mein Lehrbub* vorstellte, darauf aufmerksam, daß er mich nicht mit Lehrbub anzusprechen habe, sondern beim Vornamen, worauf er auch nichts erwiderte.

Obwohl ich tagsüber der Ruhigste war, mich aber insgeheim andauernd zu Wort melden wollte, sei es, um mich zu verteidigen oder jemand anderen, es aber nicht konnte, weil ich niemand beleidigen wollte, weil ich so plötzlich nicht in einem fremden Haus vor fremden Menschen, die sich untereinander selber fremd waren, reden konnte, sondern immer nur ruhig dasaß, höchstens auf das Kürzeste auf eine Frage antwortete, fing ich am Abend, nachdem der letzte Handgriff getan war, plötzlich heftig zu reden an, einerseits weil ich bangte, Helene könnte aufstehen und in ihr Zimmer hinaufgehen, andererseits weil ich glaubte, nun alles auf einmal sagen zu müssen, daß ich mir nachher, wenn ich schweigend hinter Helene über die knarrende Stiege hinaufging, wie ein Trottel vorkam, weil ich einerseits so viel, andererseits soviel wie nichts gesagt hatte, so daß ich mich ärgerte, überhaupt etwas gesagt zu haben, aber immer noch fürchtete ich den Eintritt ins Zimmer.

Der Lehrherr war jung.
Sein Gesicht war mir vom Frühstück an ein Dorn im Auge, immer sprach daraus: So! Jetzt beginnt für dich der Ernst des Lebens! Ich konnte es mir nicht anders erklären, als daß ich einer gigantischen Verwechslung zum Opfer gefallen war. Elf Jahre Arbeit und Schweigen, um mich von einer Familie zu befreien, nach der ich nie gerufen, nie verlangt hatte. Elf Jahre Ängste und Gehorsam, und nun sollte ich wieder von vorne, von unten anfangen? Lange beschäftigte mich, daß Bruckmann, solang ich mit Maschinen zu ihm in die Werkstatt kam, gesprächig war.

Ich erinnerte mich an Gespräche, die wir auf dem Hof geführt hatten. Ich ließ mir Einschätzungen durch den Kopf gehen, die ich gemacht hatte. Vergleiche mit anderen Lehrherren. Ich suchte nach Ungeheuerlichkeiten, aber ich fand keine, mir kam nur immer vor, ich kann jeden Augenblick wortlos aus der Werkstatt gehen, alles fallen lassen und gehen. Mit dieser Möglichkeit betrat ich in der Früh die Werkstatt. Mit dieser Möglichkeit arbeitete ich.

Eines Nachmittags kam ein Mann, der sich für einen Versicherungsvertreter ausgab, freundlich, als hätte er ohnehin schon lange einmal mit mir reden wollen.

Die Prämie wäre wieder fällig.

Ich wollte aus Gleichgültigkeit sofort zahlen, aber Bruckmann mischte sich ein, er sei mein Lehrherr und für mich verantwortlich. Er ließ sich vom Vertreter den Beleg geben und stellte fest, daß die Versicherung nicht auf den Namen Holl, sondern auf Lein abgeschlossen sei.

Das macht keinen Unterschied, entgegnete der Vertreter.

Und ob, rief Bruckmann.

Dann fielen Ausdrücke aus der Versicherungssprache, deren Inhalt mir nichts sagte. Ich wußte auch nicht, was der Streit zu bedeuten hatte. Beide sprachen in meinem Namen. Schließlich wandte sich der Vertreter an mich, die Familie Lein sei mir nicht böse, ich könne jederzeit auf den Hof zurückkommen. Zu Bruckmann sagte er, die Familie Lein weiß, daß er zurückkommt. Dann hörte ich, mir fehlten alle Voraussetzungen für die Schule. Er, Bruckmann, könne ihm glauben, daß ich mich für ein Handwerk nicht eigne, das sei nur eine Einbildung von mir.

Zu mir sagte er, ich solle mir das gut überlegen.

Ich verfolgte den Streit, als ginge es um eine dritte Person, als würde etwas abgehandelt, an dem ich mich selber beteiligen könnte, ohne mir zu schaden. Bruckmann gewann schließlich meine Sympathie, indem er sich vor das offene Werkstattor stellte und dem Vertreter befahl, sein, Bruckmanns, Eigentum zu verlassen, ein Verfahren, von dem ich nicht Gebrauch machen konnte, aber, um einen Vertreter loszuwerden, der mir allmählich auf die Nerven ging, dazu eignete es sich ganz gut. Bruckmann schaute mich danach von der Seite an, als überlege er sich, ob es nicht doch besser sei, mich wegzuschicken. Dabei bekam ich auf einmal Angst, inmitten eines Mißverständnisses abgefertigt zu werden. Dazu fielen mir die Gesichter der Familie Rager ein, der Lehrer, zu dem ich um eine Zeugniszweitschrift gegangen war, der gesagt hatte, was willst du denn mit einem Zeugnis anfangen? Diese Eindrücke stürzten nun auf mich ein, und Bruckmann verwandelte sich neben mir zu einer Instanz, zu einer Institution, die über mich entschied.

Natürlich konnte ich nicht sagen, du brauchst keine Angst zu haben, ich bin nicht so dumm, wie die Leute sagen. Das wußte ich im übrigen selber nicht mehr, ich dachte auch bald nicht mehr darüber nach. Retten, sagte ich mir, kannst du dich auch da wieder nur durch Zupakken. Ich pfiff Lieder und Schlager vor mich hin, um mich mit einer fast glücklichen Stimmung zu betrügen. Mir gelangen auch einige kleinere Arbeiten, für die Bruckmann mich lobte. Das war mir zwar peinlich, aber insgeheim sagte ich mir, daß ich es schaffen würde. Auch in der Werkstatt fand ich mich schon ganz gut zurecht. Ich mußte nicht mehr nach jedem Gegenstand fragen und wagte auch manchmal schon einen Blick hinaus, um einen Vergleich anzustellen. Ja, ich erinnerte mich wieder an die Genugtuung, die ich empfunden hatte, als ich mir zum ersten Mal vorstellte, wie die Leute wohl auf mein Vorhaben reagieren würden. Ja, einen Teil von dieser Genugtuung empfand ich wieder. Bruckmann, der oft weg war, kam von einer Montagefahrt zurück. Ich sah ihn

auf die Werkstatt zufahren und dachte, hoffentlich hupt er nicht, irgendwann muß sich das Hupen vor der Werkstatt aufhören, der soll aussteigen und sich das Tor selber aufmachen. Da ging das Tor auf, Bruckmann kam herein und ging auf mich zu, sagte aber nichts. Dann ging er mehrmals um mich herum, blickte mich kurz an, schüttelte den Kopf und sagte schließlich, er sei auf dem Hof gewesen. Ich starrte eine Kiste an, in der Motorersatzteile lagen. Von meiner Vergangenheit, sagte er, wisse er nun alles. Dann schaute er, als würde er mich etwas fragen, schüttelte aber wieder den Kopf, als wäre er vor lauter Entsetzen sprachlos geworden.
Das vergrößerte *mein* Entsetzen.
Aber irgendwie fand ich es wieder ganz richtig.
Rudolf Lein, dein Vater, würde dich nicht so einfach ziehen lassen, wenn er dir schon mit Erziehungsanstalt gedroht hat, sagte ich mir, so darfst du dich auch nicht wundern, wenn er dir nun auch noch deine Vergangenheit nachwirft. Bettnässen Diebstahl Verrat Falschheit Ungehorsam, alles konnte man mir anhängen. Das Schlimme war nur, daß mir Bruckmann nicht sagte, was ihm über mich erzählt worden war.
Ein dürrer Grasstengel, ein Stein, eine zerbrochene Zaunlatte, alles wollte ich sein, alles, nur nicht ich. Erwürgt mich endlich ganz, wünschte ich mir, laßt mich endlich werden, flehte ich.
Der Abend legte sich gemütlich zwischen die Häuser.
Auf das Entsetzlichste gespannt, betrat ich hinter Josef Bruckmann das alte umständliche Haus, bangend, was mit mir geschehen würde. Das Wasser floß kalt und frisch aus der Leitung. Ich goß es mir ins Gesicht. Georg. Helene. Inge Bruckmann. Ada. Der alte Bauer. Alle fürchtete ich. Ich spielte, so gut es ging, den Unbekümmerten und gab mir ununterbrochen Befehle, lächle du Hund, setz dich du Hund, iß du Hund, mach kein so dummes Gesicht.

Den ganzen Abend keine ruhige Sekunde.
Nur entsetzliche Angst vor Bruckmanns Lippen.
Dann Angst vorm Einschlafen.
Als ich in der Nacht im nassen Bett aufwachte, blieb ich lange ruhig liegen und versuchte, an nichts zu denken. Dann machte ich mich allmählich mit dem Gedanken vertraut, daß ich auch in diesem Haus als Bettnässer anfange. Dann stand ich auf, zog mich an und ging in den Stall, um von meiner Peinlichkeit zu berichten.
Helene sagte: Schwein.

Meine Augen funktionierten.
Das Gehör war in Ordnung.
Der Geruchssinn war in Ordnung.
Meine Gangart war bäuerlich, auf Unebenheiten in der Natur eingestellt, auf Tragen und Ziehen von Lasten, auf Arbeit. Ich ging ungern allein durchs Dorf, machte ich die Werkstattür oder die Haustür hinter mir zu, war mir wohler, weil man mich da nicht mehr durch durchsichtige Vorhänge beobachten, mich nicht mehr auslachen konnte; durchs Dorf laufen oder etwas durchs Dorf tragen, machte mir nichts aus, Außenmontagearbeiten verrichten ebenfalls nichts, solang ich nicht untätig herumstehen mußte.
Am meisten entfremdet waren mir die Hände.

Am Samstag arbeiteten wir bis zwölf, gingen ins Haus, aßen, dann spürte ich, wie sich in meinen Gliedern eine ungeheure Trägheit ausbreitete, daß ich mich am liebsten vorm Waschtrog auf den Boden gelegt und dem Zufall überlassen hätte, aber ich hatte, als ich mit Bruckmann meine Bedingungen aushandelte, abgemacht, ich würde die Wochenenden bei der Mutter verbringen, außerdem wollte ich in meiner arbeitsfreien Zeit nicht einer fremden Familie zur Last fallen. Das Haus selber schien mir ebenfalls in eine solche Trägheit zu stürzen. Bruckmann, zu dem ich früher Josef gesagt hatte, saß ungewaschen im Arbeitsanzug mit dem Rücken zu mir und las eine von den Tageszeitungen, die sich im Laufe der Woche auf der Bank angesammelt hatten. Inge Bruckmann räumte mit Helene die Küche auf. Ada und der Bauer hatten sich gleich nach dem Essen in ihre Kammern zurückgezogen und machten wahrscheinlich Siesta. Georg war im Dienst. Obwohl ich wußte, wann Züge und Busse fuhren, erkundigte ich mich bei Helene nach den Abfahrtszeiten. Mir war einfach nicht zum Wegfahren zumute. Wo ich mich aufhalte, dachte ich, ist doch bei mir einerlei. Ich ging hinauf ins Zimmer, saß dort eine Weile, stand auf und fing mit Widerwillen an, mich umzuziehen. Dann packte ich schnell die Schmutzwäsche ein und verließ kurz darauf mit einem Umhängebeutel das Haus. Auf der Höhe der Viehwaage entschloß ich mich, nicht den kürzeren Weg einzuschlagen, sondern über die Brücke zu gehen, weil der kürzere Weg an einem Haus vorbeiführte, von dessen Bewohnern ich wußte, daß sie für die Familie Lein beobachteten. Auf der anderen Seite war zwar auch ein Haus, an dem ich am liebsten ungesehen vorbeiging. Einen dritten Weg gab es aber nicht, um zum Bahnhof zu gelangen. Da hilft nichts als vorbeilaufen, sagte ich mir und lief, aber diese Menschen standen im Garten heraußen und riefen mir entgegen: Lauf doch nicht so! der Zug kommt noch lang nicht! Ich muß vorher noch woanders hin! schrie ich und hetzte vorbei, lief, bis mir weiter unten eine Kastanienallee den Rücken deckte, und ging im Schrittempo weiter, und allmählich merkte ich, daß ich mich in einer Landschaft befand; so weit ich sehen konnte, gab es nichts als Landschaft und Erinnerungen. Schluß, sagte ich mir, mit dieser Landschaft ist es nun ein für allemal Schluß, ich gehöre nun zu den Arbeitern und habe mit dieser Landschaft nichts mehr zu tun, wunderte mich zwischendurch aber, wie kommt es, daß ich um diese Zeit da gehe? Um diese Zeit auf einen

Bahnhof zugehen? Es kam mir auf einmal alles so ungewohnt und verrückt vor. Ich hörte mich gehen und konnte es einfach nicht glauben. Ich überquerte an der Kreuzung, auf der wöchentlich ein Unfall passierte, die Landstraße, ging auf den Bahnhof zu, grüßte mich durch Leute, löste in einem Raum, der nach Öl stank, eine Fahrkarte und wartete. Da war es unvermeidlich, den Leuten zuzuhören, aber was da gesprochen wurde, langweilte mich und war mir bald so unerträglich, daß ich die Flucht ergriff und ein Stück weiter hinten eine Zechstube betrat, wo eine Gruppe von jungen Bauarbeitern eng zusammengerückt um einen langen Tisch saß, und rundherum, vereinzelt, jeder an einem Tisch, hockten Landarbeiter. Die Musicbox war auf das Lauteste aufgedreht. Konrad Eiblich, den ich bei meinem Eintritt sofort gesehen hatte, hob einen vollen Bierkrug in die Höhe und rief mir etwas zu, das ich wegen der Lautstärke nicht hören konnte. Franz Vogler, zu dem ich mich setzte, fluchte gleich auf die Zeit, die wir zusammen auf einer Alm verbracht hatten. Ich erinnerte mich, daß ich ihn damals, weil mir selber nichts anderes durch den Kopf gegangen war, einmal gefragt hatte, warum er sich nicht aufhänge? Lebenslänglich Landarbeiter, sagte er. Dann kam mein Zug.

Durch Neukirchen ging ich wie immer schnell, um so bald als möglich im Haus untertauchen zu können, höchstens daß ich vor dem Pfarrhof verweilte und alle Aushänge einschließlich der Filmkritiken sorgfältig las. Meine mir entfremdete Mutter fragte mich besorgt, wie es mir nun ergehe? Dort ist alles bestens, sagte ich. Der Meister ist einer, der mir überall freie Hand läßt. In meiner Freizeit mache ich, was ich will. Überhaupt spür ich gar nicht, daß ich vom Meister in irgendeiner Weise abhängig bin. Er macht sich weder etwas aus seinem Titel, noch gibt er sonst in irgendeiner Weise zu erkennen, daß er mir übergeordnet ist. Dann erzählten wir uns Geschichten, die uns ebenfalls nicht näher brachten. Verwandte, Bekannte, Vergangenes. Ich blieb auf dem Stuhl, auf den ich mich nach meinem Eintritt gesetzt hatte, bis zum Schlafengehen sitzen und kam mir recht fremd vor. In meinem Kopf spielte sich etwas ab, das ich nicht mehr kontrollieren konnte. Wie ich früher ungewollt von einem Erlebnis in das andere springen mußte, so gingen mir diese Dinge, ohne daß ich es wollte, durch den Kopf. Der Stiefvater, der Betrogenste unter uns, lag auf der Couch und löste, um durch das unfreiwillig Erlebte nicht verrückt zu werden, ununterbrochen Rätsel.

Am Sonntag stand nach dem Frühstück natürlich der Besuch des Gottesdienstes auf dem Programm. Ich wollte nicht in die Kirche gehen, wollte aber deswegen nicht schon an meinem ersten Wochenende einen Streit anfangen. Um meinen Fuß nicht schon mit Beginn der Messe in das Kircheninnere setzen zu müssen, wusch ich mich und frühstückte gemütlich, obwohl die Mutter, die mit Küchenaufräumen beschäftigt war, immer wieder auf die Uhr schaute und mehrmals unüberhörbar sagte, daß es schon sehr spät sei, was sich natürlich auf den Einzug des Pfarrers in das eigentliche Gotteshaus bezog. Zuerst tat ich, als würde ich diese Belästigungen überhören, aber die Mutter antwortete darauf mit Handgriffen, steigerte das Küchenaufräumtempo und schickte mir unmißverständliche Blicke zu, so daß mich alles zusammen bald an mir noch immer unbegreifliche Kindheitserlebnisse, das Katholische betreffend, erinnerte. Diese Erinnerung und die plötzlich finsteren Gesichtszüge der Mutter veranlaßten mich, überstürzt das Haus zu verlassen, aber schnell war es mir auf eine andere Art peinlich, weil ich da nirgends dazugehörte. Vor und hinter mir gingen Menschen, die mich vom Hörensagen kannten. Ich ging so, als wäre ich mit etwas beschäftigt, als würden mich diese Menschen nicht interessieren, um von niemandem angesprochen zu werden, weil ich Angst hatte, befragt zu werden »wer bist du? wo gehörst du hin? was machst du?« und mit »ah so« bin ich wieder erledigt. Das verübelte ich auch niemandem, nur ersparen wollte ich mir das von vornherein. In die Kirche hineingehen, war ja schon wieder eine Erleichterung. Ich blieb ganz hinten stehen. Der Pfarrer, ein Mensch, der es verstand, schöne lange Gottesdienste zu feiern, waltete bereits seines Amtes. Die Arbeit, die ihm von höherer Stelle vorgeschrieben war, hatte er so gut im Griff, daß er gleichzeitig auch noch die Schüler in Schach halten konnte, indem er den einen und den anderen vom Altar aus beim Namen anrief.

Wie mir sofort nach meinem Eintritt aufgefallen war, hatte er sich seit meinem letzten Besuch technisch eingerichtet. Ein auf einen vernickelten Metallständer montiertes Mikrophon, das er sich von einem Ministranten nachtragen ließ, nahm seine Stimme auf und gab sie an isolierte Drähte weiter bis zu den Lautsprechern, die weiter hinten unsichtbar in dunklen Nischen angebracht waren. Um zu predigen, brauchte er nicht mehr über die steile Stiege auf die Kanzel hinaufzuklettern, wo man beim Heruntersteigen immer Angst haben mußte, sich das Genick zu brechen, sondern konnte vorne bleiben, auf einem weichen Teppich. Eng war es hinten, weil da alle auf einem Bündel beisammenstanden und nicht auseinanderrückten, obwohl uns der Pfarrer einige Male aufforderte, uns doch in die Stühle zu setzen. Immer wieder kamen welche, zwängten sich durch, bis sie plötzlich vorn dran auf dem Mittelgang standen, von wo sie sich augenblicklich wieder zurückzogen. Links von mir, fiel mir auf, war ein Beichtstuhl in Betrieb. Bekannte Gesichter sah ich: ob sie es schon wissen? ob sie mich schon hassen? Eine alte Magd fiel mir ein, der ich als Bub, nachdem sie beschlossen hatte, daß ich neben ihr im Heu liegen sollte, knapp neben ihr Lager geschissen hatte, um

kein zweites Mal für ein derartiges Ansinnen in Frage zu kommen. Plötzlich schnappte ich das Wort Indien auf und dachte, daß der Pfarrer in dieser Predigt sein beliebtes Indienthema behandelte, horchte aber nicht weiter hin, weil mir ein anderes Gesicht durch den Kopf ging, das meine Gedanken sofort in die Mittersiller Haftanstalt führte. Die Haft selber, dachte ich, ist wahrscheinlich noch erträglich, aber dann auf freien Fuß gesetzt zu werden. Lebenslänglich auf freiem Fuß! Bei dieser für mich schrecklichen Vorstellung verharrte ich bis zur Wandlung und verließ nachher rasch die Kirche, ging langsam durch den Friedhof, über eine Treppe hinunter und drückte mich als einheimischer Fremder an eine Kaufhausmauer.
Man hatte es eilig zu verbreiten, daß ich für ein Handwerk zu dumm sei. Man prophezeite, daß es mich spätestens in der Berufsschule aufdrehen würde. Man belächelte mich (der Holl hat sich etwas vorgenommen, aber er wird schon sehen, wird schon noch draufkommen). Freilich machte es mich wahnsinnig, als mir die Mutter sagte, man unterstelle nun ihr und ihrem Mann, daß sie mich aufgehetzt hätten, daß sie mich zum Weggehen überredet hätten, daß ich von selber nie auf einen solchen Gedanken gekommen wäre. Und dazu sagten sie auch, sagte mir die Mutter, daß mir eine Lehrerin ins Zeugnis geschrieben hatte: »er könnte mehr leisten«. An diesem Satz hatten anscheinend alle, die an mir herumpfuschten, einen Narren gefressen. Diese blöde Kuh, sagte ich, ich möchte wissen, wann werde ich endlich diese Kuh von einer Lehrerin los? Ich versuchte, der Mutter auseinanderzusetzen, daß diese Kuh von einer Lehrerin aus völliger Unkenntnis meiner Lage mir diesen Satz ins Zeugnis geschmiert habe. Tausendmal hat man mir diesen Satz schon vorgehalten, sagte ich. Immer wenn fremde Leute sich bei Besuchen nach mir erkundigten, wurde dieser Satz verwendet, um auf diesem Satz alle Ansichten über

mich aufzubauen. Wie kann eine Lehrperson nur so dumm sein und einem Kind, dem man ansieht, daß es vor lauter Arbeit fast umkommt, ins Zeugnis schreiben: »er könnte mehr leisten«? Und wie kann jemand, der genau weiß, daß dieser Satz ein Unsinn ist, mir ununterbrochen, nach neun, zehn Jahren bei jeder Gelegenheit diesen unsinnigen Satz nachhetzen, auf Begräbnissen diesen Satz an Verwandte weitergeben, damit die Verwandten diesen Satz verbreiten, in mehreren Dörfern mit Hilfe von gedankenlosem Weibergesindel, sagte ich, ununterbrochen verbreiten? Und die Mutter sagte, der Satz steht nun einmal da, ins Zeugnis geschrieben hat die Lehrerin diesen Satz. Aber dieser Satz, sagte ich, ist doch kriminell, dieser Satz ist doch ein Verbrechen.
Ich hüllte mich eine Weile in Schweigen und schaute durchs Fenster zu einer Alm hinauf.
Der Stiefvater lag auf dem Diwan und löste Rätsel auf. Die Geschwister waren draußen.
Warum kann ich nichts unternehmen, ohne daß es mir nicht auf den Kopf fällt? Nicht einmal meinen Entschluß lassen sie mir. Elf Jahre habe ich gebraucht. Elf Jahre. Elf verlorene Jahre. Und jetzt sagen sie, man hätte mich aufgehetzt. Mein Entschluß ein Witz? Mein Entschluß, auf den ich so stolz war, ist jetzt ein Witz, meine Existenz eine durch und durch witzige.
Man habe, fing die Mutter an, sie auch wissen lassen, daß ich, wenn ich noch zwei Jahre geblieben wäre, ein Erbteil bekommen hätte.
Ich lehnte mich zurück und zählte jüngere und ältere Menschen auf, von denen ich wußte, daß sie auf solche Existenzdrohungen hereingefallen waren, sie selber darunter. Ich machte darauf aufmerksam, daß solche Existenzspiele nicht nur mit leeren Händen enden, sondern auch mit einem zerknitterten Verstand, weil das auf die Dauer kein Mensch aushält.
Mir selber wurde allmählich alles gleichgültig.

Irgendwann muß denen doch der Vorrat an vernichtenden Urteilen ausgehen, sagte ich mir. Irgendwann müßte sich doch alles in einer furchtbaren Langweile erschöpfen. Irgendwann mußten sie sich doch an den Kopf greifen, dachte ich, bezweifelte es aber sofort wieder, weil mir einfiel, daß ich mir beim Abgang keineswegs vorgestellt hatte, daß ein Prozeß gegen mich eingeleitet würde, daß ein Prozeß von so riesigem Ausmaß über mich hereinbrechen würde. Das Angenehme an einem solchen Prozeß – der einem eigentlich von der Geburt an gemacht wird – ist, daß jeder sich nach Lust und Liebe mühelos daran beteiligen kann. Der Angeklagte befindet sich auf freiem Fuß, weil er laut Gesetz frei geboren ist. Natürlich kann der Prozeß nicht von irgendeiner Person eingeleitet werden. Eine von den Grundbedingungen ist: der erste Ankläger muß über Besitz oder sonst eine Macht verfügen. Ein Besitzloser kann sich, sobald der Prozeß im Gange ist, beteiligen, jedoch den Prozeß niemals eröffnen. Je mehr Besitz, um so größer sind die Aussichten, den Angeklagten irgendwann zur Strecke zu bringen. Und ganz wichtig ist: eine große Verwandtschaft, die sich hauptsächlich aus Besitzenden zusammensetzt und auf verschiedene Orte verteilt ist, so daß der Angeklagte nirgends, bei keiner Veranstaltung, auftreten kann, ohne das Gefühl zu haben, er wird gejagt. Auf keinen Fall darf der Angeklagte zur Ruhe kommen.
Besonders lustig ist es für den Angeklagten, daß er sich andauernd rechtfertigen muß, weil es nicht den Erwartungen entspricht, daß so ein Mensch von sich aus etwas unternimmt. Je größer der Besitz, von dem der Angeklagte kommt, um so mehr muß er sich rechtfertigen. Ganz wichtig: der Angeklagte muß, sobald er sich unter Menschen begibt, stets das Gefühl haben, daß er »auf Nadeln sitzt«, er muß sich fürchten, daß er ausgerichtet wird. Der Prozeß muß aus dem Hinterhalt geführt werden. Es muß Menschen geben, die dem Angeklagten

Botschaften, von denen er nichts wissen will, zubringen. Ich hatte Angst, das Haus zu verlassen. Von der Verachtung, dem Haß, der Bosheit war ich so erschöpft, daß ich mich gegen den Kirchgang nicht mehr zur Wehr setzte. Erst als ich in der Kirche stand, fiel mir wieder ein, daß sich der Pfarrer bei Predigten oft gegen uneheliche Kinder geäußert hatte. Vorne sah ich einen meiner Brüder als Ministranten, hinten sah ich mir wohlbekannte Prozeßteilnehmer.

Durch das Tal wollte ich in der Nacht fahren.

Weil die Nacht besser zum Tal und zu mir paßte. Tischgebet. Essen. Tischgebet.

Nach dem Essen fingen schon die Gedanken ans Wegfahren an, das Erkundigen nach Abfahrtszeiten und der Entschluß: Wann reiße ich den Neukirchner Sonntag ab? Einerseits wollte ich noch bleiben, andrerseits kam mir der ganze Sonntag schon wertlos vor.

Die Zugfahrt war anstrengend.

Der Zug, der mir als Transportmittel immer so viel bedeutet hatte, versetzte mich in einen sonderbaren Zustand, erinnerte mich an angstvolle Tage. Ich saß nicht in irgendeinem Zug. Ich stieg nicht in irgendeinen Zug ein und überlegte: Schattseite oder Sonnseite? Will ich die Schattseite sehen oder die Sonnseite? Ich saß in einem bestimmten Zug und sah Bestimmtes, denn es war keine fremde Landschaft, durch die er mich beförderte. Der Zug fuhr durch eine grüne Landschaft, durch eine grüne Oktoberlandschaft, am Nachmittag, als überall Kühe zusammengetrieben wurden, als Hunde bellten und knapp über den Klauen in Kuhhinterbeine bissen und sich sofort ins Gras drückten, um von dem ausschlagenden Hinterbein, von den Klauen nicht getroffen zu werden. Weidensträucher und Lichtmasten. Zäune. Unten der Fluß. Ich konnte nicht einfach dasitzen und meinen Blick über die Landschaft schweifen lassen. Mich starrte die Landschaft an. Aus einer grauen, von Obstgärten umstellten Bauernsiedlung starrte mich ein Haus an. Von weitem, bevor ich von diesem Haus überhaupt etwas sehen konnte, richtete ich meinen Blick schon in diese Richtung, und meine Gedanken drangen in das Haus ein. Der Bahnhof dazu, ein Unterstand, zur Hälfte gemauert, darüber ein brauner verwitterter Bretterverschlag, machte mich benommen, ich schaute, ob jemand Bekannter draußen stand oder ausstieg, und spürte mein Herz schneller schlagen. Auch Bramberg regte mich auf. Einerseits war ich froh, daß der Zug nicht lange hielt, andrerseits wollte ich kurz nach der Abfahrt die Notbremse ziehen, um Bramberg länger anzuschauen, obwohl ich wußte, daß ich jedes Wochenende zweimal an Bramberg vorbeifahren würde oder gar auf der alten Straße durch Bramberg durchfahren. Ebenfalls nicht unbeteiligt fuhr ich an Mühlbach vorbei. Hollersbach, das früher der boshafteste und derbste Ort gewesen sein soll, ließ mich schon ziemlich kalt. Die Kinder, die vor lauter Langweile schon um die Ankunft eines Zuges froh waren, bezog ich nicht auf Hollersbach, denn Kinder hatte ich genauso auf dem Mühlbacher Bahnhof, auf dem Bramberger, Habachtaler und Neukirchner gesehen. Die Viehtreiber machten mich betroffen, daß ich ihnen vom Zug aus in die Ställe folgte und mir sagte, das ist doch eine Ungerechtigkeit, daß immer dieselben am Sonntag das Vieh versorgen müssen. Ich erinnerte mich, daß es mich immer geärgert hatte, wenn ich am Sonntag eine Stalltür aufmachte und sehen mußte, wie sich die andern in Feiertagsgewändern draußen herumdrückten. Daß die Vorsteher der Land- und Forstarbeitergewerkschaft nie in einen Stall hineingerochen haben und sich einen Dreck um diese Menschen kümmern, dachte ich, daß sie den Mund halten, um ungestört in ihren Schreibstuben sitzen zu können. Wozu es überhaupt eine Land- und Forstarbeitergewerkschaft gibt?, fragte ich mich und: wieso heißt diese Arbeitervertretung überhaupt Land- und Forstarbeitergewerkschaft? Als ob die Landarbeit etwas mit der Forstarbeit zu tun hätte. Man sollte diese Gewerkschaftler aus ihren Schreibstuben herausholen und in die Ställe stecken, sie übers Wochenende Stallarbeit verrichten lassen, damit sie wenigstens unterscheiden lernen. Mittersill brachte mich auf andere Gedanken. Im Zug saßen hauptsächlich Menschen, die in die Arbeit fuhren und nichts sagten, weil ihnen wahrscheinlich nicht danach zumute war. Manche lasen Schundromane. Andere saßen vom Nicht-arbeiten starr da. Nur zwei Alte, die fast den gleichen grauen, gestrickten Rock anhatten, sprachen abwechselnd über ihr Leben, das sie – wie sie sagten – zwischen Piesendorf und Mühlbach verbracht hatten, ein Leben, das sie selber – wie ich immer wieder hörte – als dumm bezeichneten. Sie sagten sich, was sie hatten machen müssen, was sie aber, hätten sie damals mehr gewußt, nie im Leben gemacht hätten. Sie sprachen viel Aufgestautes aus, ich hatte aber das Gefühl, daß sie dabei mindestens so viel verschwiegen. Mich selber riß es nach Mittersill immer heftiger hin und her, weil da die Landschaft für mich am bekanntesten war. Der Zug, obwohl immer gleich langsam, riß mich über sie hinweg und spuckte mich plötzlich aus, auf ein graues Pflaster, in schattige Endeoktoberluft und Schlagermusik, die aus der Bahnhofsrestauration kam, in der die jungen Bauarbeiter saßen. Ich überlegte, ob ich hineingehen und mich zu ihnen setzen sollte, den Sonntag da mit einem Bier anfangen, anstatt mit einem aufgezwungenen Kirchgang? Die Art, wie ich da meine Existenz durch den Ort beförderte, sprach mindestens für ein Bier, wenn nicht überhaupt für einen ungeheuren Rausch. Die Art, wie mich die jungen Bauarbeiter angeschaut hatten, sagte: Du gehörst nicht zu uns, deine Herkunft können wir an unserem Tisch nicht brauchen. Außerdem waren die jungen Bauarbeiter eine Clique. Ich beschloß, weiter oben einzukehren. Zuerst, sagte ich mir, mußt du die Bahnhofstraße hinter dich bringen, zuerst mußt du etwas leisten, und dann kannst du einkehren.

Die Musicbox spielte nicht.
In diesem Wirtshaus wurde ich freundlich aufgenommen.
Ältere Arbeiter und Pensionisten saßen da.
An einem Tisch wurde Karten gespielt.
Ich bestellte bei der Kellnerin ein Bier und trank es sofort aus, weil mich die Zechstube langweilte.
Ich nahm meinen Umhängebeutel und ging. Außer mir war um diese Zeit anscheinend niemand auf der Straße.
Im Haus, in der Küche, war nur der alte Bauer, Georg und Helene waren im Stall.
Die andern waren in den Zimmern und Kammern.
Ich trug den Umhängbeutel, einen Beutel, wie ich ihn zu meiner Befriedigung im Zug bei Arbeitern gesehen hatte, hinauf ins Zimmer, nahm die frische Wäsche heraus und ging, weil ich mit mir im Zimmer nichts anzufangen wußte, wieder hinunter in die Küche, redete mit dem Bauern und dachte bereits an den kommenden Tag, an das Aufstehen, an das Frühstück, an das Werkstattaufsperren, an das Jausnen auf der Werkbank, an das Mittagessen und den Aufbruch auf die Minute und an den Nachmittag.
Georg und Helene kamen mit der Milch herein.
Aus der Umgebung kamen Kinder mit Milchflaschen, die ihnen Helene anfüllte. Das Milchflaschenanfüllen erinnerte mich sofort an andere Küchen, in denen um diese Zeit ebenfalls Kinder warteten.
Inge Bruckmann kam herunter und fing mit Helene an zu kochen. Der Meister kam und erkundigte sich, was ich am Wochenende gemacht habe? Mit einem väterlichen Blick fragte er mich das. Nicht viel, sagte ich, um alles irgendwie auf einen Nenner zu bringen, außerdem ärgerte

mich diese Frage. Diese Frage, sagte ich mir, gehört überhaupt abgeschafft, verboten. Inge deckte den Tisch und erkundigte sich, ob der Neukirchner Pfarrer schön predige?
Helene schüttelte den Kopf.
Der Bauer nannte den Neukirchner Pfarrer einen durchtriebenen Hund, was mich veranlaßte zu sagen, daß andere ihn auch einen schlauen Kopf nennten.
Ada, die Schwester des Bauern, schlurfte herein, kratzte sich am Kopf und setzte sich zu mir.
Die Bäuerin war außer Haus und hetzte irgendwo gegen Helene. Der Meister schwieg.
Heute wird ins Kino gegangen, dachte ich, ganz gleich welcher Film, heute gehe ich noch ins Kino.
Inge trug das Essen auf.
Helene kam mit einem Teller in der Hand auf mich zu, den muß sie aus dem Rohr genommen haben, dachte ich, ein Teller mit gebratenem Fleisch, vor mir auf dem Tisch. Das ist für dich, das steht dir zu, weil du zu Mittag nicht dagewesen bist, sagte sie. Ein Teller mit gebratenem Fleisch, dachte ich, ich bekomme gebratenes Fleisch, esse nicht, was die andern essen, esse besser als die andern, ausgerechnet ich? Aber das ist doch unmöglich. Mehr mit Denken als mit Essen beschäftigt, aß ich das gebratene Fleisch und gab mir Mühe, die andern nicht merken zu lassen, was in mir vorging.
Ich komme in ein fremdes Haus und fehle, wenn das Essen am besten ist? Das hätte sie nicht tun müssen, sagte ich mir. Sie hätte nicht für mich aus der Pfanne Fleisch nehmen, auf den Teller legen und den Teller mit dem gebratenen Fleisch in das Rohr schieben müssen. Sie hätte nicht nach einer Woche denken müssen, daß ich nicht da bin. Ich stand vor meiner Vergangenheit kopf. Was ist mit dieser Frau los, daß sie so ganz und gar anders ist? Was habe ich denn für diese Frau ins Haus gebracht, außer Umständlichkeiten und mehr Arbeit? Wie ist es

überhaupt möglich, daß diese Frau in diesem Haus Zeit hat zu denken, daß ich nicht da bin? Ich kam lange nicht aus dem Staunen heraus, und allmählich mußte ich anfangen, meine Vergangenheit erneut in Frage zu stellen. Die Vergangenheit, die ich am liebsten verschwiegen und vergessen hätte, glotzte mich wieder an, das Unbegreifliche, das ich nicht einfach als Schicksal abtun konnte.

Die Tatsache, daß ich mit Erika nicht geschlafen, Kofler und Leo gegenüber aber des öfteren Andeutungen gemacht hatte, daß ich mit ihr geschlafen hätte, gab mir insgeheim zu denken, zumal ich mir überhaupt nicht erklären konnte, daß sie zuerst, wenn ich mich zu ihr ins Bett lege und damit rechne, daß ich mit zerkratzten Händen aus dem Bett steige, so ruhig daliegt. Ich taste ihre Brüste ab, und sie macht nichts. Ich fahre mit meinen groben Händen unter die Pyjamabluse und bin überrascht von der weichen Haut und der Ruhe, während nebenan gerauft wird. Eva, ihre Schwester, läßt sich von Kofler nichts gefallen, wehrt sich so, wie ich es mir von Erika vorgestellt habe, wegen ihrer Schüchternheit. Ich taste tiefer und schweige dabei. Und sie macht nichts, liegt bewegungslos auf dem Rücken, schlank, mit einer sanften Haut. Nur ihre Handflächen sind rauh. Aber wie kann sie tagsüber so schüchtern sein, daß sie schon rot wird, wenn jemand sie nur anspricht? Ich habe kaum mit ihr geredet, sie nur angeschaut, habe mich neben ihr ins Gras gesetzt und bin dort, wo sie mit dem Löffel in die Milch gefahren ist, mit dem Löffel in die Milch gefahren, bin aufgestanden und um die Gabel gerannt, um neben ihr über den Hang hinaufgehen zu können, schwitzend, über dürres Heu, während die Sonne schon etwas schief herunterbrannte. Dann glaubte ich, sie wird sich wehren, wenn ich versuche, ihr die Pyjamahose auszuziehen. Nein. Sie hob den Körper, so daß ich mühelos die Hose hinunterstreifen konnte, bis zu den Knien, weil mir vorkam, ihr die

Hose ganz auszuziehen, wäre zu viel, wahrscheinlich weil über uns das Wort Unkeuschheit schwebte und weil wir nichts voneinander wußten. Ihren Körper streckte sie mir entgegen, aber ich tat nicht, was sie wollte. Es störte mich die Anwesenheit ihrer Schwester, die ununterbrochen mit Kofler raufte. Ich kann doch, sagte ich mir immer wieder, unmöglich mit Erika vögeln und ihre Schwester und mein Freund müssen uns dabei zuhören, und gleichzeitig ärgerte ich mich über das Wort vögeln. Vor diesem Wort grauste mich ein wenig, aber ein erträglicheres Wort wußte ich nicht. Natürlich wollte ich diesen Körper haben, der vor lauter anerzogener Schüchternheit sich wand und bog und doch schon lange Nacht für Nacht vor Geilheit zu zerfließen drohte. Wir waren unter Zeitdruck. Alle vier mußten wir um fünf Uhr dreißig auf den Beinen sein, brauchten die Nacht zum Teil zum Schlafen, um bei der Feldarbeit nicht schon zu Mittag vor Müdigkeit umzufallen. Ab zehn fing Erika an zu drängen. Wir müssen ja aufstehen, flüsterte sie, obwohl ihr überhaupt nicht danach zumute war. Und mir erging es genauso. Ich wollte auch bei ihr bleiben, die ganze Nacht, mit ihr aufwachen, aber der Zeitdruck, dieses gräßliche Gefühl, nicht viel Zeit zu haben, hielt mich von weiteren Versuchen ab. Ich ärgerte mich, stand auf, zog mich an und dachte: Wenn die andern sich das bieten lassen: auf Akkord vögeln, unter Zeitdruck vögeln, dann ist das eine Schlamperei. Ich mach das nicht, aber als ich wieder kam, um das Versäumte nachzuholen, schaute mich Erika abweisend an und sagte, das hat keinen Sinn, und ließ mich gehen, verliebt und völlig im Ungewissen. Und ich sah sie oft gehen, und wieder und wieder ging ich diese Nacht durch und alles, was vorher gewesen war, redete bangend mit ihren Schwestern und machte mir Vorwürfe: Ich Dummkopf liege eine halbe Nacht nackt neben ihr, und sie will, daß ich mit ihr vögel, sie will das und ich will das, statt dessen bin ich später auf den Abort gegangen, habe mir ihren Körper vorgestellt und mich selber befriedigt. Sah ich sie gehen, war mir, als müßte ich ihr nachlaufen, sprach ich sie an, wich sie mir aus und drückte sich um eine eindeutige Auskunft herum und ließ mich laufen und unser kurzes Liebesverhältnis überdenken und überdenken.

In der Früh mußte ich mit Bruckmann zu seiner zweiten Werkstatt in den Tennengau fahren. Helene hörte ich noch lachen, dann setzte ich mich zu Bruckmann in das kalte Auto. Reifbedeckte Wiesen. Erinnerungen. Einerseits war mir alles gleichgültig, andrerseits verspürte ich ein Unbehagen, in meinem Zustand wieder ein fremdes Haus betreten, auf fremde Menschen stoßen zu müssen. Meine Unwissenheit und die Berufsschule. Ich dachte aber nichts zu Ende, weil ich innerhalb von zwei Wochen schon zu einem Opfer geworden war, wieder trottelhafte Züge angenommen hatte: stumpfsinniges Geschau, schiefes Lachen, unterwürfige Hilfsbereitschaft, Verschwiegenheit, leicht herunterhängende Unterlippe, tölpelhafte Gangart. Mich interessierten Flüsse, Schluchten, neue Landschaften und Städte. Die Straße. Da sah ich mich überall gehen. Es erinnerte mich an frühere Tage. Holl, wie oft hast du auf dieser Straße Vieh getrieben? Im Frühjahr. Allein und verzweifelt. Der Viehhändler fiel mir ein, der einmal behauptet hatte, ich hätte mich in einen Heustadel gelegt und hätte deshalb für die lausigen 20 Kilometer fast fünf Stunden gebraucht.
Wie ein Marterl stand diese Behauptung nun da, ohne sie hätte ich wahrscheinlich nie mehr an diesen Viehtreibtag als besonderen Viehtreibtag gedacht, und diesen viehhandelnden Großbauernsohn, den meine Existenz nicht das geringste angegangen ist, konnte ich wegen einer einzigen Behauptung, zu der er nicht einmal eine ganze Minute gebraucht hatte, nicht vergessen, nicht aus dem Kopf schmeißen. Aus der Luft gegriffene Behauptungen

kosten nichts und nehmen nicht viel Zeit in Anspruch, den Angeklagten jedoch können sie in den Wahnsinn oder Tod treiben.
Dann fuhren wir am Firmpatenhaus vorbei, so daß mir die Firmung durch den Kopf ging, der Firmpate, der mir eingeredet hatte, ich hätte keine Lust, mit den andern Firmlingen einen Ausflug zu machen, so daß die Firmung in ein schnelles Würstelessen ausartete und ich nachher schnell heimgehen, mich umziehen und arbeiten mußte. Warum sucht man mir einen solchen Firmpaten aus? fragte ich mich.
Mit welchem Recht werde ich überhaupt gefirmt?
Hinter Zell am See wurde mir leichter zumute.
Aber Lend?
Da wurde mir beim Durchfahren schon übel.
Und auf dieser krummen, gänzlich verbogenen Landstraße am Fluß entlang sah ich Kinder gehen, daß ich mir fest zureden mußte, daß ich nicht da draußen ging, daß ich im Auto saß und mit diesen Kindern nichts zu tun hatte.

Bruckmann denkt wahrscheinlich an seine Geschäfte. Er sieht mürrisch aus. Vielleicht hat er schlecht geschlafen. Oder hat ihn in der Nacht etwas geärgert? Sicher hat er Sorgen. Viel Schulden und wenig Aufträge. Die Bauern gehen vielfach an der Werkstatt vorbei. Vielleicht ist das der Grund, warum er beim Frühstück plötzlich gesagt hat, er bringe mich zu der anderen Werkstatt, damit ich von dort aus die Berufsschule besuche? Er hätte mich ja schon gestern oder vorgestern dort hinbringen können. Die Berufsschule hat ja schon vor einer Woche angefangen. Warum plötzlich heute, wenn gestern noch keine Rede davon war? Aber es kann auch sein, daß Bruckmann heute nicht arbeiten will, daß er lieber mit mir spazierenfährt. Er hätte mich ja mit dem Zug schicken können. Aber was mache ich mir lange darüber Gedanken,

wohin ich wann und wie verfrachtet werde. Mit mir wird sowieso schon die längste Zeit verfahren. Wo ich hinkomme, soll der Arsch der Welt sein. Jedenfalls hat Georg diesen Ort als Arsch der Welt bezeichnet. Hoffentlich ist es recht weit. Ich will den ganzen Tag im Auto hocken, wo ich ankomme, ist mir egal.
Links und rechts strotzte es vor Kälte.
Tief unten war der Fluß, wegen der Enge stellenweise bis zur Unkenntlichkeit entstellt. Über der Straße lagen Nebelfetzen. Ein Zug pfiff uns entgegen und an einer anderen Stelle raste einer in Fahrtrichtung an uns vorbei in einen kurzen Tunnel. Ich war gespannt, ob sich die Schlucht in einen Kessel oder in ein weitausgebauchtes Tal ergießen würde. Bruckmann brach einmal das Schweigen und deutete auf eine Miststreuerfabrik.
Vielleicht ist es gut, daß mich Bruckmann wegbringt.
Eine witzige Gesellschaft. Jahrelang lächelt man mich an und tut, als wäre ich gern gesehen, und plötzlich sind mir Hunderte von Häusern verschlossen und feindlich gesinnt. Werfen. Tenneck. Sulzau. Paß Lueg. Golling. Kuchl. Vigaun. Hallein. Wir warteten vor einem Bahnschranken und fuhren dann, als würden wir von der Welt abbiegen, in eine Ahornallee, lang ausholend um einen Hügel herum, durch einen tropfenden Tunnel, über eine Brücke und einen kurzen Anstieg hinauf. Umständlich ging es durch den Ort, eng zwischen Friedhofsmauer und Pfarrhof durch, auf eine sumpfige Mulde hinunter und wieder aufwärts, entlang eines Jungwalds, durch eine Siedlung. Vor einer offenen Garage blieben wir stehen. Da gings auch nicht mehr weiter.
Hinter der Garage war schon der Berg.
Rechts eine Hausmauer.
Links die Schmiede.
Das ist also die Werkstatt, von der Bruckmann so begeistert gesprochen hat. Ein Familienbetrieb, den er gepachtet hatte. Wir traten mehrere Stufen hinunter, an

Geräten und halberledigten Arbeiten vorbei, in eine finstere Werkstatt und begrüßten Arnold, den Sohn des Hauses. Dann gingen wir über die Stufen hinauf und begrüßten Ottilie, Inges Mutter, die Eigentümerin des Betriebes. Diese führte uns in eine kleine Küche. Sie entschuldigte sich bei Bruckmann, weil Rechnungen und Geschäftsbücher auf dem Tisch lagen. Sie räumte sie schnell weg. Sie erkundigte sich aufgeregt nach ihrer Tochter. Bei der Jause, die sie uns vorsetzte, fiel mir auf, daß Bruckmann bevorzugt behandelt wurde. Ich selber war da wieder sein Lehrbub. Ich konnte es mir aber nicht leisten, mich gegen diese Bezeichnung zu wehren. Ich fürchtete Bruckmann. Der junge Mann und die Frau waren freundlich und hängten an meinen Vornamen ein i. Bruckmann erkundigte sich nach den Geschäften, blickte dabei Ottilie herausfordernd an, sprang plötzlich vom Stuhl auf, schrie und schüttelte den Kopf, daß die Frau und ihr Sohn ängstlich zusammenzuckten.

Auf. Frühstücken. Mit dem Fahrrad in die Berufsschule.
Hinauf in die Direktion, anmelden und hinunter in die Werkstatt. Ich trat als letzter ein. Ein Mensch, groß, kräftig, dunkelbraun, mit funkelnden Augen, brüllte mich an, daß ich einen Augenblick glaubte, ich hätte es mit einem großen Hund zu tun. In der Verwirrung wußte ich nicht, was ich falsch gemacht hatte. Ich zitterte und hatte Mühe, mich in dem Gekläff zurechtzufinden. Auf gut Glück nannte ich noch einmal meine Namen, den Namen des Lehrmeisters, Lehrort. Bauerndorf, bellte er mich wieder an. Dann hob er den abgewinkelten Ellbogen, als würde er mich gegen die Werkbank schlagen. Ich starrte ihn an und faßte blitzschnell einen Entschluß, aber der Fachlehrer schlug nicht zu. Er brach die Drohung plötzlich ab und brüllte, ich solle mitkommen.

Ich Idiot. Ich verfluchter Idiot. Ich nahm Winkel, Körner, Reißnadel, Hammer und Lineal aus der Schublade und begann, das Werkstück, das mir der Fachlehrer Voß hinter der Werkshalle zugeworfen hatte, nach Plan anzureißen, während ich ihn irgendwo im Hintergrund wußte. Die andern standen mit gespreizten Beinen vor den Schraubstöcken und schoben Feilen über die Werkstücke, daß es mir kalt über den Rücken fuhr. Von den Achselhöhlen tropfte mir der Schweiß. Dieses Quietschen. Ich Idiot. Ich verfluchter Idiot. Das U-Eisen, das wir auf Maß zu bearbeiten hatten, war überall aus dem Winkel. Der Umstand, daß die anderen schon viel weiter waren, stimmte mich zusätzlich ängstlich. Ich spannte das U-Eisenstück in den Schraubstock und schaute verstohlen die Werkbank hinunter. Voß stand am andern Ende der Halle, mit dem Gesicht zum Fenster in den Hinterhof. Das beruhigte mich zum Teil. Aber dieser Lärm, dieses Quietschen und sonst nichts als eine künstliche Stille, wie ich sie nur von den Kirchengängen her kannte, von der Wandlung. Kein Wort, kein Keuchen, kein Kichern. Ich ergriff Hammer und Körner, setzte die Körnerspitze etwas zitternd an und schlug mit dem Hammer drauf. Voß sieht ja schon zum Fürchten aus. Dafür kann er nichts, aber wozu das Gebrüll? Ich warf Hammer und Körner in die Schublade und hörte im nächsten Augenblick Voß hinter mir durch die Halle kläffen. Ich mußte Hammer und Körner aus der Schublade herausnehmen und sachte in die Schublade legen. Küssen brauchte ich die Gegenstände nicht.

Die kurze Pause kam schnell. Ich ging mit den anderen in die Klasse und stieß den Mund in ein Butterbrot. Draußen verlor der Ahorn Blätter, und Lärm drang herein. Ein Wirrwarr von jugendlichen Stimmen. Einige standen beisammen und rauchten. Andere lehnten an der Mauer oder saßen auf Treppen und Fahrrädern. Ich ging neben der Schule auf und ab und wurde dabei auch angesprochen. Ich solle mir nichts draus machen, wenn ich es hinter mir hätte, sei Voß der feinste Kerl. Aber es gab auch welche, die hämisch grinsten und unter ihresgleichen die Worte von Voß wiederholten, so leise, daß sie jederzeit sagen konnten, du spinnst wohl, wir haben Wichtigeres zu reden. Bauer. Trottel. Ich zog die Hände aus den Hosentaschen und ging zurück ins Klassenzimmer. Tatsächlich kam es mir jetzt vor, als hätte ich mich verirrt, mich eingemischt, wo meinesgleichen nichts zu suchen hatte. Ich setzte mich und betrachtete unauffällig meine Hände. Sie waren groß, außen blau und rot gefleckt und innen noch voller Schwielen. Die Finger zum Davonlaufen dick und krumm. Ich steckte sie ein, stand auf und ging zur Tafel vor, um mit einigen über etwas zu lachen, das mir überhaupt nicht komisch vorkam.

Ein Kasten, ein Bett, ein Stuhl und ein Tisch waren die Einrichtungsgegenstände im Gesellenzimmer, in dem ich schlief. Es lag über der Werkstatt, war finster und roch nach Abort. Unten rauschte der Bach. Vom Fenster aus sah ich einen Hang, zwei Häuser, einen Schweinestall und Wald.

Hefte nachschreiben.
Stoff nachholen.
Die vier Grundrechnungsarten waren mir noch geläufig.
Aber Wurzelziehen konnte ich nicht.

Am Samstag muß ich in der Werkstatt mithelfen. Lastwagen abschmieren ohne Montiergrube. Rußaufheben. Werkstattaufräumen. Garageaufräumen. Die Schlamperei von einer Woche. Der Sohn des Hauses, der lobend von Voß sprach, ließ überall alles liegen, weil er nun einen Lehrling hatte, der obendrein – laut Aussage des

Lehrherrn – besonders gut aufräumen könne. Der frühere Pächter, ein Fettwanst namens Siegbert Seifert, kam jeden Samstag in die Werkstatt, um sich, wie er bei Arbeitspausen sagte, auszuschwitzen. Ein Mensch, halb Gebrüll, halb Gutmütigkeit, wenn man sich ihm unterwarf. Ich schwankte zwischen Davonlaufen und Durchstehen. Sagte ich mir, diesem Idioten alles vor die Füße werfen und weggehen, mußte ich an den Prozeß denken, der woanders gegen mich lief; sagte ich mir, durchstehen, die ganze Idiotie bis zum Exzeß durchstehen, wurde mir übel. Der dritte Gedanke war: Auswandern. Der vierte: Schluß machen, mit dem Fahrrad zum nächsten Fluß fahren und den Körper ertränken.
Seifert, der ebenfalls auf Voß große Stücke hielt, kommandierte.
Fester!
Schneller!
Fester!
Das muß schneller gehen! Fester! Fester!
Du mußt viel fester draufhaun, sonst stehen wir morgen auch noch da! Du mußt schnell schlagen, und jeder Schlag muß sitzen!
Schnell und jeder Schlag muß sitzen!
Verstehst!
Verstehst, das muß leicht gehen!
Jeder Schlag muß sitzen, verstehst!
Leicht muß es gehen, leicht und schnell!
Leicht und schnell!
Wo bleibt er denn solange!
Fester! Schneller!
Und drauf!
Und drauf!

Tischgebet. Essen. Tischgebet. Ich dachte zuerst, daß es sich um eine Gotteslästerung handle, aber tatsächlich wurde vor und nach dem Essen ein Tischgebet gesprochen. Am Samstagabend nach dem Essen ein Rosenkranz. Kniend mit Blick auf eine brennende Kerze, bis die Vorbeterin einschlief. Manchmal hob Ottilie mitten im Gebet den Kopf und erkundigte sich bei ihrem Sohn nach einer Rechnung, nach einer Kundschaft. Am Sonntag auf, frühstücken, gemeinsamer Kirchgang. Arnold und Ottilie hatten schöne Stimmen und sangen im Kirchenchor mit.

Was heißt da Herr Fachlehrer!
Wie der Bauernschmied schon wieder dasteht.
Schon wie Voß das Wort aussprach, dazu sein mächtiger Körper und der Blick, der einen aus dem dunklen Gesicht heraus anschoß. Er packte mich am Rockkragen, stieß mich ein Stück zurück. Der Bauernschmied muß erst einmal Manieren lernen! Drei Schritte Abstand!
Du hast zwanzig Minuten vor acht hier zu sein!
Verstanden!
Ja!
Jawohl!, heißt das!

Am zweiten Samstag ging ich nach dem Mittagessen nicht zu Seifert in die Werkstatt, sondern in die Garage und fing mit dem Aufräumen an. Ich war keine Viertelstunde dort, da kam Ottilie und fragte, ob mich der Meister Seifert heute nicht brauche. Das weiß ich nicht, antwortete ich abweisend. Ottilie zog sich daraufhin zurück und rief wohlwollend in die Werkstatt, daß der Franzi schon in der Garage arbeite.
Ich lief zwischen Werkstatt und Garage zurück, kletterte hinten über den Hühnerstall, ging auf der Bachseite vor, hörte mir vom Abort aus mehrere ungeduldige Franzirufe an und trat schließlich mit offenen Hosentüren in die Werkstatt, hörte Ottilie verwundert aus der Garage reden und Siegbert Seifert nach mir schreien und schrie im nächsten Augenblick selber, daß es Arnold und Seifert

herumriß, und fragte die zwei erstaunten Gesichter schnell, ob außer Werkstattaufräumen etwas Besonderes zu tun sei.
Im ersten Moment sah es aus, als würde sich Seifert in althergebrachter Lehrlingsverprügelmanier auf mich stürzen, aber da ich keinen Schritt zurückwich, blieb auch Seifert stehen und brüllte nur aus Leibeskräften, bis ihm die Luft ausging. Man werde in dieser Scheißwerkstatt wohl noch scheißengehen können, schrie ich.
Ich habe es satt, mich wegen jeder Kleinigkeit anschreien zu lassen!
Und bevor einer etwas sagen konnte, kehrte ich Seifert und Arnold den Rücken, wandte mich unter der Tür blitzartig um und warf im nächsten Augenblick schnell die Tür hinter mir zu. Ich ging ganz langsam um das Haus herum in die Garage, wütend und gleichgültig, was passieren würde.
Ottilie kam nicht mehr.
Dafür Arnold.
Er schrie nicht, er stellte sich nur unter den Eingang und schaute.
Ich griff hinter die Bohrmaschine um einen Karton und ging rasch, ohne Arnold anzuschauen, an ihm vorbei und kam mit Sägespänen zurück. Wenn er nichts sagt, sagte ich mir, sage ich auch nichts. Aber es machte mich nervös. Meine Sicherheit bestand ja nur aus Handgriffen. Ich streute Sägespäne auf Öllachen. Dabei schaute ich schon umher, wo ist der Besen? Ich brauche den Besen. Wo ist dieser verfluchte Besen?
Seifert hämmerte auf den Amboß und schrie.
Der Lehrling bückte sich, schoß hoch, versuchte bald nach links, bald nach rechts zu entkommen, aber Voß stand wie ein Käfig vor ihm und fütterte ihn von allen Seiten mit Faustschlägen, faßte ihn am Kinn und stieß ihn mit dem Hinterkopf gegen das Schlüsselbord, brüllte ihm ins Gesicht und schlug ihm ins Gesicht und trat ihn mit

den Schuhen. Schraubenschlüssel fielen vom Bord und dem Lehrling auf den Kopf.
Er versuchte, von der Wand wegzukommen, sich mit den Händen das Gesicht zu schützen, aber der Fachlehrer riß sie ihm weg, schlug zu, schrie, stieß ihn zurück. Plötzlich sprang der Lehrling mit eingezogenem Kopf, Schläge einsteckend, am Körper des Fachlehrers vorbei auf die Werkbank zu, wollte an den anderen Lehrlingen vorbei aus der Halle flüchten, verfing sich aber an einem Schraubstock. Als ihm endlich das Blut aus der Nase rann, ließ Voß von ihm ab und brüllte, was es da zu gaffen gäbe. Alle fügten sich und feilten weiter, brachten aber die Feilen nicht richtig zum Einsatz, besonders die drei, die Voß vis-à-vis von mir zu Beginn der Rauferei von den Schraubstöcken weggestoßen hatte, um sich besser bewegen zu können. Dem Nasenblutenden befahl er, sich von draußen Eimer, Wasser und Putzfetzen zu holen. Dann ging der Fachlehrer Voß in der Halle auf und ab und nahm dort und da aus einer zitternden Hand ein Werkstück entgegen, warf es auf die Werkbank oder hielt es gegen das Licht oder ging überhaupt damit davon.

Es war nicht so, wenn man in der Früh durchs Tor ging, daß man wußte, wie man wieder herausgehen würde. Wütend. Niedergeschlagen. Beschämt. Entsetzt. Gleichgültig. Einer kam zu spät in die Werkstatt und fand in der Schublade ein verfeiltes Werkstück, ein Kilo Eisen, das zu kurz war. Ausschuß. Schon der Versuch, Voß anzusprechen, war ein ungeheuer anstrengendes Unternehmen, weil sich Voß um allgemeinverbindliche Wort- und Satzinhalte nicht scherte. Wenn ich am Abend hinauskam, den Kopf voller ungeklärter Widersprüche, kam mir alles vernünftig vor, die alten Häuser, die enge Straße, die Hast fremder Menschen, deren Ziele ich nicht kannte. Ich fragte mich oft, ob diese Menschen wissen,

wie es in der Berufsschule zugeht. Ob sie wissen, was einem Lehrling passiert, wenn er es wagt, Voß zu widersprechen. Immer weniger konnte ich sagen. Mit den Lehrlingen konnte ich nur in den kleinen Pausen reden. Einmal hörte ich begeistert von einem geplanten Streik, der von einer Elektrikerklasse organisiert werden sollte. Die Lehrlinge fluchten auf das Internatsessen.
Ich fluchte nicht einmal mehr.
Was die Schule anging, so sah es aus, als würde ich sie nicht bestehen. Meine Finger, die ich mir einmal erfroren hatte, eigneten sich nicht, schrieben nicht, wie ich wollte, zeichneten nicht, wie ich wollte. Natürlich fehlte es mir an Mut, etwas zu sagen. Ich wollte ja ein ganz normaler Mensch sein, ein Mensch ohne Probleme, ohne Ängste, ohne Schwierigkeiten, ohne Vergangenheit. Das Wort Bauer, das Voß und andere gebrauchten, um einen zu kränken, setzte mir zu. Ich tat, als ob ich es nicht gehört hätte. Ein nächtelanges Herumhocken, ohne daß ich irgendwelche Fortschritte erzielte.
Von Z. nach Hallein.
Von Hallein nach Z.
Hügel. Mulden. Wälder.
Menschen, die einem eine Frage stellen und in dem Augenblick, wo man antwortet, weiß man, daß sie nicht zuhören. Am Anfang beging ich den Fehler, daß ich von der Berufsschule redete, das heißt von Voß, weil Voß die ganze Berufsschule verkörperte, aber da hörte man mir nicht zu oder erzählte mir schnell ein paar Geschichten. Nur einmal, als ich sagte, Voß sei von einem Lehrling erschossen worden, schauten mich Arnold und Ottilie betroffen an. Daß Voß in den Internatswaschräumen Lehrlinge schlug, interessierte nicht. Nein, um mir Gehör zu verschaffen, mußte ich die Geschichten umdrehen oder von der Konkurrenz reden, daß ich gehört hätte, die Konkurrenz wolle schon wieder den Betrieb vergrößern, die Konkurrenz wolle alles aufkaufen. Da schauten mich

plötzlich zwei Frauenaugen gierig an, süchtig nach Auskunft. Ich wußte freilich bald, daß da der Mensch Franz Holl nicht vom geringsten Interesse war, sondern seine Glieder. Man fütterte meine Glieder. Man pflegte meinen arbeitsamen Zustand. Man hätschelte mich nieder. In der Schule brüllte man mich nieder. Der Holl, der ich vor einigen Monaten noch war, existierte da nicht mehr. Dieser Mensch, der weiß, was er tut, kam mir wie ein Märchen vor. Ich war bald ein Bündel von Reflexen, verspürte kaum mehr einen Widerstand, um meine schwindlige Existenz ein wenig aufzurichten. Am 23. Dezember wurde ich von der Arbeit weg zum Telefon gerufen. Bruckmann war am anderen Ende. Ich zitterte vor seiner Stimme. Ob ich zu Weihnachten heimfahren muß? stotterte ich. Aber was denn sonst, natürlich fährst du über Weihnachten heim, sagte er empört. Seine Stimme kam mir unheimlich mächtig vor. Ich war weit davon entfernt, die Aussage zu überprüfen. Meine ganze Anstrengung bezog sich rein auf das Verstehen eines Befehls. Hündisch benahm ich mich. Es lag Schnee, als ich mit einem Koffer voll Schmutzwäsche das Haus verließ. Viel weicher Schnee. Schnee, so weit ich sehen konnte. Winterlandschaft. Sobald ich das Gefühl hatte, man könnte mich nicht mehr sehen, mir nicht mehr nachschauen, fing ich an zu laufen. Ich galoppierte über ein Feld, immer schneller, laufen!, befahl ich mir, nicht umschauen!, weil mir vorkam, die ganze Ortschaft sei hinter mir her. ich erreichte den Halleiner Bahnhof um eine Stunde zu früh, kaufte mir eine Fahrkarte und ging in den Wartesaal.
Schneematsch lag auf dem Boden.
Der Zug hatte Verspätung.
Mir wurde allmählich leichter.
Im Zug fing ich an zu reden, vor lauter Freude an Menschen, die nichts von mir wußten. Natürlich war alles, was ich sagte, furchtbarer Unsinn. Wie ein eingeschüchterter

Gastarbeiter, der vor lauter Speichellecken fast umkommt, redete ich.
Busfahrt und rasche Dämmerung.
Beleuchtete Ortschaften.
Ich keuchte durch die Dunkelheit.
Ein herzlicher Empfang.
Ich aß eine Leberknödelsuppe und gewöhnte mich an die Tatsache, daß Weihnachten ausgebrochen war.
Überall herrschte dieses Fest, dem ich nicht entrinnen konnte. Mit diesem Fest setzte mir die katholische Kirche jedes Jahr von neuem das Messer an. Die Mutter, die selber über kein Einkommen verfügte, bereitete mich allmählich vor, sagte mir, daß ich zwar nicht der Sohn ihres Mannes sei, aber damit ich nicht ganz mit leeren Händen ausgehe, habe sie mir von ihrem ersparten Geld etwas gekauft. Der Rundfunk brachte lustige Geschichten von herumirrenden Menschen, denen das Abendland kurz vorm Erfrieren ein Stübchen reicht, damit sie mitfeiern, überrumpelt von der endlosen Geduld des Christentums. Das Oberndorfer Lied. Weihrauch. Ein übers Kerzenlicht gewürgter Rosenkranz. Spannung auf den Gesichtern. Brennende Kerzen. Schmuck. Sprühende Wunderkerzen. Es fiel mir nicht leicht, das Oberndorfer Lied über die Lippen zu bringen und mich eine Weile der Eintracht hinzugeben. Dann kam mein Auftritt: lange Unterhosen entgegennehmen und mich dankbar erweisen. Ich dachte an meinesgleichen. Keine 500 Meter entfernt wußte ich Maria Wiesinger. Ich ärgerte mich über Rundfunkreporter, die alte Menschen, ehemalige Dienstboten, aufgestöbert hatten, um sie nach Weihnachtserinnerungen auszufragen. Menschen, die fast der Schlag trifft, wenn ihnen plötzlich ein Mikrophon vor den Mund gehalten wird. Wie in Groschenromanen redeten sie. Nur eine Frau sagte: Da war nichts schön.
Über Schnee gehen.
Ohne Dienstboten.

Weihnachtliche Luft.
Bekerzte Gräber.
Über zwei Stunden hielt uns der Pfarrer in der Kirche, machte jeden Handgriff, jeden Schritt, jede Äußerung gezielt langsam. Immer wieder setzte er sich nieder, ließ einen anderen weitermachen, schaute zu und sah wieder auf die Gläubigen zurück, gab von dem Samthocker aus Anweisungen. Die Menschen um mich herum stöhnten vor Langweile und Ungeduld. Ich selber hielt mir immer wieder den Knecht vor Augen, der vor Jahren woanders die Kirche betreten und gejodelt hatte. Seinen Rausschmiß in den Friedhofsschnee und seine Existenz überhaupt hielt ich mir vor Augen, um mir den Aufenthalt erträglicher zu machen, denn was sich vorne abspielte, war ein Racheakt, die jährliche Abrechnung des Bauernsohnes, der nicht Priester werden wollte. Da konnten wir ihm nicht aus. Jedes Wort wiegte er auf der Zunge, bevor er es ins Mikrophon hauchte. Jede Bewegung sah aus, als würde alles ins Stocken geraten, während sein Gesicht, priesterhaft ernst, vor Genuß zu zerfließen drohte. Seine ganze Intelligenz, seine ganze Menschenkenntnis wandte er auf, um auszudrücken: Ich will nicht euer Clown sein, aber weil ich nicht sein kann, wer ich sein möchte, lasse ich euch zappeln.
In der einen Tennengauer Kirche hatte ich den Eindruck, daß der Pfarrer alles abkürzte, alles auf eine halbe Stunde zusammenkürzte, hier wiederum wurde in die Länge getrieben, daß es beim Austritt die Tore fast sprengte, weil allen schon so übel war, daß sie alle auf einmal draußen sein wollten. Fluchend und fluchtartig verließen die meisten den Friedhof.
Der 25. Dezember war schon erträglicher.
Die Gemüter in den Körpern waren abgekühlt.
Für mich war es wichtig, daß man nicht mehr viel von den Geschenken redete. Beim Frühstück entschloß ich mich, den Vormittag zu benützen, um den Ort zu wechseln. Ich

packte schnell frische Wäsche ein, verabschiedete mich und ging mit großer Freude an der Kirche vorbei hinunter zum Bahnhof. Die Fahrt durch die starre, nebelige Winterlandschaft gefiel mir. Der Schnee eine weiße, wohltuende Lüge. Die Landschaft sah plötzlich so unschuldig aus. Ich mußte an Bilder denken, an Kalender, mit denen man sich tröstete.
Das Wort Heimat ging mir durch den Kopf.
Ich wußte nicht, wie mir dieses Wort in den Kopf kam, vielleicht durch das Stoßen der Wagenräder oder war es der rauchende Fluß? Dieses Wort kitzelte mich. Ich sagte es leise vor mich hin und mußte lachen. Heimat ist doch ein lustiges Wort, sagte ich mir, kein dummes, ein wichtiges Wort, in dem man sich zu Hause fühlen kann. Heimat ist ein Wort, sagte ich mir, in dem sich alle zu Hause fühlen können. Da auch andere im Waggon saßen, stand ich auf, ging auf den Abort und herrschte mich durch den Spiegel an: Das ist deine Heimat!, verstanden!, und ging zurück.
Der Frost biß sich durch die Fensterscheiben.

Der Schnee quietschte.
Ich suchte zunächst Kofler und Leo auf, goß Bier in mich hinein, lachte übertrieben laut, kehrte ins Haus zurück. Bruckmann schaute sich sehr väterlich das Zeugnis an, schaute mich an und ermahnte mich natürlich, mich zu verbessern.
Es gab ein gutes Mittagessen.
Ich erzählte Unerfreuliches über die Berufsschule, sprach mit Helene über Weihnachten. Über meinen Tennengauer Aufenthalt schwieg ich. Ein Kinobesuch. Ein Besäufnis. Am 26. fuhr ich zurück in den Tennengau. Die Ankunft war peinlich. Sabine, die Tochter des Hauses, erkundigte sich, was mir das Christkind beschert habe? Zu Hause wurde mir diese Frage nur zur Belustigung gestellt, aber in der neuen Gegend bedeutete sie:

auspacken, Familienverhältnisse zum besten geben, Lebenslauf herauswurschteln, bestaunt werden, bemitleidet werden, und ich schleppe wieder den früheren Holl hinter mir her, will von ihm wegkommen und kann nicht.
Arnold, der Sohn des Hauses, war in meinem Alter und versuchte, mich zu seinem Untertan zu machen.
Ottilie, die Hausherrin, war so freundlich, daß es mir unmöglich war, ihr zu widersprechen.
Siegbert Seifert brüllte, daß die Fetzen flogen.
Ihm widersetzte ich mich zuerst, brüllte zurück und ließ ihn einmal, als ihm ein schwerer Trog auf die Zehen gefallen war, eine Weile winseln. Siegbert Seifert, ein Vertreter der harten Erziehung, winselte und hüpfte.
Gegen Arnold richtete ich nichts aus.
Ich mußte den Beruf erst erlernen.
Nichts ist leichter, als einem Lehrling mit dem Arbeitsgang gleichzeitig auch zu zeigen, daß er ein Idiot ist. Ich fand diese Methode zum Kotzen. Warum genügt es nicht, fragte ich mich, daß ich arbeite, daß ich mir selber Arbeit suche, daß mich der Beruf interessiert? Wozu andauernd diese Unterjochungsversuche? Als ob das Lehrlingsdasein an den Sonntagen nicht schon Strafe genug ist? Kirchengehen aus Hilflosigkeit und Furcht, um nicht ganz fallengelassen zu werden. Ich sagte mir, was ist eine halbe Stunde oder eine Stunde, ein halber, ein ganzer Vormittag gegen eine Woche katholischer Feindseligkeit? Niemand redet mit dem Lehrling Franz Holl. Umgekehrt hat ein Lehrling nicht das Recht, allein zu sein, er muß mit, muß sehen, daß seine Existenz nichts wert ist, damit er arbeitet. Aber auch der Verstand muß allmählich geköpft werden, daß einem das Unterscheiden vergeht, daß man anfängt zu glauben, man gehört tatsächlich zu der Familie, an die man angeschlossen ist. Zu Mittag immer ein ungeheuer langes Tischgebet zuungunsten meiner Mittagspause. Während der Arbeitszeit ruhte das Gebet. Abstieg um Abstieg zugunsten der Produktion.

Ich wurde sentimental.
Sonntagnachmittag. Ich saß allein in der Küche. Auf der Kredenz stand das Radio. Ich drehte es auf. Erbschleichersendung. Ein oftgehörtes Lied ließ alles in mir zusammenstürzen. Der Bauernhof ging mir durch den Kopf, daß ich dort jemand bin, der sich überall auskennt, der sich nichts gefallen lassen muß. Kofler. Tagwerker. Ich lief hinauf ins Zimmer, holte Briefpapier aus der Schublade und schrieb der Mutter, ich breche die Lehre ab. Der Beruf ist mir nicht soviel wert, daß ich mich deswegen zu einem Hund machen lasse. Zwei Tage später rief Bruckmann an, zuerst Arnold, dann mich, stellte mir unter anderem in Aussicht, daß ich nach Aufarbeiten der Frühjahrsaufträge sofort zu ihm kommen solle. Mit Siegbert Seifert machte ich es so, daß ich, sobald er den Mund aufriß, alles fallen ließ und aus der Werkstatt ging. Ottilie, die Hausherrin, war irgendwo sogar rührend, nachdem wir schon eine Woche jeden Tag von drei in der Früh bis zehn, elf Uhr am Abend durchgearbeitet hatten, schlug sie ihrem Sohn vor, ob es nicht vernünftiger wäre, überhaupt eine ganze Woche Tag und Nacht durchzuarbeiten.
An einem der letzten Tage kam Siegbert Seifert schweißtriefend und fluchend aus der Werkstatt, klopfte mir auf die Schulter, schaute sich um und sagte, hilf mir doch.
Kann nicht, sagte ich, hab heraußen zu tun.
Ich arbeitete weiter und dachte, plag dich nur ab, du willst dich ja ausschwitzen, nicht ich. Das Problem war: In der Werkstatt stand eine Noriker Stute zum Beschlagen.
Der Hintner, sagte Seifert und schaute sich wieder um, ob ihn ja niemand hören konnte, der Hintner, dieser Hund, hebt mir den Huf kaum vom Boden auf.
Dann sag doch dem Hintner, sagte ich laut, er soll dir die Stute ordentlich aufhalten, mir hast dus auch gesagt, hast mirs in die Ohren gebrüllt, warum fürchtest du dich vorm Hintner.

Der Hintner ist doch eine Kundschaft, flüsterte er und zischte mich an, ich solle nicht so laut reden.
Aber wieso, sagte ich laut, wieso soll ich vor einer Kundschaft leise reden. Was gehen denn mich die Kundschaften an? Was ist denn eine Kundschaft?, sagte ich laut.
Ich redete, dachte an die Lehrlinge, die Siegbert Seifert, wie mir gesagt wurde, in Anwesenheit der Kundschaften geschlagen, tagtäglich zur Sau gemacht hatte. Ottilie rannte heraus und schlug verzweifelt die Hände überm Kopf zusammen.
Das Schlimme war, daß ich mir sagte, diese Menschen sind doch arm, können vielleicht gar nichts dafür, daß sie so geworden sind. Nachher ärgerte ich mich, du Idiot hast Mitleid mit Menschen, die auf dir herumgeritten sind. Sogar die Stute hielt ich auf, während der Bauer Hintner danebenstand und zuschaute. Mitleid mit Geldgier, mit Besitzgier vor lauter An-Unterdrückung-gewöhnt-Sein.
Der Bach, dessen Rauschen mir vertraut geworden war, das Scheißhaus, in das ich mich oft zurückgezogen hatte zur Abkühlung, und Sabine, die sich mit mir abgegeben hatte, gehörten zum Angenehmen, das ich bei meinem Abgang zurückließ.

Duftende blühende Wiesen.
Das hohe Gras rundherum wirkte allein schon wie eine ständige Anklage. Zugfahrten, die ich nicht gewohnt war. Zugfahrten, kurz vor der Heumahd. Ich sah nur das Gras. Spaziergänge. Spaziergänge allein kamen mir schon verrückt vor, meinen Körper so völlig nutzlos in den Nachmittagsstunden in der Gegend herumführen? Aber Spaziergänge auf Feldwegen, am Gras entlang, ohne eine Sense, ohne ein Bündel geschliffene Mähmesser, keinen Rechen, keine Gabel, so gar nichts auf der Schulter? Keine Flasche mit frischem Trinkwasser in der Hand? Im Anzug? In Halbschuhen? In Begleitung? Auf Schritt und Tritt glaubte ich, davonlaufen zu müssen. Alles sträubte

sich. Das steht mir doch nicht zu. Wie oft habe ich auf dem Feld die gaffenden Touristen verflucht und mich gefragt, was berechtigt die zu gaffen, wenn wir uns schinden? Auf diesen Familienspaziergängen sah ich überall schon die Menschen arbeiten. Mir waren diese Spaziergänge unangenehm. Natur gab es für mich nicht. Der Natur war ich entfremdet. Nur das Bearbeiten der Natur gab es. Nach elf Jahren Landarbeit konnte ich natürlich nicht mehr Brot essen und mir nichts dabei denken.
Butter essen und mir nichts dabei denken,
Milch trinken und mir nichts dabei denken.
Ich gehe hinter der Mutter, dem Stiefvater und den Geschwistern her und schweige. Dann sagte ich mir wieder, diese Menschen vor mir müssen oft spazierengegangen sein, während ich dort gearbeitet und an sie gedacht habe. Ich suchte nach Entschuldigungen, für sie: Ich fand heraus, daß sie für die erbärmlichste Kost, für das Notwendigste zum Anziehen, für ein Bett in einer Gemeinschaftskammer die dreifache, vierfache Zeit geschunden worden waren. Aber sofort tauchte der nächste Gedanke auf: Wenn sie um soviel mehr als ich geschunden worden waren, dann hätten sie mich von vornherein davor bewahren müssen.
Für mich selber fand ich keine Entschuldigung.
Die Arbeit war da. Ich konnte mir nicht denken: Geht mich nichts an, es wird sie schon wer machen. Dazu war mir die Landarbeit viel zu bekannt. Und ich konnte mir auch nicht einreden: Diese Menschen sind dabei zufrieden. Ich konnte mir nicht einreden: Diese Menschen können nur diese Arbeit machen, weil sie für eine andere zu dumm sind. Die üblichen Ausreden, die ich rundherum hörte, halfen mir nicht weiter. Daß ich Landmaschinen reparierte, beruhigte mich kaum. Ich suchte nach einer Rechtfertigung für meine nun leichtere Seinsweise. Und gleichzeitig belästigte mich immer heftiger die Frage: Wer bin ich eigentlich? Wo gehör ich hin? Die

vergeblichen Versuche, auf der Arbeiterseite Fuß zu fassen. Im Auge hatte ich die Arbeiter, denen man ansah, daß sie um ihre Existenz wußten, Arbeiter, von denen ich wußte, daß sie Widerstand leisteten. Mir ging einfach nicht ein, daß ein blauer Arbeitsanzug, eine blaue Schildkappe nicht genügten, daß man nicht von den Bauern zu ihnen hinüberwechseln konnte. In meiner Lage war es ganz natürlich, daß ich bestimmte Arbeiter im Auge hatte, Arbeiter, deren Bewußtsein in Baracken entstanden war. Ich grüßte umsonst. Ich war und blieb der Holl.
Der Prozeß gegen mich war, wie mir schien, ins Stocken geraten, wahrscheinlich ebenfalls wegen des nahenden Sommers. Der Spott, schien mir, hatte sich aus den Gesichtern verflüchtigt. Mich selber beruhigte hauptsächlich, daß ich mir ganz sicher war, daß mich die Berufsschule, die ich mit Hundsschanden hinter mich gebracht hatte, nicht abwürgen würde.
Nur das Unverständnis machte mir nun zu schaffen.
Die Entdeckung, daß man sich über die Landarbeit lustig machte, abfällig über sie redete, so daß ich mir nachträglich wie ein abgedroschener Witz vorkommen mußte.

Wirst ihn wohl aufsuchen?
Ja, aufsuchen könnte ich ihn schon, sagte ich, um die Leute loszuwerden, machte mir aber darüber keine tieferen Gedanken. Erst als es immer mehr wurden, als mir auch bei der Mutter diese Mitteilung gemacht wurde, ließ ich mir die Sache durch den Kopf gehen. Die Mutter selber war für einen Besuch. Ihr Mann gegen einen Besuch, schließlich besuche er seine früheren Dienstgeber auch nicht, wenn sie im Spital lägen. Die Mutter wiederum wandte dagegen ein, daß ich nach einem Spitalsbesuch bei vielen Leuten in einem anderen Licht stehen würde. Sie nannte mir verschiedene Häuser, von denen sie wisse, daß man beschlossen habe, es stünde mir zu, Lein im Spital zu besuchen. Ich sagte, das geht nicht, es liegen zu

viele Widersprüche vor, ich kann doch nicht über Hunderte von Widersprüchen springen. Eine Frau aus der Nachbarschaft kam und sagte vorwurfsvoll, ja, weißt du schon, dein Vater liegt ja im Spital.

Wirst ihn wohl aufsuchen?

Geh doch hin, sagte die Mutter.

Der Lein liegt im Spital.

Dieser Satz setzte mir zu, nicht nur weil ich glaubte, alle Leute, die mir auf dem Weg zum Bahnhof begegneten, würden mich mit diesem Satz ansprechen, sondern auch weil ich mir so lächerlich vorkam. Nach allem, was ich bei Bruckmann, was ich in der Berufsschule, was ich in der Siedlung Z. erlebt hatte, erschien mir die Welt des Lein noch am sinnvollsten. Bauernschmied. Trottel. Bauer. Was immer zwischen ihm und mir gewesen ist, sagte ich mir, es ist weniger schlimm, als nun von lächerlichen Leuten lächerlich gemacht werden. Die Landarbeit ist schwer, aber nicht lächerlich.

Im Zug setzte ich mich auf die Flußseite und schlief bald ein, weil die Sonne so warm durchs Fenster auf meinen Anzug schien, wachte durch ein Rütteln auf und sah mir gegenüber die Stiefmutter sitzen. Die Frau, die vor lauter Arbeit kaum aus dem Haus kam. Ein oder zweimal im Jahr fuhr sie vielleicht zum Hof ihrer Eltern. Ich sah sie eigentlich mehr über Stiegen gehen und arbeiten als vor mir sitzen. Ihre Anwesenheit ließ mich auch alles schnell vergessen. Jedes Wort, das sie vom Hof sagte, überhäufte mich mit Erinnerungen, alles konnte ich mir vorstellen, bis in den letzten Geruch.

Ein Mit-mir-Herumwürgen.

Von einer Stimmung riß es mich in die andere.

Egal, was passiert ist, ich besuche den Lein.

Das verstanden wieder Helene und Bruckmann nicht. Sie sagten es nicht, aber sie ließen es sich deutlich anmerken, daß sie damit nicht einverstanden waren.

Ich setzte mich in einen Autobus, schaute, wo überall schon gemäht war, stieg aus, suchte einen Obststand und eine Konditorei auf und betrat kurz darauf das Spital, erkundigte mich bei einer Schwester nach der Zimmernummer, klopfte, trat ein, reichte ihm die Hand, stellte die Sachen, die ich für ihn eingekauft hatte, auf den Nachttisch, der neben seinem Bett stand, holte mir einen Stuhl, setzte mich drauf und versuchte zu reden.
In dem zweiten Bett, das im Zimmer stand, lag ein Mann, den ich nicht kannte. Ich ließ mir von der Operation erzählen.
Wir sprachen über Ärzte und Schwestern, über Patienten, über die Arbeit auf dem Hof. Welche Tagwerker er beschäftigte, interessierte mich. Die Maschinen gingen mir durch den Kopf; meine Maschinen, dachte ich, wer pflegt nun meine Maschinen, die Maschinen, die ich liebgewonnen hatte, weil sie mir nichts taten, weil ich sie verstand. Wir redeten, aber unsere eigentliche Unterhaltung war, was wir beide verschwiegen.
Ich suchte nach einem Vorwand, um gehen zu können, schaute auf die Uhr und sagte, ich muß nun wieder gehen, sonst fährt mir der Zug davon.
Er wälzte sich gegen den Nachttisch, holte seine Geldbörse aus der Schublade, zog eine Banknote heraus, drückte sie mir in die Hand.
Ich lief aus dem Spital, ging, als wäre ich der unbekümmertste Mensch auf der Welt, durch den Markt und sagte mir, du hättest ihm nichts mitbringen dürfen, der läßt sich doch von dir nicht beschenken. Ich sah mir die Leute an. Kastanienbäume. Schaufenster. Häuser mit hohen Fensterläden. Große Häuser, die mich an Hallein erinnerten. Gebürstete Hunde. Spaziergänger, die mir auffielen, ihre Unbekümmertheit, wie sie langsam über einen öffentlichen Platz gingen, stehenblieben, miteinander redeten, weitergingen, sich mit den Hunden abgaben. Alteingesessene Bürger, wie mir schien. Die sechzehnjährige

Bergbauerntochter fiel mir wieder ein, die sich einen Sommer lang geschnürt hatte, und als man das Kind in der Abortgrube fand, kletterte sie in einen Heustadel, um ihre Ängste dem Tod anzuvertrauen, und ihre Freundin, eine andere Bergbauerntochter, die diese Geschichte immer wieder erzählt hatte, hatte auch von den Bürgerhäusern erzählt. Ich ging rasch aus dem Markt, kehrte in ein Wirtshaus ein, bestellte ein Bier. Da muß doch, sagte ich mir, ein Irrtum vorliegen. Ein ganzes Leben lang schwer arbeiten? Warum arbeitet der Alte immer mehr anstatt weniger? Schon als Kind hatte ich mich gefragt, wer von diesem Schweiß profitiert? Die Tatsache, daß viele Bauern ihre Höfe nun verkommen ließen, beruhigte mich zum Teil.
Über das Spitalerlebnis schwieg ich.
Wir hatten viel Arbeit.
Auch da brachten die Bauern im letzten Moment ihre Maschinen und wollten drauf warten, um sie gleich wieder mitzunehmen. Dazu hatte sich andere Arbeit angesammelt. So standen wir oft schon um vier in der Werkstatt, weckten nebenan eine hochnäsige Försterfamilie auf, die ich ganz gern wach wußte. Wenn ich schon so früh arbeiten muß, sagte ich mir, dann sollen die wenigstens nicht schlafen können. Mit dem Meister kam ich nun gut aus. Sowohl mir als auch ihm war wichtig, daß ich selbständig arbeiten konnte. Manchmal sprach zwar noch ein väterlicher Ton aus ihm, der aber meistens von mir herausgefordert war.

Daß mich vom Vater der Besitz trennte, war eine Tatsache, ich wollte sie aber nicht wahrhaben.
Ich suchte weiter. Das Bauernhaus, in dem ich an Werktagen meine Mahlzeiten einnahm und schlief, kam mir nun mehr und mehr wie ein Märchen vor. Die Selbstverständlichkeit, mit der mir da Geborgenheit geboten wurde, war mir überhaupt nicht selbstverständlich. Aber

nicht nur Geborgenheit wurde mir geboten. Viel mehr. Ich mußte umerzogen werden.
Nach meiner Rückkehr aus dem Tennengau wurde es im Haus für mich unbequem. Meine Unwissenheit wurde nicht mehr geduldet. Lesen Schreiben Rechnen konnte ich zur Not, aber sonst wußte ich nichts, war ja immer mit meiner Befreiung beschäftigt. Daß ich von der Leibeigenschaft gezeichnet war, fiel mir selber schon nicht mehr auf. Einfältiges Gesicht. Unsicherer Gang und unsicheres Auftreten überhaupt. Beim Lachen verzog es mir den Mund nach einer Seite. Lachausbrüche, manchmal so heftig, daß ich mich nachher furchtbar schämte. Gab mir jemand die Hand, dann schaute ich an ihm vorbei oder auf den Boden. Schweißausbrüche. Schweißfüße. Übermäßiges Schamgefühl. Heftiges Erröten. Unterwürfigkeit. Unterwürfige Dankbarkeit, wurde man ja gezwungen, sich für den widerlichsten Dreck von Weihnachtsgeschenken zu bedanken. Wenn man von klein auf immer nur der Abfallkübel ist, hat man es irgendwann so satt, daß man sich nichts mehr sagen läßt, von niemandem mehr. Die andern nennen diesen Zustand: hoch oder Verletzbarkeit.
Aber auch mein Wille war nun gebrochen.
Meine Interessen waren versiegt.
Ich war erschöpft und wollte nach der Arbeit meine Ruhe haben, waschen, essen, im Arbeitsanzug hinterm Tisch sitzen bleiben. Aber Helene stichelte. Mein ganzer Zustand war ihr entgegengesetzt. Immer öfter sagte sie mir zwischen Arbeitsgängen auf den Kopf zu, daß es mit Arbeiten allein nicht getan sei. Ich zog mich ins Zimmer zurück oder ging aus, sagte mir, die soll mich gefälligst in Ruhe lassen, es genügt doch, daß ich arbeite, bei den andern genügt es ja auch, ich komme sowieso nie aus den Schwierigkeiten heraus. Die Zeit zwischen Waschen und Abendessen war nun die schlimmste. Da stand ich vorm Waschtrog und konnte nicht davonlaufen. Alle andern

waren anwesend. Bald gings um Städte, bald um ein fremdes Land, bald um ein bestimmtes Buch, bald um ein Urteil über einen Film. Daß ich dabei nicht mitreden konnte, machte mir nichts aus, nein, mich ärgerte, daß ich miteinbezogen wurde und immer sagen mußte, weiß ich nicht, interessiert mich nicht, habe ich nicht gelernt, geht mich nichts an, ist mir Wurscht. Und es war immer Helene, die mir Fragen stellte.
Ich redete mich auf meine Freunde aus, sagte, die würden da auch nichts wissen. Das ist kein Grund, sagte sie, etwas nicht zu wissen, nur weil Freunde oder Bekannte es ebenfalls nicht wissen. Sie nannte mich nicht dumm, nein, Abend für Abend stellte sie nur fest, was mir alles unbekannt war. Ich wehrte mich und führte Gründe an. Das hat mir niemand gesagt. Ich habe das nie gelernt. Ich hatte nie Zeit, mich mit solchen Fragen zu beschäftigen. Ich habe arbeiten müssen. Außer Haus fiel mir alles mögliche ein. Immer mehr Argumente fand ich, um meine Unwissenheit zu entschuldigen, insgeheim begann ich aber einzusehen, daß ich damit nur meine Vergangenheit rechtfertigen konnte, jedoch nicht die Gegenwart. Auch Bruckmann ließ mich nicht in Ruhe, sagte mir, es genügt nicht, nur für die Berufsschule zu lernen. So blieb mir letzten Endes nichts anderes übrig, als meinen Trotz zu überwinden. Freilich sagte ich nicht, ich sehe ein, ihr habt recht, man soll mehr wissen als das Notwendigste. Geständnisse legte ich ungern ab. In der Küche redete ich abwertend über Bücher, gab Vorurteile zum besten. Im Zimmer fand ich unter Büchern einen Atlas, blätterte, suchte nach Ortsnamen. Sibirien, dachte ich. Wenn ich ganz ausgefallene sibirische Ortsnamen auswendig lerne und bei der nächsten Gelegenheit ausspreche, kann ich sicher sein, daß niemand weiß, wo diese Ortschaften liegen. Stieß ich beim Blättern auf eine Österreichkarte, blätterte ich schnell um. Österreich interessierte mich überhaupt nicht. Das Wort Österreich

war mir peinlich. Ich lernte die Namen ausländischer Hauptstädte und zählte sie auf, um keinen österreichischen aufzählen zu müssen. Außerdem waren mir diese Namen irgendwie bekannt, erinnerten mich an Groschenhefte, die ich einmal gelesen hatte. Ich konnte mich nicht erinnern, daß mir die Wörter Klagenfurt Wien Innsbruck Eisenstadt Bregenz in Groschenheften untergekommen waren. Ich weigerte mich lange, Österreich in Bundesländer einzuteilen. 8 Bundesländer, sagte ich mir. Das ist doch nicht der Mühe wert, daß man so ein kleines Land in acht Bundesländer einteilt. Noch weniger wollte ich natürlich wahrhaben, daß es 10 Regierungen gibt. Ganze zehn Regierungen. Sie zu unterscheiden, interessierte mich nicht. Mir ging nur die Vorstellung durch den Kopf, daß all diese Leute, die am Regieren in irgendeiner Weise beteiligt sind, zu essen haben müssen, daß sie Familien zu Hause haben. Die Frauen, die Kinder, alle müssen zu essen haben, müssen etwas zum Anziehen haben. All diese Leute müssen für ihre Tätigkeit ja Geld bekommen, damit sie leben können. 8 Bundesländer. 10 Regierungen, darunter eine große und alle Regierungsmitglieder, ihre Frauen, ihre Kinder müssen Geld bekommen, damit sie sich etwas zum Essen kaufen können, etwas zum Anziehen kaufen können, damit sie ihre Wohnungen zahlen können. An diese Leute hatte ich vorher kaum gedacht, hatte mir ja kaum über die Arbeit eines Bürgermeisters Gedanken gemacht, mich höchstens gewundert, warum uns die Lehrer sagten, wir müßten den Bürgermeister grüßen, oder warum uns die Lehrer Angst machten, wenn sich ein Schulinspektor im Ort herumtrieb. Helene sagte, es ist wichtig zu wissen, wer regiert.

Warum, fragte ich mich, habe ich mir darüber nie Gedanken gemacht? Über das Kinderdorf Sankt Anton hatte ich mir Gedanken gemacht, weil ich immer in ein Kinderdorf wollte, über das Große Festspielhaus, weil

sich Lein aufregte, daß er für den Festspielhausbau zahlen müsse, über viele Gegensätze, erinnerte ich mich, hatte ich nachgedacht, aber an das Einfachste hatte ich nie gedacht. So viele Regierungen?
Es beruhigte mich nicht ganz, aber irgendwie war mir nun leichter, wenn ich im Zug saß und draußen Menschen bei der Heuarbeit sah. Auch die Familienspaziergänge fielen mir leichter.
Ich habe diese Arbeit ja gemacht, und jetzt arbeite ich auch, beruhigte ich mich. Wenn sich die Regierungen nicht um diese Menschen kümmern, warum sollte ich, wenn ich sie beim Arbeiten sehe, ein schlechtes Gewissen haben? Die Regierungsmitglieder bekommen von ihnen Geld, nicht ich.
Den Atlas legte ich bald zur Seite.
Bücher fingen an, mich zu interessieren.
Ich wollte nun selber mehr wissen. Die Frage nach meiner Zugehörigkeit wurde mir immer rätselhafter. Ich war weit davon entfernt, mich auf die Dauer nach Belieben herumschieben und mit Ausreden abspeisen zu lassen. Die Hochnäsigkeit und Verlogenheit, der ich begegnete, kotzte mich an. Menschen, von denen ich genau wußte, daß sie vor einigen Jahren noch einen Bauernhof bewirtschaftet hatten, hörte ich plötzlich über Heuschnupfen klagen.
Der Versuch, mir Klarheit zu verschaffen, vertrieb die Müdigkeit. Ich fragte Helene, ob es unter den Büchern, die sie gelesen hatte, welche gab, die auch ich lesen könnte?
Du willst also doch lesen, sagte sie.
Nicht nur ins Kino und ins Wirtshaus gehen, auch lesen?
Wirtshaus wird vorläufig gestrichen, sagte ich.
Sie ging nach oben und kam nach einer Weile mit einem Buch wieder herunter, nicht ganz 200 Seiten. Ich solle es mit dem einmal versuchen, wie sie mein Lesevermögen einschätze, dürfte mir das keine allzu großen Schwierig-

keiten bereiten. Ich machte mich gleich darüber. Es ging um eine Kärntner Bauernsache, um Liebschaften. Viele Sätze erinnerten mich an Groschenromane. Der Held ein stolzer Bauernsohn. Nach zwei Tagen gab ich Helene das Buch ausgelesen zurück und sagte, daß es mir überhaupt nicht gefallen habe, ich möchte ein ganz anderes Buch lesen, Bauern kenne ich selber besser. Nachträglich ärgerte ich mich über dieses Buch und über Helene, wie kann sie mir nur so ein durch und durch verlogenes Buch zumuten, ein Buch, in dem keine einzige Bauernschweinerei vorkommt, kein Holl, kein Prozeß, keine fluchenden Dienstboten.

Napoleon, mit der Kindheit von Napoleon konnte ich etwas anfangen, mit der Beschreibung seines Aufstiegs. Machenschaften. Eine fremde Nation. Höfisches Leben, Geschichte. Ablenkung. Ich war natürlich sofort der Napoleon, keine Sekunde stellte ich mir vor, was sich ein Soldat denkt. Ein Soldat, der schießt, weil neben ihm geschossen wird, weil jemand befiehlt. Ich las mit großer Begeisterung, vergaß mich und alles rundherum, endlich eine andere Welt, da gings nicht um: wer wäscht mir den Schmutz aus den Arbeitsanzügen? Mit großen Händen hielt ich das Buch, las begierig Wörter Satzteile Sätze Absätze Seiten in mich hinein, Beistriche Punkte Doppelpunkte Anführungszeichen waren mir dabei nur lästig. Ganz andere Menschen fand ich da. Nichts erinnerte an meine Welt. Zarte Hände. Dünne und schlanke Finger. Weiche Haut. Gepflegte Gesichter. Keine arbeitenden Kinder. Wertvoller Schmuck. Die Menschen haben Zeit. Ich lebte auf. Im Bett liegend, lebte ich auf, blätterte um, konnte mit meinen dicken Fingern das dünne Papier kaum anfassen. Vor lauter Begeisterung vergaß ich vor jedem Umblättern, mir vorher mit der Zunge den Zeigefinger zu befeuchten, ärgerte mich, merk dir das endlich!, befahl ich mir, vergaß mich aber schnell wieder, wandelte durch französische Gärten, saß zu einer beliebigen Tageszeit auf Bänken, betrat einen Prunkraum. Keine Einteilung in Werktage und Feiertage, einfach Tage, Zeit. Nur das Personal, das der Schreiber hin und wieder erwähnte, störte mich ein wenig, aber es verschwand ja immer wieder schnell, und Menschen mit sicheren Bewegungen traten auf, sprachen sich höflich an und schonten sich gegenseitig. Schöne, teure Kleider, von angesehenen Pariser Schneidermeistern gemacht, daß mir die Schneider rundherum nur mehr wie Witzfiguren vorkamen. Diese Welt mußte mir ja gefallen. Daß ich nur einige Stunden schlief, war mir das Gleichgültigste. Wenn Josef Bruckmann mit der Faust gegen meine Zimmertür schlug, gab ich mir einen Ruck, sprang aus dem Bett, schlüpfte fröstelnd in meine Arbeitskleider, hörte Traktoren aus den Scheunen fahren. Die Wirklichkeit. Helene lachte jedesmal, wenn sie mit der Milch hereinkam, ein Lachen über lausige Tagesanfänge, die sie zur Genüge durchprobiert hatte. Immer die gleiche Musik aus dem Radio. Die idiotischen Belangsendungen. Diese Bauchredner. Widerlich. Auf die Uhr schaute ich schon gar nicht mehr. Ich schüttete heißen Kaffee in mich hinein, stopfte Butterbrote in mich hinein, würgte die Bissen hinunter und lieferte mich aus: Holl! ab jetzt gehörst du nicht dir. Ab jetzt bist du für andere da, verstanden! Keine Widerrede! Nimm die Schildkappe, auf und hinaus!

Die frische Morgenluft täuschte schon wieder über vieles hinweg. Jeden Morgen gingen wir am Haus eines Betriebsrats vorbei. Ob es ihm gehörte oder seiner Frau, wußte ich nicht. Aber Betriebsrat als Beruf? Hauptberuflich Betriebsrat? Ich dachte nicht viel darüber nach, denn wir hatten es eilig, um so schnell wie möglich zur Werkstätte zu kommen. Ich bin doch ein Gefangener? Ich will ja gar nicht da hingehen, nicht so, freiwillig, ich geh ja, aber vorkommen tue ich mir wie ein Gefangener. Diese Gesichter. Diese bleichen, verschlafenen Gesichter. Diese Launen. Das sind doch alles Gefangene. Und dieser Mensch neben mir? Ist dieser Mensch nicht ein Wächter? Zum Kotzen die ganze Wirklichkeit. Die kalten feuchten Tore. Die kalten Maschinen. Alles kalt. Der Schlaf wich schnell aus mir. Außerhalb der großen Fenster traurige Sommerlandschaft, entweder bewölkt oder Sonne oder überhaupt eine verregnete Sommerlandschaft. Das war mir ziemlich gleich. Bis acht wurde nicht viel geredet. Ich ging meiner Arbeit nach. Josef Bruckmann ging seiner Arbeit nach. Kundschaften kamen. Lastwagen. Landmaschinen. Straßenbaumaschinen. Hausbaumaschinen. Fuhrwerke. Blitzaufträge. Holl! ein Blitzauftrag für dich! Holl! ein Spezialauftrag! Holl! wie ich dich kenne, willst du jetzt unter mein Auto und schweißen! Der Holl macht das. Der Holl und das nicht können, gibts nicht. Nein, der Holl geht jetzt einmal scheißen. Nach acht fand ich mich ab. Ich schaute nicht mehr so oft auf die Uhr. Einerseits wollte ich, daß die Zeit schnell vergeht, andererseits wurde ich das Gefühl nicht los: Das ist meine Zeit, das ist mein Leben, das abläuft, jede Sekunde, jeder Augenblick ist Sterben, unaufhaltsames Sterben. Ich sterbe da. Ich arbeite und sterbe. Ich habe noch nicht gelebt. Ich beeilte mich, machte diesen verfluchten Gedanken mit Handgriffen nieder. Das Unerlebte, die Hoffnung, Dinge und Zustände, die ich nicht erlebt hatte, zu erleben, trieb mich an. Das ist nicht das Leben. Vor mir ein Motormäher, ein dreckiger, roter Motormäher. Warum geht dieses Schwein nicht? Hat am Ende gar jemand in den Tank gebrunzt? Oder ein Stück Zucker hineingeworfen? Da muß man ja mit allem rechnen. Die Zündung ist in Ordnung. Der Zylinder ist in Ordnung. Die Kolbenringe sind in Ordnung. Die Benzinzufuhr ist in Ordnung. Also kann es nur noch am Benzin liegen. Oder ich habe den Fehler übersehen. Korsika. Elend. Helene müßte nun bald mit der Jause kommen. Das ist schon besser. Vormittagsjause gabs früher nicht,

gibts nur auf ganz wenig Bauernhöfen. Dieses idiotische Sich-alles-vom Mund-Absparen. Der französische Hof, eine höfische Tafel, die haben nicht gegessen, die haben getafelt. Benzinablassen? Nein. Vor der Jause lasse ich kein Benzin ab, auf der Kiste sitzen bleiben und so tun, als würde ich mir über den Mäher den Kopf zerbrechen. Der Besitzer von diesem Mäher schaut mich sowieso immer an, als wäre ich der letzte Dreck auf der Welt. Gut. Muß er halt mehr zahlen. Außerdem habe ich mir beim Seileinziehen in die Finger gestochen. Wer zahlt mir das? Andauernd schinde ich mir die Hände auf, winsle kurz durch die Werkstatt und arbeite weiter, für die andern eine Selbstverständlichkeit, für mich nicht. Mir ist überhaupt nichts selbstverständlich. Immer höre ich das Wort selbstverständlich. Selbstverständlich, daß ich auf einen Lastwagen klettere. Selbstverständlich, daß ich in die Montiergrube hinuntersteige. Selbstverständlich, daß ich kein Hund bin. An die Betondecke unter meinen Schuhen hatte ich mich gewöhnt. Ich war sie schon kreuz und quer abgegangen. Josef Bruckmann war in der andern Halle. Ich hörte ihn reden und lachen. Ein junger Unternehmer stand bei ihm.
Über das Weiterkommen unterhielten sie sich.
Der Vormittag verging.
Der Nachmittag verging.
Waschen und nichts wie heraus aus der Arbeitskleidung.
Ich ließ sie auf den Boden fallen und schob sie mit dem Fuß unters Bett, um bis in der Früh nichts mehr von ihr zu sehen.
Der Geruch blieb, der Geruch eines verkommenen Tages. Ich zog ein frisches Hemd an, eine Feiertagshose, leichte Socken, Hausschuhe und ging hinaus auf den Balkon. So gefiel mir die Landschaft schon besser. Am Abend vom Balkon aus. Das Wort Feierabend konnte ich nicht leiden, das war mir zu umsungen, zu umweint, erin-

nerte mich viel zu viel an ein Pflichtdasein. Ich blieb eine Weile und machte mir über verschiedene Häuser Gedanken. Das Altersheim starrte mich an. Was bedeutet in einer kopflosen Gegend ein alter Mensch? Menschen, denen man nichts mehr in die Hand drücken kann. Am liebsten würde man sie sowieso ihr eigenes Grab selber ausschaufeln lassen, um wenigstens den Totengräber nicht zahlen zu müssen. Aber wie sich die Alten hier im Haus aufführen, ist überhaupt kein Spaß. Die wenden wiederum ihr ganzes Alter auf, um einen Verdruß um den andern zu stiften. Mit welcher Berechtigung? Brauchen Pflege und sind dabei furchtbar lästig. Was haben sie nur gegen Helene? Auf Georg gehen sie nicht so los, hauptsächlich auf Helene, wahrscheinlich weil Georg nicht soviel im Haus ist. Der Alte will immer noch herrschen, Weiber durchs Haus kommandieren. Dieser Mensch war mir ein Rätsel. Essen. Kein Tischgebet. Darüber war ich so froh, daß ich am liebsten wieder ein Gebet aufgesagt hätte. Über die Ansicht, daß Gott das Essen auf den Tisch bringt, waren Georg, der Meister und Helene längst erhaben. Mir war das schon immer unbegreiflich, daß man arbeitet und dann so tut, als hätte Gott das Essen auf den Tisch gestellt. Vor Ada grauste mich nach wie vor. Ich versuchte, ihre Häßlichkeit und Verkommenheit zu verstehen. Man behauptete sogar, sie wäre in ihren jungen Jahren schön gewesen, aber ich fand nichts, so gar nichts, um mir das vorstellen zu können. Buckel hatte sie keinen. Aber ihre Hände waren viel zu groß für ihre dünnen Arme. Das bedeutete, daß sie viel gearbeitet hatte. Schmutz machte ihr schon lange nichts mehr aus. Im Gesicht lauter schwarze Poren. In einem langen dunklen Kittel saß sie da mit einem Wortschatz, der ihre Bedürfnisse nur zur Not erfaßte: heiß kalt Kammer Küche Weihnachten Ostern Kirche essen schlafen und Namen. Sätze sprach sie höchst selten. Das alles schluckte ich beim Essen mit. Das war ja nicht Ada, son-

der ein von Kind auf niedergewürgter Mensch.
Nach dem Essen ging ich sofort hinauf ins Zimmer. Das Zimmer war plötzlich anders. Früher hielt ich es keine Minute dort aus, brauchte das Zimmer nur zum Umziehen, zum Schlafen. Jetzt konnte ich mit dem Zimmer etwas anfangen, mit dem Tisch nicht, dem Stuhl nicht, diese Gegenstände waren mir in einem Zimmer immer noch fremd. Im Zimmer sitzen und lesen konnte ich nicht, liegen und lesen mußte ich. Lesen eine so leichte Beschäftigung, daß mir vorkam, sitzen sei zu aufwendig, nein, lesen war für mich keine Beschäftigung, eher eine Unterhaltung, eine Möglichkeit, den Abend hinter mich zu bringen und mir gleichzeitig Wissen anzueignen. Wegkommen, endlich von mir selber wegkommen wollte ich, aus mir einen anderen Menschen machen. Dieses Bedürfnis tauchte jetzt wieder auf. Die Welt des französischen Hofes war daran nicht unbeteiligt. Alle Widerlichkeiten, die mich bedrängten, gab es da nicht. Ich las über eine Menge mir unbekannter Wörter hinweg. Ihre Inhalte schienen mir so fremd, daß ich es nicht der Mühe wert fand, ein Wörterbuch zur Hand zu nehmen und nachzuschlagen. Außerdem waren es häufig Wörter, bei denen sich früher oder später herausstellte, daß damit essen, trinken, häufiges Kleiderwechseln, waschen und dergleichen gemeint war. Diese Verschlüsselungen ärgerten mich, wenn ich dahinterkam, daß sie eigentlich ein allgemein menschliches Bedürfnis bezeichneten, dafür fand ich Duelle recht lustig. Ich setzte dann oft mir unangenehme Bekannte ein und ließ sie vorm Gemeindehaus zu einem Duell antreten. Weniger interessierte ich mich für Napoleons Beziehungen zu Frauen. Der Gegensatz, dieser ungeheure Gegensatz nahm mich gefangen. Der Gegensatz sprang ins Auge. Am Nachmittag sitzen diese Menschen im Salon? Ich las und las und vergaß ganz die österreichischen Regierungen.
Die Schlachten interessierten mich nicht, langweilten

mich auch im Kino, plötzlich auftauchende Menschen, die im selben Augenblick den Mund aufreißen, schreien, brüllen und fallen, und nichts sieht man mehr von diesen Menschen.

Die höfische Gesellschaft nahm ich nicht einfach hin, die Probleme dieser Menschen waren mir nicht selbstverständlich, ich sah schon zwischendurch mich selber irgendwo laufen, in Verzweiflungen, die so läppisch waren, daß wir Kinder, wenn sie durchgestanden waren, nicht einmal in unserer eigentlichen Umgebung – auf dem Bauernhof – von diesen läppischen Verzweiflungen zu berichten wagten, und da auf dem Hof wurden schöne lange Gespräche geführt, auf weichen Sitzgelegenheiten, über Dinge, bei denen ich staunte, daß man darüber überhaupt ein Wort verlieren konnte. Aber wir Kinder durften über unsere ärgsten Verzweiflungen nicht berichten, uns wurden die Vorfahren vorgehalten, eine Zeit, in der es darum ging, hart zuzupacken, für das notdürftigste Essen und das Notwendigste zum Anziehen. Diese Zeit schwebte immer wie ein Vorwurf über uns, so daß wir immer denken mußten, unsere Vorfahren sind da genauso gelaufen. Ich fühlte mich erleichtert: Das ist also nicht lächerlich, daß ich als Kind immer reden wollte. Das ist nicht jammern. Das ist reden, sich verständigen, sich an der Gemeinschaft beteiligen. Ich hatte mich ja immer beteiligen wollen, oh, ihr verfluchten Bestien, was habt ihr nur mit uns gemacht? Mit Begierde las ich von dieser Welt da oben.

Nur arbeiten, sagte Helene, macht blind.

Ich gab ihr recht, daß Lernen wichtiger sei als Wirtshaus. Ich war dabei ja keinem Schulzwang unterworfen. Ich konnte dabei mich, Franz Holl, zur Sprache bringen. Ich brauchte nicht zu wissen, was hat Napoleon wann und wo gemacht, nein, ich konnte nun von mir reden, von der Welt, die ich mit vielen gemeinsam hatte. Ich konnte mich entdecken, meine Interessen entdecken. Ich begann

einzusehen, daß ich mich umerziehen mußte. Helene liebte den aufrechten Gang. Zum Menschen, sagte sie, gehört ein aufrechter Gang.
Mein Gang stimmte nicht, er war ängstlich, eingeschüchtert. Das sagte sie mir nicht direkt. Wahrscheinlich weil sie meine Verletzbarkeit kannte, das hätte mich ja zutiefst getroffen, ich hätte keine Straße mehr betreten können. Sie nannte mir Beispiele, sich selber klammerte sie aus. Von sich selber sprach sie nur über Vorhaben, die sie nicht hatte ausführen können, weil kein Geld dazu da war.

Es versteht sich, daß ich mich gerne bei der Heuarbeit beteiligte, weil ich da ein gleichberechtigtes Mitglied war. Mich nicht zu beteiligen, hätte schon wieder Ausschluß aus der Gemeinschaft bedeutet. Die Heuarbeit als gemeinsames Übel. Josef Bruckmann, der Unternehmer, war weniger begeistert. Aber Helene und Georg, der von allen am schwersten arbeitete, sagten: Ihr eßt mit uns, also müßt ihr auch alle mit uns aufs Feld, muß halt die Werkstatt zugesperrt werden. Die Arbeit ein notwendiges Übel, diese Auffassung gefiel mir. Außerdem bot sich mir so die Möglichkeit, etwas für diesen Familienteil zu tun, denn wenn es auch eine abgesprochene Familienangelegenheit war, daß mir Georg und Helene Kost und Quartier zur Verfügung stellten, so unterschied ich doch und sagte mir: Diese zwei Menschen arbeiten für mich, und ich arbeite für ihren Sohn, der wiederum arbeitet für sich. Also fuhren wir auf eines der Felder. Ada blieb im Haus. Die alte Bäuerin war nicht da, war irgendwo beschäftigt, um Gerüchte in Umlauf zu bringen. Der Alte zog freiwillig mit. Alle andern mußten mit. Wir arbeiteten und fluchten, lachten und redeten zwischendurch. Ins Kino gehen, ist mir noch lieber als heuen, sagte ich, um Bruckmann ein verständnisloses Kopfschütteln abzuringen. Bei diesen kleinen Feldern und unter diesen Ar-

beitsbedingungen war mir einfach zum Witzereißen zumute.
Da war arbeiten für mich beruhigend.
Ich brauchte mich nicht zu fragen, für wen?
Ich brauchte mich nicht zu fragen, wer profitiert davon?
Da konnte ich mit ruhigem Gewissen schwitzen.

Die Mutter war um diese Zeit vom vielen unsinnigen Arbeiten schon müde. Die Arbeitsanzüge, die ich ihr jedes Wochenende ins Haus brachte, mußte sie mit den Händen waschen, in einer feuchten Waschküche stehen, eine Reisbürste umklammern und reiben, einseifen, schwemmen, auswinden, in den Garten tragen, ausschütteln, auf die Leine hängen, trocknen lassen, von der Leine herunternehmen, ins Haus tragen, nach Löchern, Rissen, fehlenden Knöpfen durchsehen, die Flickschatulle holen, Flickflecken zuschneiden, Zwirn einfädeln, sich zur Nähmaschine setzen, nähen, aufstehen, eine Decke holen und über den Tisch breiten, das Bügeleisen holen, einstecken, warten, bis es warm ist, einen Arbeitsanzug auf den Tisch breiten, um das Bügeleisen greifen, bügeln, das Bügeleisen wegstellen, den Arbeitsanzug zusammenlegen, den nächsten Arbeitsanzug auf den Tisch breiten, Hemden, Unterwäsche. An all diese Handgriffe dachte ich nicht. Ich dachte: Wäsche waschen oder frische Wäsche.
Vor lauter Arbeitenmüssen wußte keiner etwas vom andern. Mein Problem war: Wie komme ich den Kirchgängen aus? Wie mache ich mir den Sonntagvormittag untertan? Ohne daß es viel Verdruß gibt. Ein ganzes Drittel meiner wöchentlichen Freizeit. Ich war wütend auf den Samstagnachmittag, an dem der Termin für die jährliche Osterbeichte ablief. Ich trete bei der Mutter ein, und schon geht es los. Osterbeichte ablegen. Ein furchtbar ernstes Gesicht, daß mir sofort übel wurde, daß ich aufstand und ging, um diesen verdammten Verdruß nicht

mehr sehen zu müssen. Ich ging voraus, und sie ging hinten nach, folgte mir in die Kirche und setzte sich weiter hinten in einen Stuhl und wartete. Ich rückte nach und rückte nach, ermahnte mich, nur nicht denken, auch das geht vorüber. Drei Jahre hatte ich keine Beichte mehr abgelegt. Endlich war ich dran, stand auf, machte zwei Schritte, ergriff eine dünnwandige Holztür, machte sie auf, bückte mich, um mir nicht den Kopf anzuschlagen, trat ein. Zwei Männeraugen spähten mich durch ein Holzgitter an. Ich sank in die Knie, auf ein Brett. Der Mann mir gegenüber verdeckte mit einem weißen Tuch, das er in der Hand hielt, seine Augen. Ich tat, als bekreuzigte ich mich, murmelte etwas vor mich hin, versuchte, mich an die Zehn Gebote zu erinnern, und wollte sie rasch der Reihe nach durchgehen, aber der Mann stellte mir bereits Fragen: ob ich zwei oder drei Freundinnen habe. Ich überlegte einen Augenblick und sagte: zwei. Wie oft ich mit der einen und wie oft ich mit der andern Unkeuschheit betrieben habe. Ich nannte ihm eine Zahl unter fünfzig und eine unter zehn. Er wollte genau wissen, warum ich mit der einen umso öfter Unkeuschheit betrieben habe als mit der anderen. Ich wunderte mich, wie kommt er zu der Frage, ob zwei oder drei? Der Holzverschlag, in dem ich kniete, war beengend. Abgesehen von dem Umstand, daß ich eine kniende Haltung eingenommen und den Kopf nach vorn gebeugt hatte, fühlte ich mich in dem beengenden Holzverschlag um vieles kleiner. Ich wollte aufstehen und hinausgehen, aber der Mann fragte und fragte, immer noch ging es um diese zwei Freundinnen, ob sie sich in der Figur unterschieden? Ob sie einander kennten? Ob beide vorher schon mit anderen Unkeuschheit betrieben hätten? Dann sagte er plötzlich, weißt du nicht, daß das alles sündhaft ist? Wirst du bereuen? Selbstverständlich, flüsterte ich, zutiefst bereue ich alles. Aber du mußt von jetzt ab die Verbindung mit ihnen abbrechen, darfst aber auch nicht allein Unkeuschheit betreiben! Auch nicht denken, nicht davon reden. Und am nächsten Tag gehe ich ohne Frühstück auf die Kirche zu und wundere mich: Was ist das? Warum läßt man mich nicht in Ruhe? Was habe ich denn diesen Menschen in den schwarzen Anzügen getan? Mit welchem Recht greifen sie nach mir? Wieviel Prügel habe ich ihretwegen schon einstecken müssen! Warum werde ich sie nicht los? Ich nahm die Abkürzung, ging einen schmalen Weg auf den Friedhof zu, über steinerne Stufen hinunter, über Kieselsteine, betrat den Vorbau, blieb stehen, schaute auf die Marmortafeln, las die eingemeißelten Namen, wollte wissen, was das für Menschen waren. Ganz andere Menschen als die, mit denen ich zu tun hatte, vermutete ich hinter diesen eingemeißelten Namen. Ich trat lange nicht ein. Ich schob am Tor, zwängte mich seitlich hinein. Ich presse den Rücken an Eisenbeschläge, warte, mir kommen wieder Zweifel: die Stimme, ist das nicht eine höhnische Stimme? Ach was, ich will da keine Sekunde zuviel herinnen sein. Um meinen Frieden zu haben, ging ich ganz weit nach vorn, stellte mich an. Waren sowieso immer dieselben, die sich da hindrängten. Ich kniete mich dazu, sah den Mann, der mich im Holzverschlag ausgefragt hatte, auf mich zukommen, daneben ging mein Bruder, einen Zinnteller oder Silberteller haltend, ich streckte die Zunge heraus, ich war mir immer noch nicht ganz sicher: Gibt es diese Ungeheuerlichkeit? Gibt es nach dem Tod einen Gott? Das auf der Zunge soll was sein? Nein. Ich wartete auf das Zeichen zum Aufstehen, stand auf, zerbiß das weiche Brot und ging hinaus. Das war aber endgültig das letzte Mal. Das ist doch Quatsch: schwarze Seele befleckte Seele reine Seele weiße Seele braune Seele rote Seele grüne Seele blaue Seele gelbes Schaf. Meine Zeit ist das, die ich da verzettle. Ich ging schnell aus dem Hause. Die Mutter die Zufriedenste. Wenn auch alles erzwungen, so doch zufrieden. Natürlich auch Tischgebete. Vor dem Essen.

Nach dem Essen. Indem ich mir die blutigsten Flüche dachte, dämpfte ich, während ich betete, meinen Zorn. Gegen Kirche, gegen Pfarrer war ich ein Witz, aber ich sagte mir: Wer ist dieser Mann im schwarzen Anzug? Ein Mann. Das einzige, was ich ihm zugute hielt: Er bettelt wenigstens nicht. Vielfach nützen solche Menschen ihren Posten ja nur dazu aus, um den Leuten Geld herauszulocken. Wäsche einpacken, sagte ich mir, Wäsche einpacken und nichts wie weg. Ich ging aus der Küche, lief über eine Holzstiege, klappte ein Brett herunter, ging über dieses Brett, machte die Tür zu dem Mansardenzimmer, in dem ich ein Bett hatte, auf, trat ein. Die Wäsche hatte die Mutter bereits auf einen Stoß zusammengerichtet und auf einen Stuhl gelegt. Ich stopfte sie in den Umhängbeutel, der daneben auf dem Boden stand, ging hinunter in die Wohnküche und nahm meinen Rock vom Türhaken, ich fahre, sagte ich.
Die Fenster waren mir lästig. Ich wußte, daß die Leute aus Langweile und Gewohnheit aus dem Fenster schauen, schauen, wer heraußen geht. Und damit man sie nicht sehen kann, haben sie drinnen durchsichtige Vorhänge angebracht. Diese durchsichtigen Vorhänge sind eine Feigheit, dachte ich, ich kann die Menschen nicht sehen, weiß aber, daß sie mir zuschauen. Und es gibt keinen Weg zum Bahnhof, auf dem man mich nicht sehen kann. Dann fragte ich mich aber wieder, was sollen die Leute denn sonst tun, als schauen, wer draußen geht? Womit sollen sich die Leute in ihrer arbeitsfreien Zeit denn beschäftigen? Können sich doch nicht mit sich selber beschäftigen. Wozu hätten sie dann die durchsichtigen Vorhänge angebracht, wenn nicht zum Schauen, wer draußen geht? Wozu hätten sie durchsichtigen Vorhangstoff ausgesucht? Wozu hätten sie durchsichtige Vorhangstoffe gekauft? Ein Mensch geht doch nicht so mir nichts dir nichts in ein Textilgeschäft, läßt sich durchsichtige Vorhangstoffe vorlegen, läßt sich von einem

Lehrmädchen verschiedene durchsichtige Vorhangstoffe vor ein Schaufenster halten, geht selber hinaus, prüft, ob man von außen durchsehen kann, geht herein, geht hinaus, nein, sagte ich mir, die Menschen wissen schon, warum sie sich die Fenster mit durchsichtigen Vorhängen verhängen, wie sollten sie denn sonst herausschauen können. Durchs bloße Fensterglas können sie doch nicht schauen, da könnte ja einer stehenbleiben und ebenfalls schauen, von Gesicht zu Gesicht, nein, die Leute wissen schon, warum sie durchsichtige Vorhänge anbringen, aber was mache ich? Ich muß ja an ihnen vorbei, ich muß zum Bahnhof, soll ich dunkle Sonnenbrillen aufsetzen? Nein. Mit Sonnenbrillen komme ich mir selber komisch vor. Ein Karton fiel mir ein, ich könnte mir einen großen Kühlschrankkarton besorgen, Löcher ausschneiden, den Karton über mich und den Umhängbeutel drüberstülpen. Ich verwarf diesen Einfall aber sofort wieder, sagte mir, ich komme mit dem großen Kühlschrankkarton nie ungesehen vom Haus weg, dann geht es erst wieder wie ein Lauffeuer durch die Haushalte: jetzt geht der in einem Kühlschrankkarton zum Bahnhof, was hat denn der in einem Kühlschrankkarton zum Bahnhof zu gehen, nein, da hilft nur schauen, daß ich so schnell wie möglich zum Bahnhof komme.
Im Zug konnte mir niemand an. Staatseigentum. Im Zug war ich einfach ein Staatsbürger, saß oder stand, schaute mir die Landschaft an, redete und genoß einen Hauch der Grundrechte. Im Zug kann kein Mensch ruiniert werden. Das geht nur in Häusern, auf Arbeitsplätzen, in Schulen und Kirchen. Im Zug oder in einem Bus fühlte ich mich immer irgendwie zu Hause. Zugfahrten hatten für mich etwas Zärtliches an sich. Um wieviel leichter wäre mir gewesen, hätte ich ab einem gewissen Zeitpunkt die Weihnachten in einem Zug verbringen können. Der Zug fährt irgendwo, und ich brauche nicht zu denken, aber man will natürlich nichts wahrhaben, versucht, die ganze

Zeit zu übersehen, sagt sich, das gibt es nicht, ich bin nicht ausgeschlossen, ich gehöre ja zu ihnen.
Ich stieg aus und ging durch den Ort und zog mich ins Zimmer zurück und las, immer noch Hofgesellschaften. Ich las, bis man mich zum Abendessen hinunterrief. Beim Essen wurde auch da nicht viel geredet, weil es die Spannungen nicht zuließen. Der Alte und Ada hatten immer etwas am Essen auszusetzen. Er selber wollte andauernd gedankenlos von einer vergangenen Welt erzählen und uns alle zu Zuhörern machen; widersprachen ihm Helene oder Josef Bruckmann, dann flog sein großer Löffel auf den Tisch, und der ganze Mensch erhob sich, krebsrot und zitternd, starrte uns an und ging stumm hinaus, und kurz darauf erhob sich Ada und schlurfte hinterher, und Tage später trampelte die alte Bäuerin durchs Haus, schlug Türen zu, stieß die Küchentür auf, wenn alle um den Tisch herum saßen, schrie furchtbar, sie werde ins Grab getrieben, aus dem eigenen Haus werde sie hinausgeschmissen und ins Grab getrieben. Dann flog die Tür zu. Wir hörten sie über die Stiege hinaufgehen, oben Türen zuschlagen, entsetzlich schreien. Durch die verschlossene Tür drohte sie meistens mit Aufhängen. So verständigten wir uns beim Essen also mit verstohlenen Blicken. Wir sprachen nur über Dinge, bei denen wir uns ganz sicher waren, daß daraus kein Konflikt erwachsen könne. Nach dem Essen zog ich mich gleich wieder zu *meinen* Hofgesellschaften zurück.

Kofler begegnete ich oft, sprach kurz mit ihm.
Leo traf ich nur mehr ganz selten, am Abend bei Tanzveranstaltungen. Er erzählte mir von seiner Arbeit, in einer Baracke, in irgendeinem Graben, wo die Partie, der er zugeteilt war, eine Sperrmauer errichtete, um eine Siedlung für einige Jahre vor Hochwasser zu bewahren. Ein provisorisches Leben in Baracken, wo er sich die Abende mit Biertrinken und Kartenspielen vertrieb, bis

er sich auf das ihm zugeteilte Stockbett legte, sich die Decke übern Kopf zog und pfiff. Als besonderes Ereignis strich er die Wetterschichten heraus, wo alle in den Baracken blieben und warteten, bis das Unwetter nachließ. Wir tranken dabei ein Bier nach dem andern oder gesüßten Rotwein, daß ich später mit einem Ringelspiel im Kopf auf dem Bett lag, vor lauter Rausch lange nicht einschlafen konnte, mit Kopfschmerzen aufwachte und mir sagte, diese Räusche müssen eingedämmt werden, die führen zu nichts.

Auswege wurden überall gesucht.
Helene ging zu Bäuerinnenversammlungen und kam jedesmal nur kopfschüttelnd zurück. Es sei ihr unbegreiflich, sagte sie. Da raffen sich die Bäuerinnen am Abend auf, ziehen sich um, legen oft lange Fußmärsche zurück und erzählen sich dann wieder nur Geschichten, sagen, daß sie unter der Abhängigkeit von den Bauern leiden, weigern sich aber, dagegen Schritte zu unternehmen, oder wollen alles umkehren, um die Bauern unter sich zu haben. Dann sitzt bei solchen Veranstaltungen jedesmal der Pfarrer dabei, beschwichtigt die eine oder andere, wenn einmal etwas nüchtern gesagt wird. Jeder halbwegs vernünftige Beitrag wird sofort abgewürgt. Aber versammelt sind die Bäuerinnen, sagte Helene, daher gehe sie wieder hin, um sich später nicht den Vorwurf machen zu müssen, sie habe sich voreilig zurückgezogen. Vor allem die Tatsache sei ihr unbegreiflich, daß es so schwer sei, zwischen herrschen und beherrscht werden einen Weg zu finden. Georg und ich, sagte sie kopfschüttelnd, bereuen ja schon zur Genüge den Entschluß, wieder unter die Bauern gegangen zu sein. Darüber sprachen wir oft. Georg und Helene entschließen sich ahnungslos, das Kreiner Anwesen zu übernehmen, und ich komme ahnungslos zu ihnen. Sie tragen sich mit dem Entschluß, alles aufzugeben, ihr mitgebrachtes Eigentum – soweit es

sich lösen läßt – aus dem Haus herauszutragen und auf ein Lastauto zu schaffen, und ich denke immer: hoffentlich bleiben sie, hoffentlich halten sie durch, meine Entwicklung fängt doch gerade erst an.

Außerhalb des Dorfes sprachen einander alle mit du an, im Dorf selber, auf der Straße und in den Geschäften fingen junge Unternehmerfrauen an, sich mit Sie und Frau anzureden. Ich hörte mir das an, nicht ohne Befremden, denn in meiner Erinnerung existierten einige von ihnen als eingeschüchterte Verkäuferinnen weiter. Ich sah sie nach wie vor stumm und stramm hinter einem Ladentisch stehen, aufmerksam auf den Mund der Kundschaft schauen, verstohlen sich nach der Chefin oder dem Chef umblicken, in das Magazin huschen, mit Säcken Dosen Kartons Besen herauskommen: Und was brauchst du noch? Bring ich dir sofort. Und was brauchst du noch? Da muß ich nachschauen, ob wir das haben. Von der Aktion willst du nichts? Hast du nichts vergessen? Es passiert einem ja so leicht, daß man sich beim Weggehen noch denkt, das brauch ich unbedingt. Nein, man kann nicht sagen, die jungen Unternehmerfrauen hätten es leicht gehabt, weder die Peppi noch die Susi und wie sie alle genannt wurden. Schon nach kurzer Zeit hat man ihnen die Namen verunstaltet, ohne daß sie sich dagegen wehren konnten. Mit vierzehn oder fünfzehn Jahren von zu Hause weg, in ein fremdes Dorf, unter fremde Menschen in einen Laden, statt Vater und Mutter plötzlich einen Chef und eine Chefin, den ausgebildeten Verkäuferinnen untergeordnet, Mundhalten. »Das arme Ding muß Gehsteige kehren und Fensterputzen und sich schon in aller Frühe herumschaffen lassen.«
Die Peppi hat es von allen am schwersten gehabt. Sie landete in einem großen Familienbetrieb. Der Chef der Tüchtigste. Die Chefin tüchtig. Das Warenhaus groß. Die Lehrlingsentschädigung – was für ein Wort! – als Ta-

schengeld. Die Kost und ein Bett frei. Um sechs Uhr mußte sie aus dem Bett, sich schnell anziehen, waschen, kämmen, in die Küche hinuntergehen, in der Anwesenheit des Knechtes frühstücken und hinaus in die frische Luft, mit einem Eimer voll heißem Wasser in der einen Hand, Schwamm, Poliertuch, Gummiwischer in der anderen – natürlich von ihren Eltern unvorbereitet, was alles auf sie zukommen würde. So schnell wie möglich die Stehleiter herbeischaffen. Vielleicht hatte sie ein wenig Angst, jemand könnte sich in ihrer Abwesenheit einen Scherz erlauben, das Wasser ausschütten oder den Eimer verstecken. Um zur Stehleiter zu kommen, mußte sie an acht Schaufenstern vorbei und die anschließende Hauswand entlanggehen, um das Haus herum in den Innenhof, zu einer der Türen im untersten Magazin, aus einem engen Gang, an dem Ketten und andere Eisenwaren an der Wand hingen, die Stehleiter herausfädeln, ohne etwas herunterzustreifen, zusperren, Stehleiter auf die Schulter. Das war am Anfang der Sommerferien, also Anfang Juli. Sie steigt auf die Leiter und sieht sich wieder, sieht ihr zerzaustes Haar, sieht ihr Gesicht von einem leichten Schatten bedeckt, sieht ihre Figur in einem Lehrmädchenkittel, ihre Hand, die den Schwamm umklammert, wischt über das Glas, schäumendes Wasser schießt senkrecht hinunter. Weiß nicht recht, wofür das alles gut sein soll, macht aber weiter. Wäscht, streicht mit dem Gummiwischer darüber, poliert mit dem Tuch nach, schaut von der Seite die glatte Glasscheibe an, ob nicht irgendwo Flecken geblieben sind. Ein Schaufenster nach dem andern bringt sie zum Glänzen, steigt von der Leiter, rückt an der Leiter, steigt auf die Leiter, schüttet das Wasser in den Straßengraben, holt sauberes aus der Küche. Oft hat es ihr Gemüt durchzuckt, wenn der Eimer mit dem heißen Wasser plötzlich von der Stehleiter zu fallen drohte, aber nur überschwappte, daß das Wasser klatschend auf den Gehsteig fiel. Oft glaubte sie, das

Wasser schwappt nur über, und im nächsten Augenblick fiel der ganze Eimer herunter. Oft mußte sie mitten unterm Schaufensterputzen weg, weil ein Bauer dastand und Benzingemisch für seinen Mäher brauchte: Schlüssel holen, Pumpe aufsperren, vollpumpen, kassieren. Natürlich hätte sie den einen oder anderen Befehl am liebsten gar nicht ausgeführt, aber da sie wußte, was mit ihr dann passiert wäre, ließ sie es erst gar nicht darauf ankommen und fügte sich in den eigenen Widerwillen. Zum Kundschaftenbedienen hinterm Ladentisch kam sie zuerst gar nicht. Und es mußte alles schnell gehen. Den Kopf und ihre Sinne mußte sie ganz bei der Arbeit haben, nicht stehen und schauen oder gar auf einen Sprung weggehen. Aber das Schlimmste war: Sie hätte sich innerhalb von einigen Tagen in den unteren Magazinen, in den oberen Magazinen und im Hauptmagazin zurechtfinden sollen, fand sich jedoch überhaupt nicht zurecht. Wie hätte sie sich auch zurechtfinden können? Sie kannte kaum eine der Waren, noch hatte sie eine Ahnung, wo die gewünschte Ware zu finden war. Mit unteres Magazin, unterste Tür, oder oberes Magazin, zweite Tür von rechts, war ihr nicht viel geholfen, denn in dem bezeichneten Magazinraum stand sie wieder vor dem Problem: Wie schaut dieser Gegenstand aus, wo liegt er? Hängt er, ist er eingepackt? Sie war auf die Hilfe des Kunden angewiesen. Den Kunden allerdings interessierten in einem Magazinraum zunächst einmal gewisse Körperteile der Peppi, wie sie auch den Knecht, den sie manchmal in der ärgsten Verzweiflung zur Hilfe rief, interessierten. Dem Chef wiederum ging es darum, innerhalb kürzester Zeit an die Umgebung soviel Waren als möglich abzusetzen. Für hinausgezögerte Magazinaufenthalte hatte er überhaupt nichts übrig. Der Peppi selber machten sie auch keinen Spaß. Vom Chef unter allen Leuten, die im Laden gerade anwesend waren, wegen ihres langen Ausbleibens angeschnauzt zu werden. So waren diese Gänge in eines der Magazine oft die reinsten Abenteuer. Ketten Sensen Schrauben Sicheln Nägel Beschläge Schläuche Wasserleitungshähne Hühnerringe Stricke alles, was die Kundschaft brauchte, schleppte sie aus den Magazinen, durch Gänge, über Stiegen, durch eine der Hintertüren ins Hauptgeschäft, packte ein, suchte Preise aus einem Katalog, schrieb auf. An sich selber konnte sie zunächst überhaupt nicht denken. Sie mußte froh sein, wenn sie den Vormittag heil überstand. Hätte die Peppi innerhalb einiger Tage einer Woche verstummen sollen? Bis Antritt der Lehre reden und dann nicht mehr reden? Rundherum hörte sie die Leute reden. Bei der Heuernte mußte sie auch mithelfen. Manchmal ging sie in Begleitung einiger Verkäuferinnen ins Kino, stand an der Mauer und lachte schüchtern. Sie mußte sich durch die Magazine durcharbeiten, von den Magazinen freiarbeiten, um endlich ihre eigentliche Arbeit in einer der Abteilungen im Hauptgeschäft antreten zu können. Dort waren wieder die Böden zum Putzen. Nach Geschäftsschluß mußte sie dort die Böden putzen. Oft riß ihr dort der Chef die Zukkerschaufel aus der Hand: Merk dir endlich! Wie oft soll ich dir noch sagen, mit der Zuckerschaufel wird nur Zukker geschaufelt! Oft stand die Peppi da im Geschäft, drauf und dran, alles hinzuwerfen und hinauszulaufen. Wer bin ich denn? Was müssen sich die Kundschaften von mir denken? Weitermachen, ich muß die Kundschaft bedienen. Und was brauchst du noch? Bring ich dir sofort. Sie brachte die Tage hinter sich. Mit jedem Tag um ein winziges Stück freier, die Arbeit nach dem Willen des Chefs, hin und wieder auch ein außerdienstliches Wort. Beinahe selbstverständlich damit verbunden war, daß sie am Abend, ohne zu fragen, ausgehen konnte, sofern man ihr am nächsten Tag im Geschäft nichts davon anmerkte. Die ganze Nacht mit einem Mann im Bett zu liegen und bis zur völligen Erschöpfung befriedigt zu werden, war wegen der Gemeinschaftszimmer selbst in den Nächten von Samstag auf Sonntag fast immer ein Ding der Unmöglichkeit.

Maria Wiesinger, die im Gegensatz zu Peppi eine Vollwaise und bereits im frühen Kindesalter arbeiten und mit vierzehn Jahren schwanger war, wechselte mit der Entbindung den Arbeitsplatz und die Ortschaft, einerseits um von ihrem früheren Arbeitsplatz weder etwas zu hören noch ihn zu sehen, andrerseits um mehr zu verdienen, um für den Unterhalt des Kindes, das sie in Pflege geben mußte, aufkommen zu können. Maria Wiesinger, die bereits im frühen Kindesalter wie ihre beiden Geschwister für ihren eigenen Unterhalt aufkommen mußte, weil eine Pinzgauer Gemeinde sie an die staatliche Fürsorge abgeschoben, die staatliche Fürsorge sie wiederum zu verschiedenen Bauern abgeschoben hatte, konnte infolgedessen ihre beiden Geschwister kaum kennen. Da Maria Wiesinger kaum über erspartes Geld verfügte, außerdem alle ihre Bekannten, von denen sie unter Umständen Hilfe erwarten konnte, in dieser Gegend hatte, war für sie ein Wegziehen in eine entlegenere Gegend unmöglich. Da Maria Wiesinger sofort Geld brauchte, um für den Unterhalt ihres Kindes aufzukommen, brauchte sie auch sofort eine Arbeitsstelle. Da Maria Wiesinger jung und stark war und gelernt hatte, tüchtig zuzupacken, nahm man sie in einem Großgasthof als Serviererin auf. Sie servierte Bier und Wienerschnitzel für deutsche Touristen, schwedische, finnische, norwegische Touristen und Einheimische. Sie räumte nach der Sperrstunde mit dem andern Servierpersonal den Saal auf und spielte tagsüber auch noch ein wenig Mädchen für alles. Mit ihren fünfzehn Jahren war Maria Wiesinger alles eher als unterwürfig, denn sie hatte als Kind schon lernen müssen, der Abhängigkeit freundlich ins Gesicht zu schauen. Da sie aber von seiten des Unterdrückers, der sein Gesicht wahren wollte, mit Gerüchten belastet war, konnte sie sich energische Auftritte nicht leisten, um nicht neuerdings der Ächtung zu verfallen, denn man warf auch an diesem Ort ein strenges Auge auf sie, um sich aber der ärgsten Wut dennoch zu entledigen, warf sie – wie der Ort sofort zu berichten wußte – von Zeit zu Zeit einen Teil ihrer Kleider in die Mülltonne und geriet damit wieder in eine schnell um sich greifende Abhängigkeit.

»Jetzt schaut euch doch die einmal an. Schmeißt sie nicht Strümpfe in die Mülltonne, Seidenstrümpfe ohne eine einzige Laufmasche und einen tadellosen Unterrock?« Hauptsächlich beschäftigte das Wäschewegschmeißen die Frau Estner, eine Großbauerntochter, die zwar früh der Bauernarbeit den Rücken gekehrt hatte, aber noch immer von ihr schmarotzte. Die Frau Estner jauchzte natürlich, als sie vom Wäschewegschmeißen erfuhr. Endlich konnte sie alles das, was sie über Maria Wiesinger gesammelt hatte, an die Umwelt weitergeben, konnte Verwandte aufsuchen, und Einkaufsgänge bekamen den doppelten Reiz. Sie geht nicht nur, die Leute grüßend oder von den Leuten weit wegschauend, die Straße hinunter, die Frau Estner hat über Maria Wiesinger etwas mitzuteilen, sie betritt ein Geschäft, läßt sich grüßen und überblickt zunächst einmal, wer alles da ist: sind gefährliche Leute darunter? Zwischendurch überlegt sie: was koche ich heute? was brauch ich? Sie läßt ihren Blick über die Waren schweifen, die sie ohnehin schon alle kennt, sie weiß, wo sie stehen, liegen, Frau Estner geht an den Waren vorbei und läßt sich Maria Wiesinger durch den Kopf gehen, wie sie den Mülltonnendeckel aufmacht und die Bekleidungsstücke hineinwirft. Besonders günstig für Frau Estner war der Umstand, daß Maria Wiesinger um diese Zeit im Großgasthof arbeitete, so daß sie ohne weiteres auch ein längeres Gespräch über Maria Wiesinger führen konnte, ohne das Gefühl haben zu müssen, Maria Wiesinger könnte bei der Tür hereinkommen, und natürlich auch, daß sie selber nur den Haushalt zu führen hatte, so daß ihr obendrein mehr als genügend Zeit zur Verfügung stand. Maria Wiesinger, die die Familie Estner zwar früher hin und wieder zu Gesicht bekommen, aber infolge vieler Bedrängnisse kaum mehrere Sekunden über sie nachgedacht haben konnte, dachte wahrscheinlich auch jetzt kaum über die Frau Estner nach, denn ihre hauptsächliche Beschäftigung war, was es immer schon gewesen war: sich von einem Tag in den anderen zu retten. Während Maria Wiesinger sich durch Arbeit von einem Tag in den anderen rettete, unternahm Frau Estner bestimmte Besuche, Spaziergänge, machte es sich im Garten bequem, führte kürzere und längere Gespräche. Da Maria Wiesinger von Kind auf hatte lernen müssen, sich vor Arbeitgebern soweit wie möglich in Sicherheit zu bringen, durchschaute sie diese nun immer schneller und fand sie ab einem gewissen Zeitpunkt so unerträglich, daß sie von einer Stunde auf die andere ihre Sachen zusammenpackte, zur Konkurrenz ging und sich bewarb. Da man ihre Arbeitsleistung und ihr Aussehen schätzte, fand sie meistens sofort eine Arbeit, aber die Erleichterung war nur vorübergehend, denn häufiges Arbeitsplatzwechseln macht eine ländliche Umwelt böse. Mit einem unruhigen Menschen kann sie nichts anfangen. Die Unruhe, die die ländliche Umwelt selber erzeugt, mag sie nicht. Frau Estner redete nicht nur über Maria Wiesinger, sondern schaute sie sich auch immer wieder an, sie besuchte mit ihrem Mann und ihren Verwandten die Heimatabende, die für die Touristen veranstaltet werden, bestellte bei Maria Wiesinger Getränke, beobachtete: Maria Wiesinger, ein großes Serviertableau voller Getränke, aufpassen, daß sie nicht mit Touristen zusammenstößt, Tableau auf einen Tisch, Getränke verteilen, woanders Bestellungen entgegennehmen, auf einen Block kritzeln, das Tableau mit leeren Flaschen Gläsern Krügen hinaus und wieder mit einem

vollen Tableau herein. Frau Estner hatte Zeit, sie konnte Maria Wiesinger aus der Entfernung oder aus der Nähe beobachten, ihr aus unmittelbarer Nähe ins Gesicht schauen, an ihr vorbeigehen, an ihr vorbeitanzen, etwas über Maria Wiesinger in Erfahrung bringen: wie seid denn ihr mit eurer neuen Serviererin zufrieden? macht sie da keine Schwierigkeiten? arbeitet sie schön fleißig? Natürlich beteiligten sich auch andere, kümmerten sich darum, ob Maria Wiesinger für die Wirtsleute schon von Nutzen sei. Selbst Serviererinnen beteiligten sich. Ich stand vor der Bar, hinter der sie Getränke mixte. Ich bestellte bei ihr ein Getränk. Und wollte mit ihr reden. Ganz vorne auf der Bühne spielte eine Kapelle Polka Walzer Polka Schlager, deutsche Touristen sangen: es ist so heiß auf Hawai und es gibt kein Bier auf Hawai. Maria Wiesinger war mit Getränkemixen beschäftigt. Es war heiß und rund um uns dicke Luft, so daß wir nur über belanglose Dinge reden konnten.
Ich ging am Estnerhaus nur vorbei, wenn es unbedingt sein mußte oder nach Mitternacht. Nach Mitternacht waren diese Orte ja erträglich. Die Gendarmerie hörte dem Prozeß, der Maria Wiesinger gemacht wurde, zu und schwieg. Maria Wiesinger arbeitete und arbeitete. Im Gegensatz zu Frau Estner, die die besitzende Klasse ohne besonderen Auftrag unterstützte, arbeitete Maria Wiesinger für Besitzende. Sie unterschied nicht mehr: welche Besitzende? Maria Wiesinger hielt nicht mehr dem einen das, dem anderen jenes zugute, sie verabscheute sie durch und durch. Immer weitere Kreise zog der Prozeß um sie. In den Wirtshäusern wurde über sie gesprochen, auf der Straße getuschelt, sie war Gesprächsthema in den Geschäften. Im Zug, zu Hause, überall begegnete ich diesen verdammten Gerüchten, und jedes Wort dagegen war lächerlich. Zwei drei vier Ohnmächtige richten nichts aus. Aufs Gesicht zu sagte man Maria Wiesinger nichts. Eines Nachts nach der Sperrstunde warf Maria Wiesinger

noch einmal einen Teil ihrer Kleider weg, packte ihre Sachen zusammen, steckte das Geld, das sie am Nachmittag und am Abend kassiert hatte, in die Handtasche.

Vor allem, als ich von Victor Hugo den Roman *Die Elenden* las, fragte ich mich, wieso gibt es das? Das Romangeschehen liegt Jahrhunderte zurück, zur Zeit um die Französische Revolution, und da ist das 20. Jahrhundert schon mehr als zur Hälfte vergangen, und alles ist noch gleich, was das Denken über Menschen betrifft sogar noch viel rückständiger als um die Zeit der Französischen Revolution. Jeder würgt für sich. Das Unternehmertum, das aus den Arbeiterfamilien hervorgegangen ist, ist brutal. Mit meinen Freunden Herbert Irder und Otto Irder unterhielt ich mich im Wirtshaus oft über diese Sorte von Unternehmern und ihre Frauen. Peppis Aufstieg zur Unternehmerfrau. Frau Sussak wollte nicht mehr die Peppi sein. Der Unternehmer Sussak wollte ebenfalls nicht von früheren Arbeitskollegen auf die Ohrfeigen, die er als Lehrling hatte einstecken müssen, angesprochen werden, aber das Wissen, wie man sich andere Menschen zu Geld macht, das hat er behalten. Mancher alte Gastwirt, mancher ältere Unternehmer sagte zu vielen Schikanen bereits nein, wurde menschlich und interessierte sich für Veränderungen, wollte sein Auskommen haben und war es auch anderen günstig, aber die neue Unternehmerklasse setzte sich über derlei Ansinnen brutal hinweg. Jegliche geistige Entwicklung wurde blockiert. Geistig brauchen sich die Unternehmer ja nicht zu entwickeln, sie ergötzen sich beim Anblick von Besitz. Hatten früher schon immer die Besitzenden das Wort geführt, so führten sie es auch jetzt in den Gemeinden weiter, setzten ihre Interessen durch.
Anstatt Bildungsmöglichkeiten alles für den Fremdenverkehr.

Vor lauter Immer-über-sein-Leben-schweigen-Müssen war Ernst Wallisch gesprächig. Er wurde von seinem Vater durch die Werkstätte geprügelt und lief ihm eines Tages davon und kreuzte bei seinem Stiefbruder, dem Unternehmer Sussak, auf und bat diesen um Arbeit, aber der Unternehmer Sussak fertigte ihn mit Ausreden ab und gab ihm den Laufpaß. Ernst Wallisch mußte allein durchs Leben torkeln. Er erzählte mir von einer Brücke, von der er sich mehrmals in den Fluß hinunterstürzen wollte. Er habe, um nicht über sein Leben nachdenken zu müssen, im Kartenspielen einen Ausweg gesucht, dabei aber oft das Pech gehabt, daß seine Partner Fuhrunternehmer waren. Sie spielten um Hunderter und Tausender. Sein ganzer Monatslohn war dann oft schon innerhalb von Stunden in den Brieftaschen der Fuhrunternehmer. Auf dem Heimweg habe ihm vor sich selber gegraust. Seine Mutter hatte im Gegensatz zu meiner außer ihm keine Kinder. Natürlich ist auch er durch die Arbeit von seiner Mutter entfremdet und sich selber entfremdet, wie seine Mutter von ihrem Sohn durch die Arbeit entfremdet und von sich selber entfremdet ist. Ihr machte er deswegen keinen Vorwurf, seinen Vater und seine Stiefmutter verfluchte er, auf seine Stiefbrüder fluchte er, den österreichischen Staat verfluchte er. Aber das mit der Brücke, sagte er kopfschüttelnd, begreifst du das? Ich steh auf der Brücke, schau hinunter aufs Wasser und stell mich drauf ein: jetzt ist es aus, jetzt mache ich endgültig mit allem Schluß und stürze mich hinunter und will schon auf das Geländer klettern, und in dem Augenblick kommen Bekannte auf die Brücke zu, begreifst du, warum in einem solchen Moment Bekannte daherkommen? Und das ist nicht nur einmal so gewesen. Ich will mich umbringen, weil ich mir so wertlos vorkomme, und jemand kommt dazwischen. Ernst Wallisch mußte, um überhaupt zu überleben, aus der Gegend weg, von der er sagt: Sie ist aber doch meine Heimat, ich denke ja immer über sie nach, woanders fühle ich mich ja auch nicht zu Hause, aber über diese Gegend denke ich nach, also muß diese Gegend meine Heimat sein. Sicher hat sich die Peppi als Lehrmädchen oft gesagt: Sobald ich die Lehrzeit hinter mir habe, nichts wie weg. Der Unternehmer Sussak, der sich zwar emporarbeiten hat müssen, hat im Gegensatz zu seinem Stiefbruder jeden Handgriff mit der Gewißheit machen können: Ist diese Zeit auch schwer, so führt mein Weg doch an den anderen Arbeitern vorbei, nach oben. Und es ging schnell, scheinbar unaufhaltsam nach oben. Die neue Unternehmerklasse stand in der Gunst der Bevölkerung. Die arbeitende Bevölkerung ist ja mild und nachsichtig, sie wünscht niemandem, daß er mitmacht, was sie hat mitmachen müssen, wütend war sie auf ihre ehemaligen Unterdrücker, auf die Bauern, die Abhängigkeit von den neuen Unternehmern kam einem dagegen wie die reinste Wohltat vor. Die Ausgangssituation für die Unternehmer war die denkbar günstigste. Freilich wußte derjenige, der irgendwann den Entschluß faßte, nicht zeitlebens bis zur Arbeitsunfähigkeit für andere zu arbeiten, nicht bis zur Arbeitsunfähigkeit eingeschränkt und abhängig zu sein, daß sein Vorhaben ein egoistisches und verbrecherisches war. Natürlich schwieg er, natürlich sprach er mit seinen Arbeitskollegen nicht über die Mißgeburt, über die er in ihrer Anwesenheit am Arbeitsplatz nachdachte. Er hörte natürlich auf, über den Chef herzuziehen, immer weniger Kritik an den Arbeitsbedingungen, an den Lebensbedingungen. Redet nur, regt euch nur auf, der Tag kommt schon, an dem ihr froh sein müßt, daß ihr für mich arbeiten dürft. Aber schaut, ihr dürft nicht immer von eurer Situation ausgehen, das Land braucht nicht nur Arbeiter, es braucht vor allem Menschen, die Arbeitsplätze schaffen, Menschen, die die Initiative ergreifen, Menschen, die Risiken auf sich nehmen. So geht das nicht weiter, den Menschen muß es besser gehen, allen Menschen kann

und muß es besser gehen, ich opfere mich und werde Unternehmer. Der Unternehmer Sussak ist ein ernster verschwiegener Mensch, er tritt sicher auf, redet ruhig, faßt sich kurz und arbeitet selber mit und ißt wahrscheinlich gar nicht besser als früher. Fast alle jungen Unternehmer arbeiteten und lebten wie früher und konnten sich somit ohne weiteres in der Öffentlichkeit blicken lassen. Nur ihre Frauen mußten sich eine Weile im Haus verstecken. So ganz allein auf einmal aufrecht? An einem Werktag durchs Dorf schreiten? Auf einmal von allen Seiten begrüßt? Früher mußte ich grüßen, heute werde ich gegrüßt? Die Peppi litt an ihrer Vergangenheit. Andere, die es leichter gehabt hatten, führten das »Sie« ein, riefen die Frau Sussak an, besuchten die Frau Sussak, trafen sich mit der Frau Sussak beim Einkaufen. Die Peppi mußte überwunden werden, die Peppi mußte geschluckt, hinuntergewürgt werden, die Peppi muß in der Frau Sussak sterben. Und Ernst Wallisch? Ernst Wallisch hätte sicher tüchtig gearbeitet.
Allein in der Nacht über Brücken gehen?

Jonny war einer der Lustigsten unter den Bauhilfsarbeitern. Die Bauhilfsarbeiterclique lachte nur, wenn Jonny dabei war. Jonny wußte immer Witze und Gags. Jonny hatte pechschwarzes gewelltes Haar. Er trug die verrücktesten Hosen, Jacken, helle bis weiße Socken, stets breite bunte Krawatten, oft hatte er einen Hut auf mit einer breiten Krempe oder einen Zylinder, fuhr singend oder laut schreiend mit dem Moped durchs Dorf. Wo Jonny auftauchte, war es lustig. Die Bauhilfsarbeiterclique, die sich hauptsächlich aus jungen Bauhilfsarbeitern zusammensetzte, lachte normalerweise nicht, war viel in Wirtshäusern und hatte Gründe, als Clique in Wirtshäusern aufzutreten. Konrad Eiblich. Wilfried Eiblich. Rupert Eiblich. Roland Eiblich. Die Eiblichbrüder schleppten eine schwere Kindheit mit sich herum, hatten viel arbei-

ten und dazu schweigen müssen. Ihr Vater lebenslänglich Knecht, Viehhüter, verbrachte die Sommer auf Hochalmen, die Winter in Ställen. Die Mutter Taglöhnerin. Aber in das alte Eiblichhaus kam nie ein Landeshauptmann oder einer von den Nationalräten, um sich zu erkundigen: Wie war denn das mit euch? Wieso wohnt ihr denn, wenn ihr so viel gearbeitet habt, so kümmerlich in diesem alten Haus? Auch der Bürgermeister, der an diesem Haus oft vorbeigefahren sein muß, hat seine Funktion als Bürgermeister nie dazu benutzt, um in einer von seinen Ansprachen klarzustellen: »Verehrte Gemeinde! Es ist nun an der Zeit, endlich einmal klarzustellen, wie in unserer Gemeinde die Verhältnisse liegen. Als gewählter Bürgermeister habe ich die Pflicht, für das Wohl aller Menschen, die in unserer Gemeinde gemeldet sind, zu sorgen!« Nein, der Bürgermeister schwieg dazu mindestens so, wie der alte Eiblich auf Hochalmen und in Ställen geschwiegen hatte. Die Clique um die Eiblichbrüder herum war groß, sie saß oft getrennt in verschiedenen Orten, auf verschiedene Zechstuben aufgeteilt, denn manche von ihnen hatten sich Geld für einen Gebrauchtwagen gespart, um nicht an einem Ort versumpfen zu müssen.
Es ging schon auf den Herbst zu.
Ich hatte den ganzen Nachmittag gelesen, zuerst auf dem Balkon und dann im Zimmer, so daß ich mit mir zufrieden sein konnte. Diese Zufriedenheit bestand aus einer Woche Arbeit und der Gewißheit, in meiner Freizeit für mich etwas getan zu haben. Ich zog mich um und beschloß, Otto Irder aufzusuchen. Allein durchs Dorf zu gehen, machte mir um diese Zeit nichts mehr aus. Otto Irder war geprüfter Facharbeiter und wohnte bei seiner Mutter in einem Gemeindebau, sein Arbeitsplatz war 20 Kilometer davon entfernt. Wir hatten die Volksschuljahre gemeinsam hinter uns gebracht.
Ich betrat das Stiegenhaus, die Wohnung und eine Vier-

telstunde später mit ihm die Straße. In der Wohnung sprachen wir meistens nur über Dinge, die uns kaum berührten, er, weil er nicht andauernd die Meinung von seinem Stiefvater hören, ich, weil ich in fremden Häusern keinen Verdruß stiften wollte. Heraußen atmeten wir auf. Was machen wir? Wir beschlossen, zum Kino zu gehen. Dort standen wir eine Weile und blödelten herum. Der Film, der gezeigt werden sollte, war noch blöder. Im Buffet saßen junge Unternehmer, blöd und eingebildet. Die Spielautomaten interessierten uns nicht. Wir gingen weiter und rätselten hin und her, in welches Wirtshaus wir gehen sollten. In dem einen war uns die Wirtin zu sehr auf unser Geld aus. In dem einen wird immer gerauft, außerdem paßten uns weder der Wirt noch die Wirtin. Das eine war uns zu leer. In einem saß das Alter. Also gingen wir in das einzig erträgliche, das man im Zuge des aufkommenden Fremdenverkehrs in ein Café umbenannt hatte. Natürlich ärgerten wir uns über die Langweile, daß es der Ort zu nichts anderem als zu einer stumpfsinnigen Langweile gebracht hatte, wir bestellten Wein und sprachen über diese Langweile, saßen allein an einem Tisch und fingen allmählich wieder an, uns über alles lustig zu machen, über die Lehrer, über den Bürgermeister. Ist der Bürgermeister eine wichtige Persönlichkeit? Natürlich ist der Bürgermeister eine wichtige Persönlichkeit. Ist der Bezirkshauptmann eine wichtige Persönlichkeit? Natürlich ist der Bezirkshauptmann eine wichtige Persönlichkeit. Ist der Landeshauptmann eine wichtige Persönlichkeit? Natürlich ist der Landeshauptmann eine wichtige Persönlichkeit. Muß, wenn der Landeshauptmann kommt, die Musik ausrücken? Natürlich muß, wenn der Landeshauptmann kommt, die Musik ausrücken. Das ging eine Weile so dahin, Otto Irder fragte, und ich antwortete. Dann behauptete Otto plötzlich, daß der Ort ein durch und durch intelligenter Ort sei. Alles an diesem Ort sei intelligent, behauptete er.

Er ist intelligent und aufstrebend zugleich, sagte ich. Wir lachten und unterhielten uns immer besser. Plötzlich stand vom Nebentisch Roland Eiblich auf und behauptete, ich hätte über ihn gesprochen.
Über dich gesprochen? Ich habe ja nicht einmal gemerkt, daß du hinter mir gesessen bist, und ich wüßte auch nicht, warum ich über dich sprechen hätte sollen? Mir schien, daß er schon etwas betrunken war. Ich wandte mich von ihm ab und redete wieder mit Otto Irder, hatte aber keinen Spaß mehr. Was soll das? fragte ich mich. Ich konnte mich nicht erinnern, mit Roland irgendwann auch nur im entferntesten zu tun gehabt zu haben. Was kann dieser Mensch gegen mich haben? Zu dritt saßen sie am Nebentisch. Die Stänkerei ging weiter. Alle drei behaupteten sie der Reihe nach, zugehört zu haben, wie ich mich die ganze Zeit über Roland Eiblich lustig gemacht hätte. Schließlich forderte mich Roland auf, mit ihm hinauszugehen. Ich sagte, ich geh nicht, weil ich keinen Grund sehe, warum ich mit dir raufen soll. Die Stänkerei fing aber an, mich zu ärgern, und als mich Roland Eiblich bei seinem Aufbruch auch noch aufforderte, mich bei ihm zu entschuldigen, sagte ich, er solle gefälligst heimgehen und sich seinen Rausch ausschlafen, er wiederum sagte, das würde mir noch teuer zu stehen kommen. Die drei gingen, Otto Irder und ich blieben sitzen, bestellten Wein nach, redeten, weder konnte Otto mir den Vorfall erklären, noch konnte ich etwas mit den aus der Luft gegriffenen Behauptungen anfangen. Ich versuchte, das Ganze zu vergessen, aber der haßvolle Blick, mit dem mich Roland Eiblich angestarrt hatte, und die Besessenheit, mir etwas anzuhängen, um sich einen glaubwürdigen Grund für eine Schlägerei zurechtzubasteln, ließen mir keine Ruhe. Ich lachte zwar wieder und sprach mit Otto über etwas anderes, weil ich mir auch sagte, warum sollte ich mir über Roland Eiblich langmächtig den Kopf zerbrechen? Was geht mich dieser Mensch überhaupt an? Daß

die andern zwei sich beteiligt hatten, kümmerte mich kaum, eher störte mich die Tatsache, daß ich! nicht Otto Irder und ich, sondern nur ich allein! Wir blieben bis zur Sperrstunde, begaben uns allmählich ins Freie; auf halbem Heimweg schlugen wir am Gemeindehaus das Wasser ab, dann standen wir auf der Brücke und redeten, und als wir uns endlich trennen wollten, kamen aus der anderen Richtung die drei auf uns zu, um einige Flaschen betrunkener. Nüchtern waren auch wir nicht. Auf einer Seitenstraße trafen wir aufeinander. Roland Eiblich wollte wieder, daß ich mich bei ihm entschuldige.
Ich sagte wieder, er solle nun endlich heimgehen und sich seinen Rausch ausschlafen, und im nächsten Augenblick spürte ich einen dumpfen Schlag und diesen sonderbaren Zustand, wie er von einem Faustschlag herrührt, einen dumpfen Schmerz um die Lippen. Von einem Augenblick auf den andern alles so unbegreiflich. Rolands Arme hingen lässig herunter. Es war die Faust eines anderen. Ich hob die Hand, tastete mit den Fingern über die Lippen, das ist also ein Faustschlag, ging es mir durch den Kopf, was haben diese Hunde gegen mich? Mein Partner schwankte ein wenig. Mir war überhaupt nicht zum Zuschlagen zumute. Ich hatte noch nie jemanden mit der Faust ins Gesicht geschlagen, nur manchmal gesehen, wie einer blitzartig hintereinander Faustschläge ins Gesicht bekam und plötzlich bleich und stumm, meistens aus der Nase oder dem Mund blutend, dastand. Den da kannte ich doch überhaupt nicht. Die andern zwei wichen zurück und sagten: Rudi! gib ihms! schlag zu! Otto Irder stand seitlich von mir im Rasen. Rudi hatte eine verschmierte, abgetragene Jacke an, und seine Hose, dachte ich, ist auch nicht mehr die neueste. Ich hatte den Anzug an, den ich mir vor einer Woche gekauft hatte. Aber, sagte ich, wenn ihr schon gar nichts einsehen wollt, so müßt ihr wenigstens verstehen, daß ich mit einem neuen Anzug nicht raufe, schließlich habe ich für diesen Anzug ein Viertel-

jahr gespart. Ich laufe schnell ins Haus, zieh mich um und komme wieder. Zorn verspürte ich keinen. Mir kam nur vor: ich darf das nicht gut sein lassen, lasse ich es gut sein, spricht es sich herum, dann kommt womöglich jeder Trottel und versucht, mir ins Gesicht zu schlagen. Ich schlich mich durchs finstere Haus, ärgerte mich über die knarrende Stiege, machte leise die Zimmertür auf. Einen Arbeitsanzug, sagte ich mir, ziehe ich an, zum Raufen genügt auch ein alter Arbeitsanzug. Ich suchte aus einer Schachtel einen alten zerschlissenen Arbeitsanzug heraus, zog mich bis auf die Unterhose aus, zog den alten zerschlissenen Arbeitsanzug an, brauch ich Schuhe? zahlt es sich aus, Schuhe anzuziehen? Keine Schuhe, beschloß ich, dicke Bauerngarnsocken genügen. Ich stülpte ein Paar dicke Bauerngarnsocken über meine nackten Füße, öffnete das Fenster, stieg hinauf und sprang vom Fenster auf den Rasen hinunter. Die drei standen weiter oben und redeten mit Otto Irder. Rudi löste sich von ihnen, kam mir ein Stück entgegen. Ein paar Schläge, dachte ich, dann muß alles erledigt sein, ich ging auf ihn zu, ballte die rechte Hand, holte zum ersten Schlag aus, traf ihn aber nicht richtig, es war auch kein wuchtiger Schlag, etwas zückte, riß, hinderte mich, Rudi mit aller Kraft ins Gesicht zu schlagen, die andern sah ich schnell näher kommen, Rudis Faust traf mich in der Nasen-Augen-Gegend, ich schlug auf ihn ein, er schlug auf mich ein, mir schwindelte ein wenig, ich riskierte ein paar schwächere Schläge, zog ihn am Rockkragen nahe an mich heran, warf ihn auf den Boden, er kam auf dem Rücken zu liegen, wälzte sich auf dem Schotter, um mit dem Gesicht nach unten zu liegen, ich hielt ihn nieder, kniete mich auf seinen Rücken, die andern zwei hetzten: Rudi! mach ihn fertig! ich drückte zunächst nur seinen Kopf gegen den staubigen groben schotterigen Asphalt und fragte, ob es nicht vernünftiger wäre, aufzugeben, aufzuhören, Rudi! gibs ihm! mach ihn fertig! dabei fiel auch oft der Hofname, der auf mir lastete, Rudi wand sich unter meinem Körpergewicht, wahrscheinlich war es ihm auch zu kalt auf der Straße, auf keinen Fall kommt er mir auf, sagte ich mir, plötzlich bekam er meine Hand zu fassen und biß sich an einem Finger fest, ich schlug ihm mit der anderen ins Genick, das schmerzte auch mich, bei jedem Schlag spürte ich, wie sich Rudis Zähne tiefer in meinen Finger bissen, ich schlug verzweifelt zu: Genick Ohren Schläfen, alles war mir nun recht. Rudi lockerte seinen Biß. Ich holte meinen Finger aus seinem Mund, aber der Schmerz ließ kaum nach. Ich stieß ihm einige Male von unten die Faust ins Gesicht, um alles so schnell wie möglich zu erledigen. Die andern hetzten immer noch auf ihn herunter, er solle mich fertig machen. Rudi lag noch eine Weile ruhig auf der Straße und gab schließlich auf. Ich erhob mich, unter der Gesichtshaut spannte es an verschiedenen Stellen, der Finger blutete und schmerzte. Und nun stellte sich Roland Eiblich vor mich hin und sagte: die Rauferei mit Rudi ist ungültig. Du hast ja mich beleidigt. Du mußt jetzt mit mir raufen. Dabei sah er mich wieder an, als wäre ich von meiner Geburt an sein Todfeind gewesen. Roland Eiblich war um einen halben Kopf größer und stärker als ich. Nein, dachte ich blitzschnell, diese Augen, dieser Blick hat mit Roland nichts zu tun, da gehts um etwas ganz anderes, das schaffe ich nicht. Warum nicht, sagte ich, duckte mich, wischte an ihm vorbei, wich den anderen aus und rannte in Richtung Haus, er hinter mir her, so knapp, daß ich am Haus vorbeilaufen mußte. Vor allem die Wahrnehmung, daß Roland auf mich einen Haß hatte, ich gegen ihn aber keinen Haß verspürte, machte mir Beine. Ich sprang über einen Zaun, über einen Kanal, lief die Böschung hinauf und hatte die Landstraße vor mir. Ich lief, schaute um, beschleunigte, schaute um, lief, dachte auch mehrmals, ihn ganz herankommen zu lassen, mich hinstürzen, daß er über mich drüberfliegt und vor mir auf die Straße stürzt, und ich stürze mich auf ihn, ließ aber das Vorhaben wieder fallen, weil ich wußte, daß ich eine solche Handlung ja doch nicht fertigbrächte, außerdem schmerzte mich der Finger. Wir liefen über einen halben Kilometer, dann blieb Roland zurück, blieb stehen, wartete, wir sahen uns lange im Mondschein stehen, ich fing an zu frieren. Ich hatte nicht einmal ein Hemd an, nur den alten zerschlissenen und nun auch noch zerrissenen Arbeitsanzug und nasse Bauerngarnsocken. Du Schwein! geh endlich heim schlafen! rief ich ihm zu. Nach einer Weile trat er dann auch tatsächlich Stück um Stück den Rückweg an. Ich ging in einem Abstand, der mir jederzeit eine gefahrlose Flucht erlaubte, hinter ihm her, durfte ihn ja nicht aus den Augen verlieren: sonst versteckt er sich am Ende noch, springt mich an, und alles fängt wieder von vorn an. Roland ging am Haus vorbei. Die anderen waren bereits verschwunden. Ich kletterte außen hinauf und stieg durchs Fenster in mein Zimmer, legte mich ins Bett, spürte wie der zerbissene Finger anschwoll, wie die Lippen anschwollen, die Augenlider und die Gesichtshaut unterhalb. Das Nasenbein war ganz, Zahn wackelte oder fehlte keiner. Der Hofname fiel mir wieder ein. Sie geben mir den Hofnamen und möchten der Reihe nach auf mich einschlagen. Tatsächlich war ich der Clique um Roland Eiblich ja immer schon im höchsten Grade unsympathisch gewesen. Ich ging eine Weile ihre Gesichter durch, stieß auf Jonny, nein, Jonny, dachte ich, Jonny hat mich nie angepöbelt. Ich beschloß, zunächst einmal zu schlafen, das Weitere würde sich ergeben.

Kirchengeläute. Ein Grausen überkam mich, ich wollte gleich wieder einschlafen, um so lang als möglich keinen Menschen zu sehen, aber spätestens kurz vorm Mittagessen würde man mich wecken, da komme ich dann erst wieder nicht aus, also stehe ich lieber auf, bevor alle da sind, und grinse bei ihrem Eintritt mit gewaschenem Ge-

sicht. Ich zog mich halb an, ging hinunter in die Küche. Da stand zu meiner Erleichterung nur Helene hinterm Herd und lachte. Während ich mir heißes Wasser herrichtete, mich wusch und rasierte, schilderte ich ihr den Vorfall, das Begreifliche und das Unbegreifliche, wand mich dabei aber ein wenig herum. Ein wunder Punkt war die passive Haltung meines Freundes Otto Irder, warum mischt sich Otto nicht ein, wenn er die Entwicklung des ganzen Unsinns miterlebt? Otto war vor allem bei Josef Bruckmann umstritten. Ich fürchtete, daß Bruckmann nun sagen könnte: ich habe ja immer gesagt, dieser Otto ist für dich nicht der richtige Freund. Weiters wollte ich nicht sagen, daß ich der Clique um Roland Eiblich schon immer unsympathisch gewesen sei, daß ich das aber irgendwie verstehen könne. Drittens hatte ich Angst, von nun als Feigling existieren zu müssen. Viertens hatte ich es satt, mich überhaupt zu erklären. Alle rotten sich in kleinere und größere Gruppen zusammen, und ich muß die ganze Zeit mit meiner Existenz allein herumfuhrwerken und weiß nicht, wie ich dazu komme.
Ich setzte mich hintern Tisch und frühstückte. Helene erzählte mir, daß auch Georg in seinen jungen Jahren sich oft allein gegen mehrere zur Wehr setzen mußte. Georg selber, als er kam, sagte mir: Was du in einem solchen Fall machen mußt, ist: zum nächsten Zaun laufen, eine Latte herunterreißen und zuschlagen. Du bist allein und mußt deshalb zu anderen Mitteln greifen, sonst bist du verloren. Aber ich kann doch nicht mit einer Latte, in der Nägel sind, zuschlagen. Ich brings ja nicht einmal fertig, einem anderen mit der Faust mitten ins Gesicht zu schlagen. Aber die andern bringen es fertig, sagte Georg. Ich fing an, mich über den Vorfall furchtbar zu ärgern, hoffte aber insgeheim, in einer nüchternen Stunde das Mißverständnis, daß mein Name mit dem Hofnamen nicht zu verwechseln sei, gründlich zu klären. Daß Roland Eiblich, seine Brüder und die ganze Clique die Bauern hassen

mußten, war mir klar, aber daß ich als ehemaliger Leibeigener nun auch noch von ihnen angegriffen werden sollte, war mir zu einfach gedacht, das entschuldigte ich nicht mehr, denn ich selber hatte in der Zwischenzeit gelernt, ganz andere zu hassen. Das gedankenlose Herrschen haßte ich an den Bauern, daß sie es sich auf Kosten anderer alles so leicht machten und den Oberen, den Schmarotzern, aus dem Weg gingen. Vor allem hoffte ich auf Konrad Eiblich. Konrad, sagte ich mir, kann unmöglich so einfach denken. Konrad rief mir auch öfters aus einer Wirtshausecke meinen Vornamen zu. Wahrscheinlich hatte aber Konrad so kurz nach seinem Abgang über die Zeit, die er mit mir auf dem Hof verbracht hatte, selbst mit seinen Brüdern nicht sprechen können. Die folgende Woche verbrachte ich in der Werkstatt, in der Küche und im Zimmer.

Am Samstag war es wieder einmal an der Zeit, meine Schmutzwäsche zur Mutter zu bringen. Ich wartete diesmal nicht bis zur letzten Minute, ging zum Bahnhof, zahlte für die Fahrkarte. Da saß das Mitleid auf den Bänken. Ich ging in die Restauration, um bei einem Glas Bier den Zug abzuwarten. Da saß um diese Zeit immer die Bauhilfsarbeiterclique. Die Musicbox war auf das Lauteste aufgedreht. Bierkrüge. Spielkarten. Brennende Zigaretten zwischen krummen Fingern. Gelächter. Was hätten diese Menschen auch sonst tun sollen? Hatte man ihnen jemals etwas erklärt? Roland Eiblich stand mit einigen auf, ging mir entgegen: Was willst du da herinnen? Biertrinken werde ich, sagte ich und wollte an ihm vorbei, er stellte sich aber vor mich hin und sagte, wenn du nicht sofort aus dem Lokal verschwindest, passiert etwas. Ich überblickte das Lokal und wandte mich zum Gehen, dieses Lokal, sagte ich mir, kann ich von nun an für gestrichen betrachten. Ich zwang mich, möglichst an nichts zu denken, wartete, stieg in den Zug ein. Der Zug selber kam mir nun auch schon wie ein Dorf vor, die Gesichter kannte ich schon alle und ihr Schweigen. Angekommen, ärgerte ich mich über den Kinobesitzer, weil das Kinoprogramm immer stumpfsinniger wurde. Ein einziger Trottel kann diesen Stumpfsinn aufs Programm setzen. Warum sagt niemand: andere Filme her! wir wollen andere Filme! Der Ort selber war um diese Zeit der ruhigste. Es war die Herbstruhe. Keine Touristen auf der Straße. Die Wirtshäuser fast leer. Die Bevölkerung bezog wieder ihre Schlafzimmer, schaute auf den vergangenen Sommer zurück, ließ sich Einnahmen durch den Kopf gehen. Man erzählte mir von deutschen Familienverhältnissen, vom deutschen Wirtschaftswunder und riet mir zwischendurch, bei der kommenden Arbeiterkammerwahl die Schwarzen zu wählen, weil es sonst in der Arbeiterkammer allzu rot würde. Ich war im Begriff, in tiefe Gleichgültigkeit gestürzt zu werden, in diese Gleichgültigkeit, wo man sich nicht mehr die Mühe macht, den Ursachen nachzugehen, wo man nur die Freundlichkeit sucht, ich sagte mir, von mir aus soll einer das ganze Tal besitzen, ich will nur endlich meine Ruhe haben. Und in dieser verfluchten Wehmütigkeit schauten mich auch die Leute an und redeten mit mir, bis auf wenige Ausnahmen hatten die Leute in dieser verfluchten Wehmütigkeit mit mir gesprochen, so daß die erfrischenden Ausnahmen von dieser Wehmütigkeit erdrückt wurden. Bei der Mutter herrschte ja die reinste Wehmutsdiktatur: ein Wort gegen den Pfarrer, und es gibt Verdruß, ein Wort gegen den Direktor, und es gibt Verdruß, ein Wort gegen den Lehrer, und es gibt Verdruß, ein Wort gegen den Bürgermeister, und es gibt Verdruß, ein Wort gegen den Unternehmer, und es gibt Verdruß. Auswandern, sagte ich mir wieder, da hilft nur mehr auswandern, die Zeit bis zur Facharbeiterprüfung herunterbiegen, eine australische Einwanderungsagentur anschreiben und auswandern oder auf ein Schiff, als

Schiffsschlosser auf ein großes Schiff. Mit diesen Gedanken wachte ich in der Früh auf. Es war mir nicht neu, und ich stellte mir auch nicht vor, daß mir woanders das Glück in die Hände fallen würde, dafür hatte vor allem Helene gesorgt. Im Gegensatz zu meinen Angehörigen machte sich Helene, die von früh bis spät arbeitete, über andere und mich oft Gedanken: wie kann dem, der, denen geholfen werden? Ich schaute auf die Uhr. Es war noch früh. Das Tageslicht fiel noch zögernd und umständlich durch das kleine, mit leichtem Stoff verhängte Fenster in das mit Weichholz ausgetäfelte Mansardenzimmer. Vom anderen Bett herüber hörte ich ruhige, gleichmäßige Atemzüge. Mein Stiefbruder Hermann, der Hauptschüler, schlief noch. Unten hörte ich Schritte und Türen ins Schloß fallen. Aus zwei Holzrahmen schauten mich zwei junge Gesichter an, über die ich kaum mehr in Erfahrung brachte, als daß sie gefallen waren, mit leichtem Gepäck von der Arbeit weggegangen und für Hitler gefallen, und vorher hatten sie wahrscheinlich noch andere mit Blei durchlöchert; alle positiven Eigenschaften, die ich bei meinen lebenden Angehörigen vermißte, dachte ich in die Toten hinein. Diese zwei, dachte ich, wären sie nicht gefallen, könnten meinem Leben zu einer anderen Richtung verholfen haben. Diese zwei könnten mein Leben nicht zugelassen haben, wären sie nicht weggezogen, um andere zu erschießen; wären sie dageblieben, hätten sie vielleicht für mich gekämpft, ich müßte jetzt nicht ans Auswandern denken, an Blei hat es sicher nicht gefehlt, ganz allein in eine fremde Welt ziehen, ist auch nicht lustig, aber immer noch besser, als in der Heimat langsam erschlagen und erwürgt zu werden. In diesem kleinen Haus komme ich überhaupt nicht vom Fleck. Wenn nur diese verfluchte Wäsche nicht wär. Im anderen Dorf werde ich vielleicht weiterhin gehetzt. Da werde ich mit dem Wort Gott erpreßt. Und sie lassen nicht mit sich reden. Machen Kinder und lassen die Kinder nicht reden.

Treiben mich umher und lassen mich nicht reden. Gestern hat sie mir einen Brief vorgelesen, einen wehmütigen Brief hat sie mir gestern vorgelesen, warum liest sie mir diesen wehmütigen Brief vor? Ein Bauernsohn mit einer verstümmelten Hand klagt sich in diesem Brief bei seinem Vater an, daß er ihm davongelaufen sei. Das kenne ich doch, wollte ich nicht vom Tennengau aus einen solchen Brief schreiben? Natürlich, wenn man woanders wieder in der Klemme sitzt, vergißt man alles und schreibt einen verzweifelten Brief. Aber was habe ich mit diesem Brief zu tun? Welche Politik betreibt meine Mutter mit diesem Brief? Was hatte sie überhaupt für einen Anlaß, mir diesen Brief vorzulesen? Ach ja, sie hat mich angeschaut, ist zur Kredenz gegangen und hat gesagt, da schau, was der Tischler Peter für einen schönen Brief geschrieben hat. Und wieso kommt der Brief überhaupt ins Haus? Wie erfährt man überhaupt, daß jemand einen Brief schreibt? Und dieser Brief geht jetzt durch die Häuser und wird dazu verwendet, um meinesgleichen zu beruhigen, aber an diesem Brief stimmt nichts. Sich bei einem Vater, von dem man davonlaufen muß, entschuldigen? Nein. Der Brief gehört ins Feuer. Ich beschloß, beim Frühstück den Brief zu verbrennen. Überhaupt bleibe ich heute einmal länger liegen. Es ist doch lächerlich, sagte ich mir, daß die Existenz eines Pfarrers der Mutter mehr im Kopf herumspuken sollte als die ihres Sohnes. Heute soll sich endgültig herausstellen, wer da wichtiger ist: das Leben eines Sohnes oder die windige Existenz eines Pfarrers. Ich wartete. Der Bruder wurde als erster geweckt. Aus dem Gerede, das von unten heraufkam, hörte ich, daß sie wieder einmal nicht wußten, ob Hermann zum Ministrieren dran war oder nicht. Der Bruder behauptete, er wäre nicht dran. Sein Vater schimpfte, daß schon wieder keine Ministrantendienstliste im Haus sei, er erinnere sich, in der Sakristei gelesen zu haben, daß Hermann um acht dran sei. Der Bruder schwieg. Die Mutter rannte hilflos umher. Im anderen Mansardenzimmer hörte ich die Schwester und den jüngsten Bruder aufstehen. Der jüngste Bruder war ein wunder Punkt. Seine Geburtstage wurden mit Torten gefeiert, an meinen hatte es immer geheißen: ich gehöre gewürgt. Die beiden Geschwister trampelten lachend über die Stiege hinunter und platzten in die Aufregung, wer zum Ministrieren dran sei. Die Aufregung selber ärgerte mich bereits. Dann ging die Mutter aus der Küche heraus und rief mich beim Vornamen und: es wär schön langsam Zeit zum Aufstehen. Ich antwortete mit: ja, weil ich wußte, daß ein Nein jetzt einfach zu schwer war, ein Nein kann ich jetzt unmöglich hinunterschreien, ich muß warten, bis die Kinder und ihr Mann aus dem Haus sind, vorher ist ein Nein das Sinnloseste, was ich ihr antun kann. Ich hörte, wie ihr Mann sie vom Diwan aus kreuz und quer durch die kleine Wohnküche kommandierte – in solchen Haushalten wird ja kommandiert, bis ein Teil erschöpft zusammenbricht, bis es einen Nervenzusammenbruch gibt, bis ein Teil verrückt ist. Das ganze Kinderwaschen und Kinderanziehen hörte ich ihren Mann vom Diwan aus kommandieren, welche Pullover, welche Socken, mach endlich den Paul fertig! was springst du denn immer zwischen Paul und Hermann hin und her! der Hermann soll endlich frühstücken, schauen daß er in die Sakristei kommt! jetzt richt ihm halt endlich das Frühstück her und laß den Paul! der Paul ist jetzt nicht wichtig! nicht dieses Messer! das mit dem braunen Griff! wie oft soll ich denn noch sagen, mit welchem Messer Brot geschnitten wird! merk dir endlich, daß das Messer mit dem braunen Griff das Brotschneidemesser ist! dein Sohn schläft noch! weck deinen Sohn! Kirchengehen schadet auch ihm nicht! Es ist Zeit zum Aufstehen! rief die Mutter herauf, ich steh schon auf! rief ich hinunter. Unten gings weiter. Der Mann, der von der Krankheit aufgezehrt auf dem Diwan lag, kommandierte weiter, um ihn nicht aufzuregen, schoß seine Frau, die Mutter von vier Kindern, in der Küche umher. Die Kinder verhielten sich ruhig. Ich hörte nur Kommandos Schritte Handgriffe Türen und Glockengeläute, elektrisches Glockengeläute, das ein abgemagerter Mesner in Betrieb setzte. Das Glockengeläute kam mir nun auch schon wie ein Kommando vor, und Sekunden später hörte ich auch schon die Stimme der Mutter: steh endlich auf! es wird ja schon Viertel geläutet! Ich werd schon aufstehen! rief ich energisch hinunter. Hermann hörte ich das Haus verlassen, dann den Mann, sie solle endlich schauen, daß ich aufstehe, schließlich sei ich ihr Sohn und habe ihr zu gehorchen, da wollte ich fast aus dem Bett springen und hinunterschrein, er soll sich gefälligst überlegen, was er alles daherredet, hielt mich aber zurück, weil ich mir sagte, was kann der dafür, daß er so geworden ist. Die Mutter kam herauf, stieß die Tür auf und sagte, jetzt steh endlich auf, im Haus bleibst du mir nicht. Ich schwieg und stand allmählich auf, zog die Hose an, ging auf den Abort, ging hinunter, traf unter der Tür mit dem Familientyrannen zusammen, sagte guten Morgen, er ging schweigend, ohne mich anzusehen, aus dem Haus. Der Mutter wollte ich in das verdrußvolle Gesicht zunächst einmal kaltes Wasser schütten. Das Frühstück stand schon auf dem Tisch. Ich wusch und rasierte mich gemütlich, setzte mich an den Tisch, die Mutter entwickelte dagegen die bekannte Küchenaufräumhast, brachte mir die Schuhe und den Rock und sagte, mach weiter! iß schneller! trink den Kaffee aus! das Brot kannst du auch im Gehen essen! Ich esse in der Küche und verlasse auch das Haus nicht, sagte ich. Ja, glaubst du denn nicht an Gott? fuhr sie mich an. Nein, sagte ich, euren Gott habe ich schön langsam satt, außerdem hat das da unten – ich deutete in Richtung Kirche – mit Gott nicht das geringste zu tun. Dieser Gott wird gebraucht, um Menschen, die ohnehin unter Druck sind, noch mehr zu quälen. Der Sohn Gottes, von dem immer die Rede ist, sagte ich, würde sich heutzutage sicher nicht mehr geißeln und kreuzigen lassen, sondern sich aufhängen. Daraufhin ging die Mutter hinaus, schluchzte, brach in Tränen aus. Ich ging ihr nach, sprach sie an und versuchte, ihr zu erklären, daß ich meine Freizeit notwendig brauchte. Selbst wenn es einen Gott gibt, sagte ich, schulde ich ihm keine einzige Sekunde, daß ich leben muß und wie ich leben muß, ist allein schon eine große Schweinerei, ich muß endlich schauen, daß ich selber weiterkomme, sonst komme ich womöglich noch um. Ich zählte ihr im Schlafzimmer und in der Küche eine Menge Fakten auf, die ausreichten, um den Zuhörer zu der Erkenntnis kommen zu lassen, daß die katholische Kirche in den Bereich des Kriminellen gehört. Eine Menge Widersprüche, die ich in Kirchen und im Zusammenhang mit Kirchen hatte schlucken müssen, zählte ich auf, aber die Mutter arbeitete, räumte Zimmer auf, kochte und verschloß sich. Ich versuchte es auch mit dem Wort Gewohnheit, daß ich mir schon vorstellen könne, daß Menschen, die von Kind auf zu diesen Gängen gezwungen würden, diese Gänge dann aus Gewohnheit machten. Aber auch dieses Argument, das ich nur vorbrachte, um zu schlichten, prallte ab. Ich mußte an Helene denken. Die eine ist eine fremde Frau und will mir aus allem heraushelfen. Die andere ist meine Mutter und will mich in einen kümmerlichen Zustand zurücktreiben, kennt nur: beherrscht werden und selber herrschen. Und wieder ging ich den ganzen Mißbrauch durch, den man mit den Wörtern: Vater Mutter Pfarrer Kirche Bischof Kardinal Papst trieb. Auch mit dem Wort Arbeiter versuchte ich es. Ich sagte, hinter der Mutter hergehend, vielleicht hilft uns das weiter: ich bin Arbeiter, und dein Mann ist Arbeiter, er muß arbeiten, damit die Familie leben kann, und ich muß arbeiten, damit ich leben kann, was sollen wir uns von der Kirche auseinandertreiben lassen?

In der Kirche wird für die Arbeiter nicht gepredigt. Die Kirche predigt immer von der Armut, von der indischen Armut, von der afrikanischen Armut, von der lateinamerikanischen Armut, aber zu ihrer Umgebung schweigt sie. Uns hilft die Kirche nicht, uns mißbraucht sie. Ich kam nicht weiter, weder wich der Verdruß aus dem Gesicht der Mutter, noch brachte ich sie dazu, mit mir über einen einzigen Widerspruch zu reden, meine schwer zu waschenden Arbeitsanzüge bekam ich wieder vorgehalten.

Im Zug bearbeiteten mich zwei Zeugen Jehovas.
Da bekam ich es wieder mit der Angst zu tun, es könnte nach dem Tod immer noch nicht aus sein.
Sie wollten mir ein Buch mitgeben und es sich nach vierzehn Tagen bei mir abholen und mit mir über das Buch reden, da war ich aber zum Glück so geistesgegenwärtig, daß ich mir sagte, die mußt du abschütteln, sonst wirst du am Ende noch vor lauter Göttern blind. Ich gab ihnen die Adresse eines großen Kaufhauses, weil ich mir sagte, den Großkaufmann lenkt sonst sowieso niemand ab.
Als ich ausstieg, erfuhr ich auf dem Bahnhof, daß Jonny sich in der Nacht von Samstag auf Sonntag zu Hause in der Küche erschossen hatte. Alles auf dem Bahnhof, schien mir, war damit beschäftigt, Ankömmlingen mitzuteilen, daß Jonny, den alle für einen lustigen, lebensbejahenden Menschen gehalten hatten, Selbstmord begangen hatte. Ich selber dachte die ganze Bahnhofstraße hinauf an Jonny. Ein Mensch, von dem ich mir nie gedacht hatte, er könnte Selbstmord begehen, begeht Selbstmord. Hat er einen Brief hinterlassen? Einen Zettel mit einer Erklärung? Da fiel mir plötzlich ein, daß ich vergessen hatte, den wehmütigen Brief zu verbrennen. Wie konnte ich nur diesen wehmütigen Brief vergessen? Jetzt wird dieser Brief von einem Haushalt zum anderen getragen, wird den Kindern und der Jugend vorgelesen.

Aber der Brief ist krank. Der ganze Briefinhalt ist krank. Kein einziger Satz, erinnerte ich mich, beim Zuhören in der kleinen Wohnküche gedacht zu haben, stammt von einem denkenden Menschen. Und ich habe mir beim Zuhören immer wieder gedacht, erinnerte ich mich, warum liest sie mir diesen Brief vor? Was bezweckt sie mit diesem Brief? Warum will sie nicht, daß ich denke? Warum will sie alles, was ich denke, was ich sage, sofort zerknittern? Alles, was sie dort mit mir machen, ist beschwichtigen. Kaum mache ich den Mund auf, werde ich beschwichtigt. Jedes Aufbegehren meinerseits wird dort sofort beschwichtigt. Das hat alles nicht das geringste mit dem Staat zu tun, von dem ich immer höre, die Menschen in ihm seien frei. Das ist Familiendiktatur, dachte ich, ich lebe in einer Familiendiktatur, in die sich der Staat nicht einmischt. Unterhalb der mittleren Brücke, wo einige meiner früheren Schulkollegen beisammenstanden, blieb ich stehen und fragte, ob Jonny etwas Geschriebenes hinterlassen habe? Keinen Brief? Keinen Zettel? Ich konnte es mir nicht anders vorstellen, als daß Jonny schon seit Jahren mit dem Gedanken, daß er sich umbringen werde, unter seinen Freunden gesessen war. Insgeheim erhoffte ich mir, daß sich die Clique um Roland Eiblich nun mit seinem Tod beschäftigt, daß sein Tod die Clique um Roland Eiblich von mir ablenkt, verfolgt sie mich aber weiter, dann weiß ich nicht, was ich tun soll. Alles andere ist zunächst gar nicht so wichtig, die Clique loswerden, ist das wichtigste. Ich kam zu der Stelle, an der ich mit Rudi gerauft hatte. Diese Stelle war mir lästig. Ich machte einen Bogen um sie und ging auf den alten, baufälligen Stall zu. Eine Latte vom Zaun reißen und brutal zuschlagen, eine Latte vom Zaun reißen kann ich schon, aber zuschlagen? Mit einer Latte, aus der Nägel vorstehen, auf Köpfe einschlagen? Wenn du nicht sofort aus dem Lokal verschwindest, passiert mit dir etwas anderes. Wenn das so weitergeht, kann ich das Haus bald nur mehr zum Arbeiten verlassen, oder ich entwickle mich tatsächlich auch noch zu einem brutalen Schläger, übe mich, bis ich nicht mehr denke, das ist ein Gesicht, das sind Lippen, das ist ein Unterkiefer, das ist ein Nasenbein, das ist ein Auge, das sind Vorderzähne, das darf ich nicht denken, Fresse muß ich denken, ich balle die Hand zu einer Faust und zerschlage ihm die Fresse, sonst bin ich ein Feigling. Dieses Wort lastete ja nun schon auf mir. Dieses Wort fürchtete ich. Was kann ich gegen dieses Wort unternehmen? Ich beschloß, bevor ich das Haus betrat, über das Samstagnachmittagsbahnhofszechstubenerlebnis nur zu reden, wenn man mich daraufhin ansprach, und dann wollte ich es mit einer Geste abtun, als hätte ich mir darüber keine Sekunde den Kopf zerbrochen. So betrat ich durch die hintere Tür das Haus, ging durch den engen finsteren Gang vor und sah, daß in der Küche Kaffee getrunken wurde.

Der alte Krainer, der zu mir ja immer freundlich war. Georg. Der Unternehmer Josef Bruckmann. Helene. Die Frau Bruckmann. Ada. Helene brauchte mich nur anzuschauen und wußte über mich Bescheid. Das spürte ich. Ruhe, Nüchternheit, Fortschritt strahlte diese Frau aus. Da konnte ich mich erholen. Ada rückte zur Seite und tatzte mit der rechten Hand auf die Bank zum Zeichen, daß neben ihr für mich ein Platz frei sei. Offensichtlich war sie an diesem Sonntagnachmittag bei guter Laune. Ich setzte mich und spürte warmes Holz unter mir. Der Bauer fragte mich, ob ich schon vom Selbstmord gehört hätte. Helene nickte ernsthaft. Niemand wußte etwas Genaueres, unter welchen Bedingungen Jonny hatte aufwachsen müssen. Der Bauer beschrieb das Haus. Ein kleines, barackenähnliches Haus, sagte er. Er beschrieb den genauen Ort und die nähere Umgebung und zählte auf, wer sich in dieser Gegend vor Jonny schon aller umgebracht hatte. Georg unterbrach ihn, es ist nicht wichtig zu wissen, wer sich wo aller umgebracht hat, das hilft niemandem. Man soll doch endlich fragen, warum sich jemand umbringt? Daraufhin schwieg der Alte und ging ein wenig später aus der Küche. Inge und Josef Bruckmann folgten, weil oben ihr Kind zu schreien angefangen hatte. Die alte Bäuerin, die wieder einmal im Haus war, kam hereingeschossen, ich sprang von meinem Platz auf und eilte zum Waschtrog und flüchtete mich in ein unnötiges Wassertrinken, stöhnte auf, als ich ihre Hand von hinten in eine meiner Rocktaschen fahren spürte, trank kaltes Leitungswasser, bis sie mit Ada, die sie von der Bank aufkommandierte, draußen war, dann griff ich in die Rocktasche, holte eine Hand voll Süßigkeiten heraus, eilte zum Herd und warf die Süßigkeiten ins Feuer, unter den Achselhöhlen spürte ich das Hemd naß werden. Obwohl ich der Alten schon einige Male gesagt habe, ich will nichts zugesteckt bekommen, kommt sie immer wieder und überlistet mich. Ich weiß überhaupt nicht, was ich anstellen soll, damit mich die Alte endlich in Ruhe läßt. Helene lachte verständnisvoll und sagte, daß ich mir keine Vorstellung mache, was sich in der Früh und im Laufe des Vormittags schon wieder abgespielt habe. Gegen drei Uhr seien sie und Georg plötzlich aufgewacht und hätten von unten her Geräusche vernommen, die auf einen Einbruch hätten schließen lassen, hätten sich aber sofort gedacht, daß es niemand Hausfremder sein könne, sondern die alte Bäuerin. Die Alte versucht, sich Zutritt zu verschaffen, und da man bei ihr nie weiß, was sie anstellen kann, sagte Georg, seien sie aufgestanden, um nachzuschauen. Er habe gleich von oben hinuntergerufen, wer unten sei, weil man in diesem Haus nie unbemerkt an einen Dieb herankommen könne. Daraufhin hätten sie ein Durcheinander von Schritten gehört und weiter hinten Adas Kammertür. Dann habe er das Licht aufgedreht, sei in das untere Vorhaus hinuntergegangen und habe vor der Vorratskammertür auf dem Boden ein Brecheisen gefunden und an Türstock und Tür deutliche

Spuren entdeckt. Er habe das Brecheisen aufgehoben und sei wieder nach oben gegangen, weil jedes Nachforschen alles nur noch lächerlicher machte, denn daß nicht Ada auf die Idee kommen könne, mit einem Brecheisen die Vorratskammertür aufzubrechen, sei ihm ja sofort klar gewesen. Nur die Alte, sagte Helene, kommt auf solche Gedanken und bedient sich Adas Sprachlosigkeit. Wir würden nichts absperren, keine Tür – außer den Haustüren – absperren, aber dann schleppt uns die Alte alles aus dem Haus, und wir arbeiten die halbe Zeit umsonst, draußen aber bringt sie uns überall in Verruf, daß wir uns nicht an die Abmachungen halten, ihr nicht genug zu essen geben und sie aus dem Haus ekeln und sie ins Grab bringen wollen. Aber es ist nicht die Alte allein, sagte ich, alle andern, die ihr immer wieder zuhören und Unterschlupf bieten, sind um nichts besser als die Alte, würden sie ihr der Reihe nach eine Abfuhr erteilen, müßte sie zwangsläufig ihre Verleumdungen einstellen. Dann kann sie sich entweder umbringen oder sich so weit anpassen, daß es für alle erträglich ist. Von selber, sagte ich, hört dieser entsetzliche Unfug nicht auf. Das Schlimme ist, sagte Helene, daß man gegen solche Schikanen offenbar ohnmächtig ist. Auf der einen Seite sind sie so lächerlich, daß man nur mit Eingeweihten darüber reden kann, auf der anderen Seite bringen sie einen für kürzere und längere Zeitabstände um den Verstand. Wie ein Kerkermeister komme sie sich vor, nie in ihrem Leben habe sie sich über Schlüssel und Türabsperren den Kopf zerbrochen, und jetzt schleppe sie die ganze Zeit einen Bund Schlüssel mit sich herum und verbringe den ganzen Tag mit dem Gedanken, ob alles Wegtragbare auch tatsächlich sicher verschlossen sei. Und gerade mit den Sachen, die die Alte wegschleppt, sagte Georg, verschafft sie sich ihre Zuhörer. Lachend sagte er, nach dem mißlungenen Einbruchsversuch haben wir gedacht, sie würde einige Tage Ruhe geben, aber als wir mit der letzten Milch vom Stall hereinkamen, mußten wir feststellen, daß um die fünf Liter fehlten. Und nach der Frühmesse kommt sie mit der leeren Milchflasche ins Haus und sagt, sie hätte dem Pfarrer ein paar Tropfen Milch zukommen lassen, damit auch der leben kann. Da hat sich dann, sagte Helene, selbst der Alte aufgeregt, ist, während ihn Georg rasierte, vom Stuhl aufgesprungen und mit erhobenen Fäusten auf die Alte losgegangen und hat geschrien, wie oft soll ich dir noch sagen, du sollst diesen Sauteufel nicht füttern! Daraufhin, sagte Georg, ist die Alte um ihn herum und aus der Küche gelaufen, und ich habe den Alten besänftigen müssen, damit ich ihn überhaupt wieder auf den Stuhl bringe. Kaum habe ich ihn auf dem Stuhl gehabt, ist er mir wieder aufgesprungen, hat mit den Händen herumgefuchtelt und geschrien, daß er glaubt, ein ganzes Jahr nur für diese schwarzen Sauteufel gearbeitet zu haben! Wahrscheinlich, sagte ich, kommen ihm diese Sachen erst jetzt ein wenig zum Bewußtsein. Ja, bei ihm funkt es manchmal, sagte Helene, aber um zu einer derartigen Erkenntnis zu gelangen, haben andere vielleicht ein bis zwei Jahre gebraucht, aber nicht über fünfundfünfzig, wenn ich seine Jugendzeit nicht rechne. Und das ist überhaupt das Problem! Wir wissen, warum wir arbeiten. Die Alten jedoch wissen nicht, warum sie sich geschunden haben, und fühlen sich allein durch die Tatsache, daß wir uns nicht blindlings in die Arbeit stürzen, vor den Kopf gestoßen. Auch uns, sagte Georg, ist es nicht gleichgültig, daß der Pfarrer auf unsere Kosten einige Tage Milch trinkt und obendrein die Umtriebe der Alten unterstützt. Das alles ist nicht zum Aushalten, sagte Helene, meine ganze Energie brauche ich, um nicht verrückt zu werden. Kaum ist es im Haus etwas ruhiger, und ich denke mir, jetzt kommt bald die Ada, dann kämmst du die Ada, bringst die Zimmer in Ordnung und fängst an zu kochen, dann kommt die Alte herein, hat einen Schurz umgebunden und sagt, geh du nur ruhig in die

Kirche, ich koche, weil mein Mann möchte so gern, daß wieder einmal ordentliche Bauernkost auf den Tisch kommt. Aber das Verrückte dabei ist, sagte Helene, das alles läuft unter dem Wort Freiheit. Rundherum denken die Menschen, daß sie in Freiheit leben, tatsächlich leben aber die meisten in der Lächerlichkeit, wahrscheinlich so lächerlich, daß sie das Wort Freiheit erst gar nicht denken. Wenn schon draußen alles drunter und drüber geht, sagte Georg, so ist es doch nicht zuviel verlangt, daß man wenigstens im Haus nicht andauernd gegen die übelsten Taktiken vorgehen muß, und das umsonst. Dann stand er auf und sagte, er gehe jetzt das Vieh holen. Nein, sagte ich und stand auf, laß mich das Vieh holen, ich geh gern ein Stück hinaus, und da kann ich auch gleich das Vieh hereintreiben. Daraufhin erhob sich auch Helene und sagte, ihr könnt ja mitsammen hinausgehen und das Vieh hereintreiben. Auf diesen Vorschlag ging ich gern ein und sagte, an Georg kommt man vor lauter Arbeit ja nur selten heran. Ja, sagte Georg, als wir durch die hintere Tür das Haus verließen, diese Geschichte hätten wir uns ersparen können, hätten wir auch nur die leiseste Ahnung gehabt, was alles auf uns zukommen würde. Wir stiegen über den Zaun und betraten die alte Landstraße. Herbstsonne. Zwei Verrückte preschten mit ihren Autos knapp an uns vorbei und versuchten, sich auf der holprigen Straße gegenseitig zu überholen. Aber wir haben nicht nur ein entsetzlich rückständiges Haus übernommen, sagte Georg, wir haben uns auch in eine ebenso fortschrittsfeindliche Gegend begeben. Die politischen Versammlungen, zu denen ich immer gehe, weil arbeiten, ohne sich am Politischen zu beteiligen, überhaupt die größte Dummheit ist, sind das Jämmerlichste, was ich immer wieder erleben muß. Es gibt Leute, sagte Georg, die sich nicht scheuen, mit der ganzen Verruchtheit ihrer Großväter und Urgroßväter öffentlich aufzutreten, um einen winzigen Vorteil für sich herauszuschinden, und so tun, als hätten sie nicht das geringste Interesse an der Politik, sie sind aber im höchsten Maße politisch tätig, denn sie holen sich dabei nicht nur Güter und machen diese Güter zu ihrem Besitz, sie blockieren obendrein die Versammlungen auf das Lächerlichste und berauben so viele Menschen um die Möglichkeit, daß für ihre Entwicklung etwas getan werden kann. Für diese politischen Versammlungen, sagte ich, habe ich mich eigentlich nie interessiert. Kannst du dich auch nicht interessiert haben, sagte Georg. Du hast ja immer arbeiten und den Mund halten müssen. Aber das ist bereits Politik. Erziehung ist Politik. Wie du die Kindheit verbracht hast, wie ich die Kindheit verbracht habe, wie andere die Kindheit verbringen, das ist Politik. Besonders die Frauen, sagte er lächelnd, glauben immer, indem sie sich aus politischen Gesprächen heraushalten, daß sie deswegen unpolitisch sind, aber das glauben sie nur.

In Wirklichkeit verhält es sich wahrscheinlich so, sagte Georg nach einer Weile, daß da überall noch die Ansicht herrscht, Politik und Besitz gehörten zusammen, wer nichts besitzt, hat sich in die Politik nicht einzumischen. Aber die Gemeinde ist rot, entgegnete ich, schon seit Jahren spricht man von einer roten Gemeinde. Georg blieb stehen und sagte, man spricht von einer roten Gemeinde, aber dieses Rot hat keine Farbe, man kann dieses Rot ruhig durch das Wort Bauernschläue ersetzen oder durch Eigennutz. Wie geht denn das? Ich geh vielleicht zuerst ins schwarze Lager und knüpfe mittlerweile Kontakte mit dem braunen an und wechsle in einem günstigen Augenblick ins rote, und schon respektieren mich die Leute. Wir gingen weiter. Aber die Leute wissen das, sagte ich. Ja, sagte Georg, die Leute wissen das. Aber warum schweigen sie dazu, fragte ich, warum wird einem das nicht gesagt? Zunächst einmal, sagte Georg zögernd, ist es wahrscheinlich so, daß die Leute Zeit brauchen, um sich vom ärgsten Ekel zu erholen, noch wollen die Leute

voneinander nichts wissen. Immer wieder mache ich die Erfahrung, daß die Leute nichts voneinander wissen wollen. Sagt dir das Wort Schlafzimmerpolitik etwas? Schlafzimmerpolitik? fragte ich. Schlafzimmerpolitik, wiederholte Georg. Nein, sagte ich, mit dem Wort Schlafzimmerpolitik kann ich im Augenblick nichts anfangen. Du hast doch erzählt, sagte Georg, daß bei euch im Schlafzimmer über Dienstboten gesprochen wurde. Das ist Schlafzimmerpolitik. Ich fühlte mich plötzlich erleichtert und sagte, jetzt weiß ich, warum man uns immer mit dem Wort hinterlistig gepeinigt hat, weil sie selber mit uns eine hinterlistige Politik betrieben haben. Wir gingen über die Brücke und sahen weiter hinten Haudorf. Am liebsten möchte ich jetzt hingehen und ihnen das in die Küche schreien. Das kann ich verstehen, sagte Georg, aber damit verschaffst du dir höchstens ein klein wenig Genugtuung, aber dann machst du, was fast alle machen, du handelst für dich, aus der Schlafzimmerpolitik machst du eine Küchenpolitik und setzt dich obendrein von neuem der Gefahr aus, der du wieder nichts entgegensetzen kannst, wenn schon, dann gehört so etwas an die große Glocke, an die Öffentlichkeit. Aber wo ist die Öffentlichkeit? fragte ich. Die Öffentlichkeit, sagte Georg, die Öffentlichkeit gibt es leider noch nicht. Aber die Öffentlichkeit muß es doch geben, erwiderte ich, man spricht doch andauernd von der Öffentlichkeit. Du meinst das Wort Öffentlichkeit, sagte Georg, etwas ist öffentlich zugänglich, aber wenn du diese Öffentlichkeit, die offene, allgemein zugängliche Öffentlichkeit suchst, kannst du Tag und Nacht herumrennen, und du wirst sie nicht finden. Es kann diese Öffentlichkeit noch nicht geben, verstehst du? Nein, das versteh ich nicht.
Ich kann es auch anders sagen, es gibt noch kein öffentliches Interesse für Menschen. Gäbe es ein solches Interesse, würde man längst offen miteinander reden können. Tatsächlich kann man aber überhaupt nicht miteinander

reden. Tatsächlich hört einer dem andern nur zu, weil er glaubt, ihn eines Tages vielleicht doch überlisten zu können. Tatsächlich gibt es vorläufig nur die gegenseitige Vernichtung. Man schwingt sich gegenseitig zu Hausbauten auf, kaum ist das Haus fertig, gibt es nur mehr die Angst, es könnte in der Nachbarschaft ein größeres gebaut werden. Das, sagte Georg, ist unsere Öffentlichkeit, ganz das Gegenteil von offen. Ich geh zu den Versammlungen, damit man mich nicht einsteckt, und auf dem Heimweg staune ich über die Verruchtheiten. Das mag vielleicht damit zusammenhängen, daß ich als junger Mensch nicht zu Versammlungen gegangen bin, so habe ich mir wahrscheinlich lange Zeit von den Menschen, mit denen ich gelebt habe, ein falsches Bild gemacht. Heute weiß ich, daß es wichtig ist, sich die Menschen genau anzuschauen. Nur eines, sagte er, als wir von der Landstraße auf einen Feldweg abbogen, weiß ich jetzt, wer viel besitzt, lebt in dem Wahn, daß ein arbeitender Mensch nicht denkt, aber gerade weil man mich bedrängt hat, habe ich zu denken angefangen. Das ist bei dir so gewesen, und es wird bei anderen so sein. Ja, sagte ich, das ist bei mir so gewesen. Ich erzählte Georg von dem Brief, den mir die Mutter vorgelesen hatte, und sagte ihm auch, daß ich von Tennengau aus einen solchen Brief nach Haudorf schreiben wollte. Wenn ich nicht zufällig wieder zu euch ins Haus gekommen wäre, ohne euch hätte man mich schon längst aufgerieben. Ich fürchte, sagte ich, daß dieses Denken, das durch die Bedrängnis entsteht, woanders durch neue Bedrängnisse aufgerieben wird. Ich gestand Georg, daß ich in Wirklichkeit gar nicht geglaubt hätte, die Berufsschule mit einem noch positiven Zeugnis zu verlassen. Und es ist auch ein Wahnsinn, sagte ich, daß ich als Arbeiter von einer Arbeiterclique angegriffen werde. Da sprang Georg plötzlich zum Zaun, riß eine Gerte los, starrte mich einen Augenblick an und sagte, das mußt du lernen, in der Stadt kannst du Schlägereien aus dem Weg gehen, auf dem Land nicht. Der Gedanke an die unsinnigen Schlägereien verdunkelte mir wieder alles. Wir gingen schweigend auf das Tor zu. Rundherum wurde ebenfalls Vieh zusammengetrieben. Während ich auf der einen Seite hinunterging und Georg auf der anderen, spürte ich zwar den weichen Boden unter meinen Füßen, und ich spürte auch, daß ich ging, aber etwas war mir dabei unbegreiflich, warum gehe ich jetzt über dieses Feld? Weit, weit weg wollte ich doch immer gehen. Nie habe ich da drüben, keine 200 Meter weiter, mir gedacht, daß ich einmal auf diesem Feld gehen würde, aber nicht nur, weil dieses Feld neben einem Lein-Grundstück liegt, nein, das war nicht ausschlaggebend, nein, im Laufe meiner Kindheit, erinnerte ich mich, habe ich angefangen, die kleinen Grundstücke zu verachten, Menschen ohne Besitz habe ich nicht verachtet, aber kleine Grundstücke habe ich verachtet, kleine Grundstücke sind mir immer lächerlich vorgekommen. Warum habe ich kleine Grundstücke verachtet?

Diese Frage interessierte mich nun, und zugleich fiel mir der Kommunist ein, der bei uns aus und ein gegangen war, seine Rußlandgespräche, und mir fiel auch ein, daß ich mir, bevor ich von der Möglichkeit eines Bauernkollektivs gehört hatte, oft gedacht hatte, warum gibt es da so viele Zäune? Zäune! rief ich Georg zu, könnte man diese unsinnige Länge an Zäunen nicht endlich auf ein erträgliches Maß kürzen? Die Zäune kosten jedes Frühjahr ein Vermögen! Dieses Vermögen verfault und verrostet, man geht hinauf in den Wald, läßt sich vom Förster Fichten vorzeigen, schneidet die Fichten um, hackt die Äste herunter, schält die Rinde herunter, man könnte diese Zaunholzfichten an Italiener verkaufen, sagte ich, aber man verkauft sie nicht, man macht Zaunholz aus ihnen und verkauft Milch, Fleisch, Fichten, um dem Raiffeisenverband Stacheldraht abzukaufen; man mästet den Molkereiverband, man mästet den Zuchtverband, man mästet den Holzhändlerverband, man mästet den Raiffeisenverband und verspannt nach wie vor das ganze Tal mit Stacheldraht, so daß man auch noch unsinnige Wegstrecken zurücklegen muß, um an das eine oder andere Grundstück heranzukommen. Ich begreife diese Umständlichkeit einfach nicht. Da bist du nicht allein, sagte Georg. Diese Umständlichkeit begreifen auch andere nicht, aber warum wir von ihr nicht wegkommen, siehst du ja bei uns im Haus, macht sich eine jüngere Generation, unter der sich einige wenige Vernünftige befinden, über Veränderungen Gedanken und fängt an, diese Gedanken mit allergrößter Vorsicht zu äußern, dann ist es aus. Unsere hauptsächliche Beschäftigung besteht dann nur mehr aus Aufpassen, daß sich keiner aufhängt, aus Aufpassen, daß uns niemand ins Wasser geht. Zum Nachdenken, wie man die notwendigste Veränderung herbeiführt, sagte Georg, hatten ich und meine Frau vom ersten Fensterstockausschneiden an eigentlich schon keine Zeit mehr. Daraufhin stieg ich über den Zaun, rannte vor, um das Vieh anzuhalten, weil auf der alten Landstraße ein größerer Viehtrieb vorbeizog. Danach trieben wir schweigend das Vieh vor uns her. Unsere Körper warfen lange Schatten auf die Straße. Die Kühe wechselten hin und her, schlugen mit den Schwänzen nach Fliegen und fuhren mit den Köpfen auf und nieder. Oktobernachmittage fielen mir plötzlich ein, an denen oft eine Kuh zum Platzen aufgebläht im Gras lag, die Beine von sich gestreckt, den Kopf von sich gestreckt, und aus dem geöffneten Maul kommt grüner Saft, und ich laufe, hole verständige Männer, die wissen, was zu geschehen hat, und es gibt eine große Aufregung, wo ist der Stahlschlauch? Alles rennt durcheinander und sucht den Stahlschlauch, man sucht nach einem bestimmten Messer, alles läuft und zieht einen Schwarm Kinder hinter sich her, und die Kinder umstellen das Geschehen, schauen stumm, wie der Stahlschlauch in den stöhnenden

Kuhrachen geschoben wird, bis nichts mehr von ihm überbleibt, kommt Luft? man zieht den Stahlschlauch heraus, ein Messer mit einer schmalen Klinge kommt zum Vorschein und wird an der höchsten Stelle durch die Bauchwand gestoßen, kommt jetzt Luft? ist noch Zeit für den Tierarzt? was kostet uns der Tierarzt? notschlachten? Ich hatte jetzt Zeit, diese Vorgänge zu denken. Als ich noch mitten drin war, dachte ich, hieß es laufen, alles, was du zu tun hast, ist laufen, und das Dorf, dachte ich, habe ich eigentlich immer nur durchgangen durchfahren durchlaufen durchritten.
Habe ich mich früher fast nur mit Haudorf beschäftigt, beschäftigen müssen, so beschäftigen mich jetzt beide, Haudorf und das Dorf. Von Haudorf aus, sagte ich zu Georg, habe ich mir oft gedacht, das Dorf selber ist intelligenter als Haudorf, jetzt, wo ich auf das Dorf zugehe, denke ich, daß das Dorf überhaupt nicht intelligent ist, und im Dorf habe ich mir gedacht, daß der Tennengau intelligenter ist, und im Tennengau habe ich mir gedacht, daß das Dorf immer noch intelligenter ist als der Tennengau. Es müßte, sagte ich, einen Menschen geben, der einen von Kind auf vor solchen unsinnigen Enttäuschungen bewahrt, aber nicht, daß man mir sagte, der Tennengau ist ein herrlicher Gau, und ich freue mich auf einen herrlichen Gau, steige aus dem Auto aus, und schon habe ich den Verdacht, daß der Tennengau kein herrlicher Gau ist, und es dauert nicht lange, und ich werde auch schon angeschrien. Das ist wahrscheinlich überhaupt unser Pech, sagte Georg, daß wir uns das Entferntere andauernd viel zu intelligent vorstellen, einmal glauben wir, im Parlament wird um ein intelligentes Gesetz gekämpft und gehen mit Beruhigung an die Arbeit, einmal glauben wir, der Autobahnbau schreitet intelligent voran und gehen mit Beruhigung an die Arbeit, dann kaufen wir uns Zeitungen, um uns durch Zeitunglesen vollends zu beruhigen, und lesen plötzlich, daß sich

das Gegenteil ereignet hat. Am besten, sagte er, man stellt sich von vornherein das Gegenteil vor.
Ich schaute Helene zu, wie sie das Melkgeschirr herrichtete, dann ging ich hinauf in das obere Vorhaus, trat hinaus auf den Balkon, und plötzlich hörte ich die Alte mit ihrem Mann schreien, den Alten mit ihr schreien, ich ging schnell in mein Zimmer, sperrte hinter mir zu. Beim Anblick des Tisches erinnerte ich mich, daß ich den ganzen Sommer keine einzige Eintragung in das Werkstattwochenbuch gemacht hatte, wozu mache ich diesen Quatsch überhaupt? in meiner Freizeit über Arbeit nachdenken und diese Arbeit aufzeichnen und beschreiben? Ich beschloß, die Werkstattwochenbuchberichte auch weiterhin in Frieden zu lassen. In der Freizeit, sagte ich mir, muß ich mich zuerst um mich kümmern, für den Beruf reicht voll und ganz die Arbeitszeit. Ich setzte mich an den Tisch, griff nach dem Atlas und schlug die Australienkarte auf, klappte den Atlas zu, beugte mich vor, griff nach einem Buch, schlug es auf, da waren wieder die deutschen Gefangenen in einem sibirischen Dorf, ich las und ärgerte mich, was gehen mich deutsche Gefangene an? Besonders ärgerte mich das Verhalten der Offiziere. Wieso, fragte ich beim Abendessen, ist es möglich, daß ein gefangener Offizier den gefangenen Soldaten Befehle erteilen kann? Josef Bruckmann sagte, Offiziere sind eben Privilegierte. In dem Augenblick, wo ich ein Gefangener bin, sagte ich, gibts für mich keinen Offizier mehr, gefangen ist gefangen. Der Offizier, sagte Josef Bruckmann, hat eine höhere Ausbildung und deshalb auch ein Recht, besser als ein gewöhnlicher Soldat behandelt zu werden. Es ist so gehandhabt worden, sagte Georg, aber ein Recht auf bessere Behandlung hat er überhaupt nicht, die Offiziere essen und befehlen, und wir arbeiten. Daraufhin schwieg Josef Bruckmann. Frau Bruckmann sagte schnell, aber es muß jemanden geben, der uns beschützt. Ich schaute über den Tisch Helene an und sagte, nach al-

lem, was ich bis jetzt über Offiziere und Generäle gelesen habe, kommt mir vor, daß sich die über das Volk kaum Gedanken machen. Gedanken, sagte Helene lachend, machen sie sich schon, sie denken nach, wie sie uns vormachen können, daß wir sie brauchen. Wir aber, sagte Georg zu mir gewandt, können uns diesen Luxus nicht leisten, weil wir dazu bestimmt sind, eine umständliche Welt nachzumachen, das Volk sorgt, damit das Volk nicht denkt. Der Alte ließ einen grimmigen Blick auf die Tischrunde los und sagte zu mir, wart nur, bis du beim Militär bist, dann wird dir das Reden schon noch vergehen. Ganz recht, sagte Frau Bruckmann, der Militärdienst schadet keinem. Georg, Helene und ich tauschten Blicke aus. Josef Bruckmann warf seiner Frau einen vernichtenden Blick zu und sagte, immer kommst du mit deinen Volksweisheiten! Danach aßen wir schweigend zu Ende. Nach dem Essen ging ich wieder hinauf ins Zimmer, las weiter, weil ich mir sagte, es muß doch wenigstens einer unter den Gefangenen draufkommen, daß die Offiziere mit dem Ende des Tausendjährigen Reiches ausbefohlen haben, statt dessen entstand vor mir ein gieriges Durcheinander um Brotbrocken, in das der Romanschreiber von Zeit zu Zeit einen Offizier hetzte, den er die gefangenen Soldaten anbrüllen ließ, wie ich es aus Kriegsfilmen kannte. Da waren ausgemergelte, halb erfrorene, stinkende, niederträchtige Deutsche beschrieben. Im Sommer hatten uns dickleibige, quasselnde Deutsche aus den Wirtshäusern verdrängt und obendrein einen Haufen Stumpfsinn mitgebracht. Das fiel mir zwischendurch mehrmals ein. Gegen halb acht klappte ich das Buch zu und ging hinunter in die Küche. Helene saß allein am Tisch und überblätterte eine Zeitung.
Zeitungen, sagte sie aufschauend, solltest du auch lesen, Zeitunglesen ist eine Kunst.
Wieso eine Kunst? fragte ich.
Ich habe gestern oder vorgestern einen interessanten

Artikel gelesen, weiß aber nicht mehr in welcher Zeitung. Ein Hochschulprofessor für Zeitungswissenschaft schreibt über das Zeitunglesen. Ich will nämlich herausfinden, wie ich einer Zeitung am schnellsten auf ihre Schliche komme. Das muß man sich erarbeiten. Aber du mußt zunächst überhaupt einmal Zeitungen lesen. Ich habe zu Zeitungen keinen Bezug, sagte ich. Genügt es nicht, daß ich Bücher lese? Bücher allein, sagte sie, genügen nicht. Gleichzeitig sollte ein junger Mensch auch wissen, was sich in der Welt ereignet. Du wirst ja in ein paar Jahren von hier weggehen, und da ist es günstig, wenn du die Zeit, die du hier verbringst, zur Vorbereitung verwendest, damit du nicht ganz ins Blaue ziehst. Dann erhob sie sich und sagte, so! und jetzt geh ich ins Kino, da gibts heute einen kritischen Film, zumindest nehme sie an, daß es ein kritischer Film sei, weil die Pfarrkritik äußerst schlecht über ihn schreibe. Auf kritische Filme reagiert die Kirche empfindlich. Wenn das so ist, sagte ich, lasse ich mir den Film natürlich nicht entgehen.

Der Film hieß Lulu. Wir waren beide begeistert. Vorm Kino hörten wir dann auch andere sagen, mehr solcher Filme müßten gezeigt werden. Ich glaube es einfach nicht, sagte Helene auf dem Heimweg, daß es so schwer ist, gute Filme aufs Land zu bringen, ich glaube vielmehr, daß wir absichtlich zensiert werden. Das ist ja witzig, man erklärt uns von der Stadt aus andauernd für dumm und rückständig, aber wir kriegen nichts in die Hand, um uns weiterzubilden. Man muß sich alles selber erarbeiten. Und weiß man mehr, ist man um einige Schritte weiter als die Umwelt, muß man schon wieder schweigen, um weiterhin mit der Bevölkerung verkehren zu können. Das ist besonders schwierig, wenn man eine Frau ist. Eine kritische Äußerung und kurz darauf eine zweite, dann muß ich schon aufhören, mehr darf ich als Frau außer Haus nicht in Umlauf bringen, sonst laufe ich Gefahr, aus

der Entfernung belächelt zu werden. Diese Phase bedeutet bereits den Ausschluß. Alles, was eine Belächelte vorbringt, sagt sie als Ausgeschlossene. Diese Phase ist gefährlich. In diese Phase will ich nicht kommen. Also schweige ich zu vielen Mißständen, weil ich weiß, wie schnell man da sein Gesicht verliert, und selbst im Haus ist es, wie du ja weißt, oft zum Aus-der-Haut-Fahren. Bei dir habe ich vom ersten Tag an gewußt, daß es weitergehen wird. Du bist schwierig zu behandeln. Vor allem habe ich nicht gewußt, wo anfangen, welches Übel sage ich dir zuerst auf den Kopf zu? Dann fehlt es mir natürlich an Zeit, um mich ausschließlich mit einem Menschen zu befassen. Die meiste Energie brauche ich, um mich selber aufrechtzuerhalten, aber eines weiß ich und beruhigt mich, ein Mensch kann noch so verkommen sein, und es kann ihm geholfen werden. Er muß nur auf Argumente hören. Argumente sind das Um und Auf. Du hörst auf Argumente und fängst auch an, Gegenargumente vorzubringen. Die Schwiegertochter hört auf kein Argument, bringt kein Gegenargument und wirft mir nun auch schon gelegentlich vor, daß ich dich bevorzuge. Das kann ich mir vorstellen, sagte ich. Inge als Unternehmerfrau will natürlich nicht, daß für mich als Lehrling im Haus die gleichen Regeln gelten wie für sie. Das will sie wahrscheinlich nicht wahrhaben. Muß sie aber, sagte Helene, weil Georg und ich im Haus keine Unterschiede dulden. Natürlich kann ich mich auf die Dauer nicht damit abfinden, wenn sich ein Mensch bei jeder Äußerung auf sein Elternhaus, auf irgendeinen Lehrer, auf irgendeinen Geistlichen beruft. Aber was anderes, sagte ich, habe ich kaum erlebt. Und ich begreife es einfach nicht, daß die Lehrer, die vielfach von der Stadt aufs Land kommen, nicht eingegriffen haben und auch jetzt nicht eingreifen. Wenn jemand von außen hereinkommt, muß es ihm doch die Augen aufreißen.
Beim Tor blieb sie stehen und sagte, schau! unsere Räu-

berhöhle steht noch. Im Kinosaal, sagte sie lachend, ist mir plötzlich der Gedanke gekommen, daß eines Tages Haus und Stall in Brand gesteckt werden. Und ich kann mir auch vorstellen, sagte sie und ging rasch weiter, wie ich zu einem solchen Gedanken komme. Ich beschäftige mich ja doch mit der alten Bäuerin, ohne daß ich will, beschäftigt mich die Alte. Das ist sinnlos. Mit Hunderten von Menschen rundherum könnte ich etwas machen, ich kann aber nicht, weil mich die Alte auf das Sinnloseste beschäftigt. Das ist furchtbar. Ich ging hinter ihr her auf das Haus zu. Ich wollte noch eine Weile aufbleiben und mit ihr reden, ging aber schweigend mit ihr durch das untere Vorhaus über die umständliche Stiege hinauf in das obere, weil ich mir sagte, Helene muß ja früh aufstehen, da habe ich kein Recht, sie um ein Stück Schlaf zu bringen. Ich wünschte ihr eine gute Nacht, trat in mein Zimmer, richtete mir das Arbeitsgewand zurecht, zog mich aus, hängte den Anzug auf einen Kleiderbügel, machte das Fenster auf. Ich wunderte mich, Helene redet so nüchtern, als sei alles für sie schon längst selbstverständlich, wenn andere nicht mehr wissen, was sie sagen sollen, nickt sie einmal mit dem Kopf und sagt: das ist so! In der Früh steht der Alte mit erhobenem Melkstuhl vor ihr, und am Abend sagt sie mir, womit sie sich befassen müsse, womit sie sich noch nicht befaßt habe, was weiß die nicht alles und will immer mehr wissen, arbeitet von halb fünf in der Früh bis sieben Uhr abends, wird dabei boykottiert, macht sich Gedanken, liest am Abend Bücher und Zeitungen, schaut sich Filme an, geht zu Bäuerinnentreffen, spricht mit mir. Was ist das nur für eine Frau? Ich stand eine Weile am Fenster, schaute in den von der Straße her durchleuchteten Obstgarten und gab allmählich den Versuch auf, über Helene nachzudenken. Ich legte mich ins Bett, ließ mir Szenen aus dem Film durch den Kopf gehen, die Hand des Mörders, das Taschenmesser, der Mörder wäscht sich das Blut von den

Händen und das Messer und sagt, nicht einmal ein Handtuch gibt es da, und draußen ist die Schwester und eine traurige Straße, der Mörder geht weg und die Schwester geht hinein. Während des Films, erinnerte ich mich, mußte ich oft an Lilli und Maria Wiesinger denken. Ich schwankte zwischen Lesen und Einschlafen, will ich wissen, was die deutschen Gefangenen in Sibirien machen, oder soll ich schlafen?

Als ich in der Früh mit dem Unternehmer Josef Bruckmann durchs Dorf ging, mußte ich mehrmals laut lachen, ich sah, wie der Großkaufmann einen Sohn und den Knecht vor sich her in den Stall hinuntertrieb, und mußte sogleich daran denken, daß es vom Großkaufmann hieß, er sitze in der Nacht in seinem Büro und rauche Opium, und daß die Leute auch von ihm sagten, daß er sich alle Menschen, die er kenne, in Form von Geldbeträgen denke. Ich erzählte das dem Unternehmer Josef Bruckmann und sagte, würde man nicht andauernd so verrückte Geschichten aufbringen, könnte der Großkaufmann jetzt nicht Knecht und Sohn vor sich hertreiben. Das ist doch alles so furchtbar verrückt, daß man lachen muß, aber wenn ich mir vorstelle, wie einem Lehrmädchen, einer Verkäuferin zumute ist, vergeht mir das Lachen. Den ganzen Tag treibt dieser Mensch Menschen an? Ganz einfach, sagte Josef Bruckmann, um größere Profite zu erzielen, der Profit gehört ihm, damit kann er wieder investieren. Das leuchtet mir ein, sagte ich, daß er Profite macht und diese Profite wieder anlegt, aber mir leuchtet nicht ein, mit welchen Mitteln er zu diesen Profiten kommt, der Großkaufmann kann von mir aus Tag und Nacht durcharbeiten, aber er hat nicht das Recht, andere Menschen anzutreiben, um größere Profite zu erzielen. Richtig ist es nicht, sagte Josef Bruckmann, aber das kann dir doch gleichgültig sein, du arbeitest ja nicht bei ihm, du arbeitest ja mit mir, und über mich kannst du

dich doch nicht beklagen, oder? Nein, ganz im Gegenteil, sagte ich, nur sehe ich das nicht ein, ich versteh nicht, warum ich mich über einen Mißstand, der mir bekannt ist, nicht äußern soll?
Aber sicher, du kannst dich über einen Mißstand äußern, nur bringt es dir nichts.

Die Straße war feucht vom Nebel.
Die Straßenlampen brannten. Wir näherten uns im Gleichschritt der Werkstatt. Kofler, dachte ich, hat noch immer nichts gefunden. Oberholzer sucht. Herbert Irder sucht. Sie suchen nach einer Arbeit, wollen nicht, daß sich jemand an ihnen bedient. Wir hatten die Werkstatt kaum betreten, da kam die erste Kundschaft, ein Fuhrunternehmer, von dem ich wußte, daß er selber Geschäfte nur mehr in die Wege leitete. Wetten, sagte ich zu Josef Bruckmann, daß er wieder beim Tor stehen bleibt, seinen Lastwagen anschaut, dann einige Male um den Lastwagen herumgeht und allmählich auf uns zukommt, als würden wir in einer von seinen Garagen stehen, und im nächsten Augenblick ging auch schon das Tor auf, der Fuhrunternehmer, ein einfach gekleideter Mensch, trat herein, blieb stehen, schaute seinen Lastwagen an, ging langsam um den Lastwagen herum, griff ihn öfters an. Was habe ich gesagt? sagte ich zu Bruckmann. Wir standen bei der Drehbank, schauten dem Fuhrunternehmer bei seinen Rundgängen zu. Beim dritten Rundgang blieb er stehen, ließ eine Hand auf dem linken vorderen Kotflügel ruhen, wandte sein Gesicht uns zu und sagte, ist er fertig? Habt ihr alles gemacht? Ja, sagte Bruckmann, alles, was du angeschafft hast, haben wir gemacht. Der Fuhrunternehmer wandte sich wieder seinem Lastwagen zu, schritt ihn zur Hälfte der Länge nach ab, blieb stehen, ließ seinen Blick langsam über die Brücke schweifen, griff die heruntergeklappte Seitenbordwand an, trennte sich, ging einige Schritte vor, warf

einen flüchtigen Blick zwischen Führerhaus und Brücke, riß sich los, griff um die Führerhaustür, auf der groß in Blockschrift Fuhrunternehmen und darunter schüchtern die Wörter Udo Keglević standen, einen Augenblick sah es so aus, als würde der Fuhrunternehmer auf das Trittbrett steigen und sich ins Führerhaus setzen, aber er setzte sich nicht ins Führerhaus, er blieb vorm offenen Führerhaus stehen und schaute in das Führerhaus, griff nichts an, schaute nur und sagte einmal: habt ihr auch den rechten hinteren Federnbock gemacht? Ja, sagte Bruckmann, alles haben wir gemacht.
Den Riß auch? – Welchen Riß?
Den Riß hinter der Motoraufhängung.
Du hast doch den Riß geschweißt? fragte mich Bruckmann. Ja, sagte ich, den Riß habe ich geschweißt, an diesen Riß kann ich mich genau erinnern, weil ich mir beim Schweißen wieder einige Löcher in mein Gewand gebrannt habe. Der Fuhrunternehmer trat einen Schritt zurück und fragte, brauch ich nicht hinuntersteigen und nachschauen, ob der Riß geschweißt ist? Du kannst schon nachschauen, sagte Bruckmann, aber du hast ja gehört, was der Franz gesagt hat. Der da, sagte der Fuhrunternehmer und nickte mit dem Kopf nach oben. Auf den Franz ist Verlaß, sagte Bruckmann.
Wo hast du den her? fragte der Fuhrunternehmer.
Den habe ich nirgends her, der Franz ist zu mir gekommen, versicherte Josef Bruckmann. Ein Zugelaufener also, sagte der Fuhrunternehmer. Er schaute mich, während er auf uns zuging, langsam von unten herauf an und sagte, als sein Blick mein Gesicht, meine Augen traf: stimmt das, was dein Meister sagt? Ich trat von einem Fuß auf den andern, verzog den Mund; was soll ich ihm antworten? Ich warf Josef Bruckmann einen flüchtigen Blick zu, der meint es gut, bringt mich aber andauernd in Verlegenheit, ja, sagte ich und wandte mich schnell der Werkbank zu, um mich einem weiteren Verhör zu ent-

ziehen. Und die Radmuttern? fragte der Fuhrunternehmer. Sind die Radmuttern nachgezogen? Hast du die Radmuttern nachgezogen? fragte Josef Bruckmann. Habe ich, antwortete ich. Womit sind die Radmuttern nachgezogen worden? fragte der Fuhrunternehmer. Mit dem großen Radkreuz, sagte ich, und mit einem zweimeterlangen Rohr, das ich als Verlängerung benützt habe. Ah, der Bursche kennt sich aus, stellte der Fuhrunternehmer mit Zufriedenheit fest. Ich räumte Schraubenschlüssel in den Werkzeugkasten, der über der Werkbank an die Mauer montiert war. Zugelaufene, sagte er weiter, parieren besser als Söhne. Das eigene Fleisch macht Schwierigkeiten. Josef Bruckmann, schien mir, wollte darauf etwas einwenden, aber der Fuhrunternehmer Keglević wandte sich von ihm ab, schaute durchs Fenster und fragte: da unten, neben dem vorletzten Licht, wer baut da unten? Da baut der Großkaufmann eine Tankstelle, antwortete Josef Bruckmann. Wieso eine Tankstelle? Weil er den Leuten Treibstoff verkaufen möchte, antwortete Josef Bruckmann, die Umgebung ist jetzt ja mit Autokaufen beschäftigt, Bauern, Arbeiter, alle kaufen sich jetzt Autos, das weiß der Großkaufmann. Der Fuhrunternehmer schaute eine Weile in die Morgendämmerung. Der Wagen, sagte er, ist also fertig, ich kann jederzeit einen Fahrer schicken? Jederzeit kannst du einen Fahrer schicken, sagte Bruckmann. Dann fahr ich, sagte der Fuhrunternehmer, ging auf das Tor zu und sagte im Hinausgehen, die Rechnung schickst du mir nach. Josef Bruckmann schaute ihm nach, kopfschüttelnd ging er zum Tor, machte es zu, draußen hörte ich den Fuhrunternehmer den Motor starten. Dieser Keglević, sagte Josef Bruckmann, macht beim Hinausgehen nie das Tor zu. Beim Hereingehen macht er es auf und hinter sich zu, beim Hinausgehen macht er es auf und geht durch, da kann er das Tor ja beim Hereingehen schon offen lassen. Nicht um diese Jahreszeit, sagte ich.

Wenn es draußen feucht und kalt ist, wird er nicht so dumm sein und das Tor schon beim Hereingehen hinter sich offen lassen, schließlich steigt der Fuhrunternehmer Keglević aus einem geheizten Auto in eine kalte Werkstatt, da könnte er sich verkühlen. Josef Bruckmann blickte mich kurz an und sagte: du machst dich über ihn lustig, das steht dir nicht zu, Franz, das mußt du dir abgewöhnen. Du kannst den Fuhrunternehmer Keglević kritisieren, aber es steht dir nicht an, dich über ihn lustig zu machen. Dieser Mensch hat es weit gebracht. Du mußt bedenken, Udo Keglević hat mit nichts angefangen, das mußt du dir erst einmal vorstellen, was das heißt, mit nichts anfangen. Das kann nicht jeder! Neinnein, sagte ich, ich mach mich über den Fuhrunternehmer Keglević nicht lustig, der Fuhrunternehmer Keglević gefällt mir, der macht mir wenigstens nichts vor, dieser Mensch zeigt, daß 15 oder 16 oder meinetwegen 20 Autos unter seinem Kommando in der Gegend herumfahren. Josef Bruckmann schaute mich nun noch stutziger an und sagte kopfschüttelnd, manchmal hast wirklich ganz komische Ansichten. Daß er mir das sagte, fand ich erst recht komisch. Ich biß mir in die Zunge, um nicht lachen zu müssen, aber kaum hatte Josef Bruckmann seinen lehrhaften Blick von mir abgewandt, brach ich in Gelächter aus, ich konnte mich einfach nicht mehr halten, mir fiel zu dem Vorgefallenen eine Verrücktheit nach der anderen ein, und zugleich mußte ich wieder an den Großkaufmann denken. Ich bog mich vor Lachen und sagte schließlich zu Josef Bruckmann, ich kann nichts dafür, aber ich werde den Eindruck nicht los, daß es sich sowohl beim Großkaufmann als auch beim Fuhrunternehmer um schöne große Esel handelt. Wieso Esel? rief Josef Bruckmann verärgert. Nicht Esel, sagte ich, schöne große Esel. Natürlich hat es der Fuhrunternehmer zu etwas gebracht, der Unternehmer Sussak bringt es wahrscheinlich noch weiter, der Unternehmer Hirnschlögel, der Unternehmer

Baumgartner und wie sie alle heißen, nur eins stimmt einfach nicht, wie sie mich denken, stimmt nicht. Ich bin nicht so blöd, wie mich diese Unternehmer denken. Franz! Das hat doch keiner gesagt. Doch, das sagen sie, ihr Umgang mit mir zeigt mir das, sagte ich. Dann wurden wir unterbrochen, weil der alte Hirnschlögel hereinkam, ein Mensch schon nahe an die Siebzig und noch immer unterwürfig. Mit einer zittrigen Hand legte er uns eine Skizze vor, holte Krankenkassenbrillen aus seiner Westentasche und setzte sie auf. Da habe ich euch ein Gestell gezeichnet, sagte er, wenn der Lehrbub Zeit hätte, könnten er und ich es gleich machen. Willst du das machen? fragte Bruckmann. Ich habe jetzt keine Zeit, sagte ich, ich muß zuerst die Eisentür fertig machen. Die Eisentür muß bis mittag fertig sein. Hirnschlögel, hast du gehört, sagte Bruckmann, der Franz will zuerst die Eisentür fertig machen. Das macht nichts, sagte der alte Hirnschlögel, da schneide ich inzwischen das Eisen zu, bohre die Löcher und wenn der Schweißapparat frei ist, kann ich mir das Gestell auch selber zusammenheften. Bruckmann, sah ich, gefiel dieser Vorschlag überhaupt nicht, er konnte aber nicht gut nein sagen, da er von den Hirnschlögelbrüdern abhängig war. Ist das Gestell so dringend? fragte ich den alten Hirnschlögel. Das wird dringend gebraucht, sagte er. Er sei eigens früher aufgestanden. Ja, wann bist du denn aufgestanden? fragte Bruckmann. Um vier, sagte der Alte. Um vier bist du schon aufgestanden! rief Bruckmann erstaunt. Um fünf, sagte der Alte, stehe ich immer auf.
Wegen einem Gestell stehst du schon um vier auf? fragte ich erstaunt. Das tut mir nichts. Früher bin ich noch viel früher aufgestanden. Früher glaube ich schon, sagte ich, daß du früh aufstehen hast müssen, aber heute bist du in Pension, heute brauchst du nicht wegen einem Gestell schon um vier aufzustehen, heute kannst du dich ausruhen. Heute ist nicht mehr früher, heute brauchst du dich

nicht von einem Gestell aus dem Bett treiben zu lassen. Das wird doch wohl noch meine Sache sein, sagte der Pensionist Hirnschlögel, wann ich in der Früh aufstehe. Das kommt darauf an, was du damit bezweckst, erwiderte ich. Du bist doch dein Leben lang Arbeiter gewesen? Josef Bruckmann zwinkerte mir zu, ich solle ihn in Ruhe lassen. Daraufhin sagte ich, ja, wenn das so ist, daß du schon um vier aufgestanden bist, dann muß ich dir das Gestell natürlich sofort machen. Ich nahm ihm schnell die Skizze aus der Hand und ging damit in die untere Halle. Der Pensionist Hirnschlögel folgte mir. Willst du mir zuschauen? fragte ich. Helfen, sagte er. Helfen? fragte ich. Der Alte trat schnell an mich heran, fuchtelte mit der Hand vor seinem Gesicht herum und raunte mir zu: sei ruhig, du brauchst es schon nicht umsonst machen.

Er wollte mich schnell zur Seite ziehen, damit uns Bruckmann nicht sehen konnte, ich wich ihm aber aus, ging weit vor, um ihm einen Annäherungsversuch unmöglich zu machen. Ganz flüchtig sah ich, wie er weiter hinten, von einer Stützmauer gedeckt, mit einer zittrigen Bewegung aus der innersten Tasche seiner ärmellosen Weste, über der er zwei Röcke anhatte, eine abgewetzte Brieftasche hervorzog und mir gleichzeitig den Rücken kehrte, um mich beim Geldaussuchen nicht zuschauen zu lassen. Ich ging gemütlich in die obere Halle, suchte mir dort das nötige Material zusammen. Der pensionierte Arbeiter Hirnschlögel kam mir nach und wollte gleich zupacken, das ausgesuchte Material um den Lastwagen herumfädeln und in die untere Halle tragen. Ich ging in die andere Richtung mit leeren Händen davon, holte aus dem Magazin einen Stuhl und eine alte Zeitung, wartete, bis der Alte laut schnaufend zwischen Mauer und Lastwagenschnauze über Kisten und anderen Hindernissen hervorkam, stürzte hilfsbereit auf ihn zu, riß ihm das Material aus den Händen und sagte laut, da habe ich dir einen Stuhl und etwas zum Lesen gebracht. Bruckmann, der einige Schritte neben uns Rechnungen und Zettel musterte, sagte, während mich der Pensionist Hirnschlögel böse anschaute, daß ich immer gute Einfälle hätte. Aber, sagte ich, das ist doch ganz natürlich, daß man einem abgearbeiteten Menschen eine Sitzgelegenheit verschafft. Das ist die Jugend doch dem Alter schuldig. Aber ich bin nicht müde, keuchte der Alte. Natürlich bist du müde, beruhigte ihn Bruckmann, das ist doch keine Schande. Setz dich nur und schau dir in Ruhe die Zeitung an. In Zeitunglesen. Früh, stöhnte der Alte, kann ich doch nicht Zeitunglesen. In der Früh will ich etwas ausrichten. Aber Sekunden später griff er zu unserer Überraschung zur Zeitung und setzte sich auf den Stuhl. Daraufhin setzte ich meinen Gang in der Halle fort, schnitt das Material zu, bohrte die Löcher, legte die Teile auf dem Schweißtisch zurecht, schaltete das Gerät ein und fing an zu schweißen. Ich hatte die erste Naht noch nicht zu Ende geschweißt, da sehe ich auf dem dunklen Schutzglas eine Gestalt auf mich zukommen. Ich dreh mich um und stelle fest, daß es der Alte ist. Ich schweißte weiter, widmete aber meine ganze Aufmerksamkeit dem Alten. Ich ließ ihn auf einen Abstand von drei Schritten herankommen, brach den Lichtbogen ab und schaute ihn an, bis er sich ein Stück entfernte, dann setzte ich die Arbeit am Gestell fort. Mir ging es darum, den Alten ein für allemal loszuhaben. Dem pensionierten Arbeiter Hirnschlögel ging es darum, sich seine Aufenthalte in der Werkstatt zur Gewohnheit zu machen. Seine geheuchelte Freundlichkeit drohte jeden Augenblick, sich in Wut zu verwandeln. Viermal legte ich Schweißschirm und Elektrodenhalter weg, dann gab er auf und ging in die obere Halle. Ich brauchte die Firma Hirnschlögel nicht oft zu betreten, um mir vorstellen zu können, um wieviel ekelhafter den Lehrlingen allein durch die ständige Anwesenheit des Alten zumute war. Nicht eine Sekunde wurde ich von Josef Bruckmann angetrieben, aber der Alte, dessen sich die aufgestiegenen Söhne schämten, weil er lebenslänglich nur Arbeiter gewesen war, trieb für sie die Arbeiter an und sorgte für rasche Kündigungen. Ich zögerte die Arbeit am Gestell hinaus, um ihn nicht so schnell in die Firma, die ihm nicht gehörte, zurückkehren zu lassen. Als ob in der Firma Hirnschlögel ein Brand ausgebrochen sei, stürzte der Alte mit dem Gestell aus der Werkstatt. Es heißt nicht umsonst, sagte ich zu Josef Bruckmann, wer es zu etwas bringen will, dem darf nichts zu schmutzig sein. Dieser Alte kann sich von mir aus zu Tode arbeiten, solange er das nur für sich macht, aber er macht es nicht für sich, er wendet sein abscheuliches Alter auf, um sich auf das Ekelhafteste in das Leben anderer einzumischen. Und seinen Söhnen ist das höchst willkommen. Das ist Schmutz. Das weiß ich, sagte Bruckmann, aber was soll ich machen? Schmeiße ich ihn hinaus, gehen seine Söhne zur Konkurrenz. Und es ist ja nicht nur der alte Hirnschlögel. Der Unternehmer Zepf schickt mir andauernd seinen Bruder. Der Unternehmer Deutz schickt den Sohn seines Bruders. Der Mechaniker kommt selber und bettelt, bis mir die Bettelei auf die Nerven geht. Dann sage ich, das ist aber endgültig das letzte Mal, daß ich dich an die Drehbank lasse, und er sagt, ganz bestimmt, Josef, nächste Woche habe ich meine eigene, nächste Woche drehe ich auf meiner Drehbank, und ich sage, das hast du mir letztes Mal schon gesagt, du lügst, ich glaub dir kein Wort von dem, was du sagst, du hast überhaupt keine Drehbank bestellt, das überhört er aber, sagt mir, wie wichtig für ihn eine Drehbank sei, und erzählt mir wieder ganz ausführlich, wie er an jenem Donnerstagnachmittag in seinem Büro die Drehbank bestellt hat, und er weiß genau, daß ich weiß, daß er nie eine Drehbank bestellt hat. Ich mußte wieder furchtbar lachen, weil mir das Drehbanktheater zur Genüge bekannt war. Abgesehen von der erbettelten Drehbankbenützung, sagte ich, ist der Mechaniker harmlos. Der ist allein. Der ruiniert höchstens sich selber. Gefährlich sind die anderen. Die handeln im Auftrag gewinnsüchtiger Unternehmer, und die wissen, daß andere denken, daß es schmutzig ist, wozu sie sich hergeben, und sie geben sich trotzdem dazu her. Du weißt doch, sagte Bruckmann, daß ich nicht gerade fein mit ihnen umgehe, aber das hören sie nicht, das sehen sie nicht. Aber du kannst ihnen doch vorrechnen, sagte ich, daß sich diese Unternehmer auf deine Kosten bereichern. Das läßt sich doch ganz einfach berechnen. Das kann ich schon, sagte Bruckmann, aber das läßt die ziemlich kalt, im Gegenteil, die freuen sich, wenn sie einen Kleinen abwürgen. Dann können sie wieder sagen, der hat nicht begriffen, wie man es machen muß. Was mir bleibt, ist zuschauen, bis ich die Gewißheit habe, daß ich mich über Wasser halten kann. Daraufhin ging ich von der oberen Halle in die untere und setzte dort die Arbeit an der Eisentür fort.

Riesige Saufgelage entwickelten sich.
Junge Arbeiter betraten nach ihrem Abgang ein Wirtshaus, hielten einen oder einen halben Abend lang die Zechstube frei und verbrachten die nächsten Tage zu Hause bei ihren Müttern und Vätern, falls diese nicht selber im Wirtshaus hockten oder schon tot waren, lagen und hockten herum, ließen Belehrungen über sich ergehen, weinende, schimpfende, fluchende, versprachen und schworen, sich zu bessern. Sie arbeiteten, um Zeit hinter sich zu bringen, und tranken, um Zeit hinter sich zu bringen. Große Mengen an Zeit vertranken sie in der kürzesten Zeit. Dazu noch das altbekannte Tausenderanzünden. Man läßt einen Zwanziger unter den Tisch fallen, zündet einen Tausender an und sucht mit dem brennenden Tausender unterm Tisch den Zwanziger. Ich wurde einmal zu einer Auswärtssauferei mitgenommen, schon früh, am Nachmittag, mußte ich mithalten, wir fütterten die Musicbox, sangen zu den Schlagern, die wir alle

schon auswendig im Kopf hatten, lachten, griffen den Serviererinnen unter die Röcke, bekamen dabei steife Glieder und torkelten am Abend in einer gleichmäßigen Dumpfheit in verschiedene Richtungen auseinander, so daß ich mir sagen mußte, da gehts auf keinen Fall weiter, da steht alles still.

Tatsächlich geschah auf der Arbeiterseite nichts. In den Betrieben herrschte die von den Bauern übernommene Dienstbotenhierarchie, Arbeiter treiben Arbeiter an, wer sich nicht treiben läßt, ist faul, taugt zu nichts, wird auf die Stunde gekündigt. Das geht vielleicht einige Male, dann muß er die Ortschaft wechseln. Ich hatte mein Leiden mit einem Vorarbeiter, der schon von weitem auf die Werkstatt zukrawallte. Im Glauben, den Lärm dämpfen zu können, lief ich in den Keller hinunter und versteckte mich, hielt es aber nicht lange aus, weil der Vorarbeiter oben so laut durch die Werkstatt schrie, daß mich sein Geschrei auch im Keller überall erreichte. Da half dann nichts als hinauflaufen, schreien und die lauteste Maschine einschalten und schreien, was er denn schon wieder braucht?! Immer war dieser Trotteel irgendwo verbunden, bald ein gequetschter Finger, bald ein aufgeschundenes Schienbein, bald eine gebrochene Zehe, daß man glauben hätte können, der Körper müßte ihm irgendwann den Dienst versagen, aber wahrscheinlich war der Körper vom Geschrei schon so abgestumpft, daß er Verletzungen nur wahrnahm, wenn ihm andere davon Mitteilung machten. Sein Chef lobte ihn natürlich, Matthias ist weit und breit der Tüchtigste, ohne Matthias könnte ich das Unternehmen zusperren, er sagte nie, das Unternehmen verkaufen, immer nur, das Unternehmen zusperren – einmal sagte er sogar, ohne Matthias könnte ich mich aufhängen, aber eines Tages gab es einen kurzen Wortwechsel, bei dem der Vorarbeiter Matthias in Anwesenheit der anderen Arbeiter aus der Schule plauderte. Da sagte der Unternehmer, der Matthias ist tüchtig, das muß man ihm lassen, aber auch unüberlegt und das, sagte er kopfschüttelnd, geht in der heutigen Zeit nicht mehr. Danach sah und hörte ich von Matthias nichts mehr. Ein anderer kam und ersetzte ihn.

Der Mensch, das höchste aller Lebewesen, im Stumpfsinn zu Stumpfsinn erzeugt, sagte Otto Irder, ist unersetzbar und von unermeßlichem Wert. Das denke er, wenn er in der Früh das Haus verlasse und zum Bahnhof gehe. Dort stoße er jedesmal auf eine fröhliche Gesellschaft: Wir begrüßen uns und erkundigen uns gegenseitig, wie wir die Nacht verbracht haben, ob allein im süßen Schlaf oder in zahlreich aufeinanderfolgenden Umarmungen mit der Geliebten? So vertreiben wir uns, gemütlich plaudernd und scherzend, die Zeit, schöpfen unsere Lungen voll mit frischer Luft, ohne auch nur einen Augenblick den Eindruck zu haben, auf etwas zu warten. Und im Zug ist die Heiterkeit eine noch größere. Überall sitzen fröhliche Menschen, bieten Plätze an, sind wohlriechend, daß es eine Freude ist, sich zu ihnen zu setzen. Karten werden schon lang keine mehr gezwickt. Das würde unsere Unterhaltung nur stören.
Und Jause, fragte ich, was hast du für eine Jause mit?
Jause? Fragte er empört, wozu brauche ich eine Jause? Glaubt ihr denn, ich verlasse in der Früh das Haus, damit ich mir eine Jause mitnehmen kann? Ich steh doch nicht in der Früh auf, richte mir eine Jause her, damit ich mit einer Jause zum Bahnhof gehen kann. Ich und mir eine Jause herrichten, soweit müßte es noch kommen.
Du kannst ja, sagte Herbert Irder, deine Mutter wekken.
Wozu, schrie Otto, soll ich meine Mutter aufwecken?
Damit sie dir ein Frühstück macht und eine Jause herrichtet, sagte ich, du mußt doch etwas zu essen haben, du kannst doch nicht ohne Essen zum Bahnhof gehen und den ganzen Tag ohne Essen sein. Das ist doch ein Miß-

stand, wenn du den ganzen Tag ohne Essen bist.
Ich bin nicht ohne Essen, wehrte sich Otto.
Aber wenn du dir kein Frühstück machst und dir keine Jause herrichtest und dir von der Mutter kein Frühstück machen und keine Jause herrichten läßt, entgegnete Herbert, dann gehst du ohne Jause zum Bahnhof und bist den ganzen Tag ohne Essen. Ach so, sagte Otto. Ihr glaubt wohl immer noch, daß mein Vater mich gezeugt hat, damit mir meine Mutter schon in aller Früh das Frühstück machen und eine Jause herrichten kann? Das würde euch so passen. Mein Vater hat ganz genau gewußt, als er mich gezeugt hat, daß es solche Zustände nicht mehr geben wird. Nein, mein Vater und meine Mutter haben genau gewußt, daß ich mein Leben in einer fröhlichen Gesellschaft zubringen werde. Nur deshalb haben sie mich gezeugt. Ich gehe in der Früh aus dem Haus und begegne auf dem Bahnhof einer fröhlichen Gesellschaft, und ich begebe mich in den Zug und befinde mich abermals in fröhlicher Gesellschaft.
Aber wie kannst du fröhlich sein, fragte Herbert, wenn du ohne Jause im Zug sitzt und weißt, daß du den ganzen Tag ohne Essen bist?
Auf der ganzen Fahrt, fuhr Otto fort, durchdringt mich die Heiterkeit. Wir lachen und scherzen mit den Zu- und Aussteigenden, wechseln zwischendurch unsere Plätze, nicht aus Furcht, unsere Unterhaltung könnte ins Stokken geraten, nein, aus purer Zuneigung. Und ich geh vom Bahnhof weg und ergötze mich aufs neue an der Landschaft, denn sie ist frei von jeglicher Unterdrückung...
Hörst du dabei auch deinen Magen knurren? fragte ich.
Ich kann sie schauen und atmen. Freund und Feind liegen nebeneinander unter der Erde. Wir brauchen das Gebein der Feinde nicht mehr zu hassen, denn die Feinde sind gerächt.
Wie? fragte ich.
Erschossen, sagte Otto, mein Vater und seine Freunde

haben sie erschossen, bald nach meiner Geburt haben mein Vater und seine Freunde auf sie geschossen.
Und warum? fragte Herbert.
Aha! sagte Otto, das versteht ihr wieder nicht. Warum wohl?
Hätten mein Vater und seine Freunde nicht geschossen, wäre ich heute ein armseliger Arbeiter und müßte mich von früh bis spät anderen Menschen unterordnen, müßte schweigend in einem stinkenden Zug sitzen und vor mich hindösen, müßte auf das unsinnigste mein Leben zubringen. Deswegen haben mein Vater und seine Freunde bald nach meiner Geburt auf diejenigen geschossen, die sich mit Waffen geweigert hatten, einen menschenfeindlichen Zustand aufzugeben. Deswegen kann ich heute mit ruhigem Gewissen einer uns allen nützlichen Tätigkeit nachgehen.
Aber du hast keinen Vater mehr, sagte Herbert.
Besser einen guten Toten zum Vater als lebenslänglich einen stumpfsinnigen Lebendigen, mit dem ich ja doch nur die Stumpfsinnigkeit gemeinsam habe.
Das mit dem Totengebein, sagte ich, hast du das letzte Mal anders erzählt.
Nein, sagte Otto, wir haben ausgemacht, uns nicht in Einzelheiten zu verlieren. Jetzt erzählst du uns deine Geschichte.
Es ist, fing ich an, schon lange allgemein bekannt, daß der Mensch ein vernunftbegabtes Wesen ist. Mein Großvater war ein solches Wesen. Durch harte Kinderarbeit hatte er schon in frühen Jahren erkannt, daß das Tal von großer Menschenfeindlichkeit beherrscht ist. Von Tag zu Tag reifte in ihm der Entschluß, dieser Menschenfeindlichkeit das Messer anzusetzen. Er studierte als junger Knecht die ausgekochten Unterdrückungsmethoden seiner Gegner und benützte seine Freizeit, um mit den Dienstboten in der Umgebung ihre mißliche Lage zu besprechen. Wegen seines niedrigen Ranges hatte er es

schwer, denn er mußte ständig damit rechnen, verraten und mit Schimpf und Schande vom Hof und aus dem Dorf gejagt zu werden. Aber er sagte sich, es ist besser in der freien Natur zu krepieren, als in der freien Natur sich für andere zu Tode zu arbeiten. Diese Erkenntnis trug er stets mit sich herum, sie half ihm, immer neuen Mut zu schöpfen und sogar die härtesten Arbeiten mit einem Hauch von Heiterkeit zu verrichten, und sie ließ ihn auch nicht müde werden, er war nach der Arbeit so frisch wie in der Früh. Die Kost, die magere, mit der er am liebsten den Bauern erstickt hätte, aß er mit Genugtuung. Er legte weite Fußmärsche zurück, über das Land, das er liebte, zu Menschen, die er liebte. In der Nacht und an Feiertagen liebte er sie. Die Tage, die nicht ihm gehörten, benützte er, um seinen Verstand zu schärfen. Immer mehr Anhänger schlossen sich ihm an und durchkreuzten ebenfalls nach der Arbeit das Land, dann kam dieser Sommermorgen, an dem mein Großvater nach dem Frühstück mit einem weißen Leintuch auf das Hausdach stieg und, während er es befestigte, sah, wie rundherum auf den Hausdächern ebenfalls weiße Leintücher gehißt wurden. Seit diesem Tag gibt es in der ganzen Umgebung auf den Bauernhöfen keine Kinderarbeit mehr. Es hat kaum Tote gegeben, weil die Bauern selber zu feig waren, Widerstand zu leisten. Die meisten versteckten sich oder winselten um ihr Leben, weil sie wußten, was sie bis zu diesem Tag den Kindern und Dienstboten angetan hatten. Aber mein Großvater und seine Freunde hatten vorher beschlossen, daß selbst der größte Menschenfeind, wenn er sich fügt, nicht getötet werden darf. Mein Großvater und seine Freunde haben auch gesagt, daß es immer wieder welche geben wird, die versuchen werden, sich durch die Arbeit anderer Menschen zu bereichern, die sich einreden, sie wären besser als die anderen.
Aber warum lacht ihr nicht? fragte ich.
Wir haben doch ausgemacht, wer als erster lacht, muß für

die Zeche aufkommen. Wenn keiner lacht, muß jeder für sich die Zeche bezahlen. Jetzt bist du dran, sagte ich zu Herbert, jetzt mußt du uns deine Geschichte erzählen.
Er überlegte eine Weile und sagte, ihr habt euch sicher schon gewundert, warum mein Vater, der Landarzt, in letzter Zeit volksfreundliche Züge hat erkennen lassen.
Otto nickte heftig mit dem Kopf und sagte, durchaus volksfreundliche Züge, das muß man ihm lassen.
Ja, sagte ich ebenfalls kopfnickend, von diesem Wandel ist in letzter Zeit oft die Rede.
Das will ich meinen, schließlich hat die Bevölkerung viel Geduld aufbringen müssen, fuhr Herbert fort, denn er hat von seinem Vater nicht nur die Praxis übernommen, sondern auch den Kopf, die Einstellung zur Bevölkerung.
Wie ihr wahrscheinlich wißt, haben meine Geschwister und ich, während ihr euch die Spielplätze aussuchen konntet, stets unter der Aufsicht eines dummen Frauenzimmers nur innerhalb der Gartenmauer spielen dürfen.
Während ihr schwätzend, plaudernd den Schulweg zurücklegtet, wurden wir, beaufsichtigt von unserem Frauenzimmer, zur Schule gebracht. Das war beim Großvater so. Das war beim Vater so. In der Schule saßen wir dann neben euch und waren in den Pausen darauf angewiesen, daß sich eine Lehrperson unser annahm. Während ihr euch die Tage frei gestalten konntet, durchlebten wir auswendig gelernte Tage. Das Frühstück war jeden Morgen die gleiche Zeremonie. Wie der Großvater bestand auch der Vater auf dem Tragen von Morgenröcken.
Lange kämpften wir Kinder nur darum, nicht in Morgenröcken frühstücken zu müssen.
Aber die Verhältnisse, unterbrach ihn Otto, kannte die dein Vater?
Zähl uns die Todesfälle auf, die frühzeitigen, sagte ich.
Geht nicht, sagte Otto, da hätten mein Vater und dein Großvater umsonst gekämpft. Verbrechen gibt es nur, solang es einzelne Familien gibt, die schweigen müssen,

weil sie ja nicht wissen, wann es sie wieder trifft. Ein Kollektiv schließt diese Verbrechen aus.
Kollektive, sagte Herbert, haben meinem Vater, dem Landarzt, viel Kummer bereitet. Das Haus und den Garten verließ er nur, wenn er gerufen wurde oder mit dem Wagen in eine der Hauptstädte davonflitzte, um sich bei Freunden oder einem Konzert zu erholen. Stundenlang ging er im Wohnzimmer auf und ab und protestierte gegen das Kollektiv, und sobald ein Anführer zu ihm in die Ordination kam, nützte er die Gelegenheit, ihn zu martern.
Aber erzähl uns von seinem Wandel, sagte Otto, von den volksfreundlichen Zügen, von denen in letzter Zeit soviel die Rede ist. In Pension sei er gegangen, sagte Herbert, stand auf und brach in Gelächter aus.
Diese Geschichten waren unsere Wirtshausunterhaltungen.
Wir entwickelten sie gemeinsam oder dachten sie uns aus, während wir voneinander getrennt die verschiedensten Arbeiten verrichteten. Die Bitterkeit, die viele hatte verstummen lassen, war in uns noch nicht anwesend. Wir waren jung und geübt im Überwinden, ich am meisten, Otto weniger, Herbert am wenigsten, weil er es nicht nötig hatte, sich wie irgendein junger Arbeiter auszusetzen. Das verübelte man ihm auch gelegentlich. Otto und ich herrschten ihn deswegen oft an, arbeite endlich schwerer! du Hund! In langen, komplizierten Diskussionen führten wir ihm vor, daß die Bevölkerung sehr wohl berechtigt sei, ihn mitzuruinieren, schließlich duldeten die Regierungen ja auch, daß sich die Bevölkerung ruiniert, oder schafften der Bevölkerung sogar an, andere Völker niederzumachen. Nur ein Unternehmer, sagte Otto, hat das Recht, im Keller Romanhefte zu lesen und zu sagen, wer faul ist, weil der Unternehmer durch den Besitz gesichert ist. Und komm mir ja nicht auf die Idee, einen Unternehmer zu verachten. Der Unternehmer ist genauso ein

Mensch wie du. Auch im Unternehmer pumpt ein Herz das Blut durch den Körper, und er atmet wie du und stirbt. Und je mehr Unternehmer sterben, fuhr ich fort, um so mehr Erben. Dann gehst du halt zu einem der Erben. Sterben die Alten, bleiben uns die Erben erhalten. Dann mußte Herbert sagen, das Schöne an den privaten Unternehmen sei, daß sie sich stets vermehren. So habe er von Jahr zu Jahr eine größere Anzahl, ihnen dabei behilflich zu sein. Nur gehe er ungern an einem Unternehmen vorbei, weil er immer Angst habe, die Unternehmerfamilie könnte herauslaufen und ihm das Unternehmen schenken. Der Großkaufmann war eines unserer Lieblingsthemen. Dieser alles überschreitende Mensch regte uns an. Wir ersetzten die eingeschüchterten Verkäuferinnen durch andere, der Großkaufmann durchschreitet die Verkaufsräume, denkt an seine Bauten, denkt an Spekulationen, spricht mit den ersten Kundschaften, herrscht quer durch den Raum eine Verkäuferin an, diese lächelt und sagt, ich versteh nicht, den Großkaufmann durchzuckt es. Er glaubt, er sieht nicht richtig. Die Verkäuferin wird nicht rot? Die Verkäuferin läuft nicht, sie lächelt und schaut ihn ruhig an. Der Großkaufmann brüllt, brüllt alle Verkäuferinnen an, wird blau und rot vor Zorn. Auch die herumstehenden Kundschaften, die sich an die alten Vorgänge schon wie an ein Bachrauschen gewöhnt haben, schauen plötzlich scheu. In seiner Wut kündigt der Großkaufmann einer lächelnden Verkäuferin auf der Stelle und will sie aus dem Geschäft jagen. Dann sieht er plötzlich, wie alle langsam ihre Dienstkittel aufknöpfen, verzweifelt reißt es ihn hin und her, er brüllt und gebietet allen Verkäuferinnen Einhalt, er verbietet ihnen das Ausziehen der Arbeitskleidung. Die Verkäuferinnen lachen ihn aus, lassen die Arbeitskleidung von sich fallen und gehen auf den Ausgang zu. Geistesgegenwärtig stürzt der Großkaufmann zur Glastür, macht sie zu, dreht den Schlüssel um, steckt ihn ein, sieht plötzlich auf dem Gehsteig einen Arbeitskittel liegen und andere Verkäuferinnen gehen. Verzweifelt rennt er von einer Abteilung in die andere, seine Frau rennt ihm entgegen, schlägt die Hände überm Kopf zusammen, er brüllt sie an. Aus allen Abteilungen gehen die Verkäuferinnen hinaus auf die Straße, reden und lachen miteinander. Der Großkaufmann und seine Frau stürzen ihnen nach. Der Großkaufmann nimmt die Kündigung zurück und bittet die Verkäuferinnen, Vernunft anzunehmen und zurückzukehren. Draußen läuft bereits das Volk zusammen, weil die Leute glauben, beim Großkaufmann sei ein Brand ausgebrochen. Der Großkaufmann sieht das und droht schnell mit einer Lohnerhöhung, um die Verkäuferinnen wieder in die Abteilungen zurückzulocken, die Verkäuferinnen aber kennen den Großkaufmann und wissen, daß sie auf der Straße verhandeln müssen.

An dieser Version arbeiteten wir lange. Eine andere Version war die Entführung des Großkaufmanns, die Otto behauptete geträumt zu haben. Nach dieser Version wurde der Großkaufmann mit verklebtem Mund, im Kofferraum liegend, in eine andere Landschaft verfrachtet, wo er sich mit verbundenen Augen bei Brot und Wasser jeden Menschen, den er beschäftigt hatte, einzeln in Erinnerung rufen mußte. Diese Version wurde von uns allerdings bald wieder verworfen, weil sie mit einem Genickschuß endete.

Dann hörten wir wieder rülpsende Männer mit überquellenden Augen. In den Köpfen gab es das Tausendjährige Reich noch immer, in den Wirtshäusern quoll es aus den Mäulern, Schilderungen, die davon berichteten, wie das Opfer umgebracht wurde, in einem Stall, in einem Kellerraum, denn was der Mörder da privat machte, durfte nicht einmal das Tausendjährige Reich erfahren, aber nach Jahrzehnten konnten sich die Mörder wieder an die Öffentlichkeit wenden.

Ein elfjähriges ukrainisches Mädchen mußte ich mir immer wieder schreiend mit zerfetztem Unterleib denken, und der Täter war ein Bekannter, denn er hatte diese Geschichte in meiner Anwesenheit erzählt, und ich war kaum älter als die Schreiende. Als Kind war ich oft Zuhörer. Den Dreck, den Heimgekehrte mit sich herumschleppten, trichterte man mir ein. Und nun begegnete ich diesen Erzählern auch in den Wirtshäusern. Und ich sah in den Wirtshäusern nie jemanden aufstehen, Wirte, die mit Lokalverboten sonst nicht zimperlich waren, hörten in diesem Fall zu. Die Gegner waren wahrscheinlich nicht anwesend. Die Kinoleinwand war andauernd voll mit diesem Kriegsgewimmel, Geschrei, Gejammer, Getorkel, vermischt mit fremden Landschaften. Das Tausendjährige Reich gab es offiziell nicht mehr, aber die Filmproduzenten durften es uns zeigen, durften das Wort Feind gebrauchen, durften sich in unsere Vorstellungen einmischen. Natürlich war das heimgekehrte deutsche Volk berechtigt, uns, die wir noch im Tausendjährigen Reich oder nach der Schließung des Tausendjährigen Reiches auf die Welt gekommen waren oder kommen mußten, zu erziehen. Es ist wichtig, belehrten Otto und ich unseren faulen Freund, daß dir unsere Heimgekehrten immer wieder sagen, daß sie weite Fußmärsche zurückgelegt haben, daß sie dir immer wieder erzählen, wo sie gewesen sind. Du mußt auf sie hören! Merk dir endlich, herrschten wir ihn oft an, wo sie überall gewesen sind! Wir belehrten ihn, daß sowohl die österreichische als auch die deutsche Bevölkerung nach Jahrzehnten immer noch das Recht hat, ihn daran zu erinnern, daß man ihn im Tausendjährigen Reich aus dem deutschen Volk hätte entfernen lassen. Du wärst in ein Arbeitslager gekommen. Tatsächlich bluteten vielen Leuten die Herzen, wenn sie sahen, wie Herbert an einem Wochentag auf einer Bank saß. Sie mußten an ihm vorbeigehen, und sein Sitzen verfolgte sie. Strengte ihre

Einheitsgehirne an. Selbst Josef Bruckmann, der den Leuten viel voraus hatte, kam oft stöhnend in die Werkstatt: der eine von deinen Freunden sitzt schon wieder auf der Bank. Er ging kopfschüttelnd in der Werkstatt auf und ab und wurde vor lauter Entsetzen meistens so müde, daß er sich selber in die Untätigkeit zurückziehen mußte. Zusammen mit einer Serviererin hielten wir über ihn Gericht und verurteilten ihn zu einem Hausbau auf der Schattseite: sollte dir aber einfallen, dich zu weigern, wirst du an die Friedhofsmauer gestellt und erschossen.

In der Berufsschule lernte ich das Wort Arbeitsgericht. An die Anwendung dachte ich und dachten andere, aber wer einen solchen Schritt unternimmt, kann sich danach seine Existenz an den Hut stecken. Meine Kinder, sagte mir der Bauhilfsarbeiter Felix Rainer, kann ich die Berufe, die sie lernen wollen, gar nicht lernen lassen, weil ich sie nicht ausliefere. Ich bringe meine Kinder nur dort unter, wo ich mir ganz sicher bin, daß man sie mir nicht ruiniert. Aber solche Arbeitsplätze ausfindig zu machen, ist schwer. Was ein Arbeiter wissen muß, sagte er, will man anscheinend nicht hören, und es ist ganz einfach, solang wir Arbeiter uns nicht einig sind, daß nur wir selber unser Los ändern können, torkeln wir immer wieder in den Hunger. Die Kapitalisten putschen uns auf, entreißen uns die Güter, die wir selber machen, verkaufen sie uns teuer, und wenn das nicht mehr geht, entlassen sie uns, wie sie es früher schon gemacht haben. Felix Rainer war einer von denen, die jetzt den Mund halten mußten, weil er sich rundherum verraten sah. Wir saßen in dem Wirtshaus, in dem sich die neuen Unternehmer in der vergangenen Nacht mit geladenen Gästen zu einem Ball zusammengefunden hatten. Felix Rainer nannte diesen Ball die Firstfeier der neuen Ausbeuterklasse. Er fragte mich, als wir gingen, was ich nach der Facharbeiterprüfung vorhabe? Ich erzählte ihm von meinen Auswanderungsplänen. Ja, sagte er seufzend, das ist schlimm. Kaum strampelt sich einer los, ist es für ihn nicht mehr zum Aushalten, weil alles so starr ist. Aber ich muß bleiben. Ich habe, wie du weißt, eine große Familie, die lasse ich mir nicht auseinandertreiben. Felix Rainer sprach um eine Spur ruhiger, als ich seine Stimme in Erinnerung hatte. Mir war recht sonderbar zumute. Elf Jahre sehe ich diesen Menschen hunderttausendmal, und ein, zwei Jahre später höre ich ihn zum ersten Mal reden, und ich kann mir plötzlich vorstellen, warum er immer geschwiegen hat. Das Weggehenmüssen, sagte er, muß aufhören. Er blieb stehen, zeigte herum und sagte, kannst du dir die vielen Menschen, die von da weggehen mußten, vorstellen? Ich konnte ihm keine Zahl nennen. Diese Menschen müssen sich auf Gedeih und Verderb aussetzen. Ihre Bewährung ist arbeiten. Dann stell dir vor, welche riesigen Profite aus diesen Menschen geschlagen werden. Das hört erst auf, wenn wir uns nicht mehr auseinandertreiben lassen. Das sagte er ohne Begeisterung. Ich ging noch ein Stück mit ihm, ich hätte ihn gerne bis zu seinem Haus begleitet, gleichgültig, ob schweigend, redend oder zuhörend, aber vor uns tauchte eine von dummen Weibern bewohnte Siedlung auf, in deren Nähe ich erst gar nicht kommen wollte. Auf dem Rückweg begegnete ich einem jungen Bergbauern, der mir begeistert von einer landwirtschaftlichen Schulung erzählte. Ich sagte ihm, daß mich alles, was von offizieller Seite gemacht werde, nicht interessiere. Im Weitergehen fiel mir wieder ein, daß mir Helene gesagt hatte, man muß aufpassen, man muß den Staat studieren, bevor man sich auf eines seiner Angebote einläßt. Ich ging schnell ins Haus zurück, aß und hörte dem Alten zu, der an diesem Morgen früher als sonst das Haus verlassen hatte und nun vom Verlauf des Unternehmerballs zu berichten wußte.

Schnee.
Weihnachten.
Ein Bergbauernsohn weniger.
Selbstmord nach einem Lokalbesuch. Zuerst fährt er ins Ausland, arbeitet, ißt und schläft in einer Hütte, spart, kauft sich ein Auto. Wir gingen hinter dem Sarg her. Musik. Feuerwehr. Ansprachen. Wir froren in den Schuhen. Wir standen zwischen Gräbern im Schnee. Vielc standen um das frisch ausgehobene Grab herum im Schnee. Ich sah ihn in der Schule sitzen, sah einen Teil seines Schulwegs. Diesen Schulweg fährt er einige Male mit dem Auto ab, fährt das Auto in die Garage, macht das Tor zu, setzt sich wieder ins Auto, läßt den Motor laufen und bleibt sitzen. Der Sarg verschwand schnell. Das Grab war auch schnell zugeschaufelt. Im Wirtshaus wußte man noch immer nicht, was mit dem hinterlassenen Auto geschehen würde. Man errechnete, daß auch erspartes Geld vorhanden sein müßte. Ein junger Arbeiter sagte, Wirtshaus Arbeitsplatz Bett, recht viel mehr habe ich nicht, ob ich morgen unten bin oder noch heroben, was ist da schon für ein Unterschied. Wir traten hinaus in frische, beißende Luft. Das stimmt nicht, sagte ich, weil unsere Anfänge nicht stimmen, wir hätten leichtere Anfänge gebraucht, so aber erinnert alles an Arbeit. Wir nannten uns gegenseitig hochfrisierte Arbeitsmaschinen. Tatsächlich verband uns nichts als die Arbeit, die uns trennte. Kaum saß ich untätig da, ließ es mir keine Ruhe. Die anderen waren schon geübt, in ihrer Freizeit ihre Körper innen zu tilgen. Mir war dieser Weg versperrt. Ich mußte mich beschäftigen. Ich suchte nach einem anderen Leben, einem Leben ohne Einteilung. Ich wollte nicht in die Werkstatt gehen, weil es sieben ist, sondern weil jemand da ist und mich braucht, was steh ich vom Tisch auf, nur weil an der Wand eine Uhr hängt.

Ein großer Tag für die Faschisten ist die Musterung. Sie

waren schon früh auf den Beinen, summten Militärlieder vor sich hin. Ich war überrascht von der plötzlichen Zuneigung, der ich, als ich mich zum Bahnhof begab, überall begegnete. Wahrscheinlich sahen mich der eine und der andere schon in einem Schützengraben liegen. Eine Aufregung herrschte. Ich füllte das Prüfglas mit Urin. Innerhalb weniger Minuten war ich für tauglich erklärt und hatte somit Anspruch auf ein Gratisessen mit dem Bürgermeister. Die Untauglichen mußten abhauen, schauen, daß sie so schnell wie möglich nach Hause kamen, um den Befragungen nicht ausgesetzt zu sein, dem Kann-man-halt-nichts-Machen, mach dir nichts draus, deswegen bist du auch ein Mensch. Unsere Körper wurden freudig empfangen, so mancher Faschist konnte sich nicht sattsehen. Einer führte uns bereits den Stechschritt vor, nahm eine schöne stramme Körperhaltung an, Vorlage und patsch patsch ging er vor uns über die Straße, machte eine Kehrtwendung und ging patsch patsch zurück. Ohne Unterschied zahlte man uns Getränke, bot uns über Gartenzäune Schnäpse an, gleichgültig, wer in dem Körper steckte. Der taugliche Körper war alles.

Ein Deutscher weigert sich, seinen Mercedes ein Stück zurückzufahren. Tausende von Kilometern fahre ich nach vorne, aber zurück keinen Schritt. Er mußte aber zurückfahren, und er tat dies so kräftig, daß er dabei einen Gartenzaun durchstieß und sich danach wütend aus dem Mercedes auf weiche Gartenerde begab.
Da saßen sie, die deutschen Touristen, und ließen sich Geschichten erzählen. Da saßen sie dicht beisammen, unter sich, in einem großen Saal. Vorn auf der Bühne gibt es weiße Stutzen, weiße Hemden, Lederhosen, weiße Blusen, Röcke, die sich heben, wenn sich ihre Trägerinnen drehen, Musik, das Licht wechselt, gespielt werden Holzknechte und Knappen, grotesk; wer auf die Idee gekommen war, die ohnehin leicht zu unterhaltenden

Deutschen zusätzlich aufzuheitern, wußten wir nicht. Wir wußten nur, daß die Saison wieder angefangen hatte. Wir saßen nicht in den Gemeinden, wir standen hinten am Saaleingang und wußten uns mit dem deutschen Gelächter nicht zu helfen. Die Deutschen konnten lachen, denn in Österreich wurden sie nicht auf die gemeinsame Vergangenheit angesprochen, in Österreich unterhielt man sie, spielte ihnen auf. Dieses Lachen konnten wir nicht lachen, aber wir hörten es, wir hörten es von weitem, bis spät in die Nacht. In Frankreich, Italien, Polen, Holland, Dänemark, Finnland, England, fast auf der ganzen Welt hatten die deutschen Kriegshelden Lachverbot, nur bei uns nicht, bei uns durften sie lachen und reden. An Fleisch hatten sie, wie mir schien, zugenommen. Fremd kamen sie mir oft vor. Auf der Kinoleinwand waren sie ausgehungert, grau und wortkarg. Auf der Kinoleinwand sah man ihnen die Schuld an, da lachten sie nicht. Und auf einmal kommen sie in Scharen und lachen dieses deutsche Lachen. Trink trink Brüderlein trink, lasse die Sorgen zu Haus, weht der Wind so frisch durch den schönen Buchenwald.
Die deutschen Touristen brachten Schwung in die Wirtschaft. Bänke wurden gezimmert. Wege wurden asphaltiert. Straßen wurden gebaut. Große Speisesäle wurden entworfen. In den Köpfen einiger Architekten entstand ein alpenländischer Stil. Alles, was irgendwie an früher erinnerte, wurde aus den Häusern herausgerissen. Stöße von Versandhauskatalogen wurden von den Briefträgern in die Haushalte geschleppt. Wußten Bauern noch von einer Zeit zu berichten, in der viele im Sommer bis zum Friedhofseingang barfuß gegangen waren und auf dem Heimweg Mehlsäcke getragen hatten, sprachen andere bereits über ausländische Produktionsverfahren. Man sprach nach wie vor von einem Dorf, von einer Gemeinde, aber es gab das Dorf schon lange nicht mehr. Das Wort Dorf stimmte nicht mehr. Ja, ich erinnerte mich,

daß ich mir von Haudorf aus oft gedacht hatte, morgen läufst du ins Dorf, morgen sitzt du in der Schule und schaust dir das Dorf an, und jetzt steh ich mitten im Dorf und komme mir wie ein fremder Mensch vor. Das kann es doch in einem Dorf nicht geben. Aber ist das nicht der Dorfbach, der da fließt? Ist die Brücke, auf der ich stehe, nicht die mittlere Dorfbrücke? Ist der Brunnen da unten nicht der Dorfbrunnen? War der Mensch, der vor fünf Minuten hinter einem Pensionisten ins Wirtshaus gegangen ist, nicht der Dorfschmied? Es gibt den Gemeinderat, die Gemeinderatssitzungen, den Gemeinderatsbeschluß, einen Pfarrhof, eine Kirche, einen Pfarrkirchenrat, einen Kirchplatz und einen Dorfplatz, Wirtshäuser, die Erinnerung an das Dorf, aber das Dorf selber existiert nur mehr als Entwicklungshindernis. Der Pfarrer versucht nach wie vor, die Dorfbewohner und die Menschen aus der Umgebung in die Kirche zu locken, und nach wie vor gehen oder fahren am Sonntag Menschen aus allen Richtungen auf die Kirche zu, aber hinein gehen immer weniger. Bauernkinder, Frauen und Bauern. Ich stehe gern neben der Friedhofsmauer und höre, wie drinnen der Pfarrer über uns heraußen tobt. In sechs Wirtshäusern sitzt männliche Bevölkerung, auf fünf oder sechs verschiedenen Plätzen gehen Männer aufeinander zu und sprechen einander an. Die Besitzenden treffen sich nach wie vor auf dem Kirchplatz. Es ist ein zerrissenes Dorf. Das Fremdenverkehrsbüro ist jetzt heilig. Die Fremden sind jetzt unsere Götter. Hatten sich Arbeiter und Dienstboten früher Tischgebeten Kirchgängen Ohrenbeichten unterwerfen müssen, konnte sich der besitzlose Einheimische jetzt durchs Dorf schleichen.
Kaum fing die Saison an, wurde das einheimische Personal in den Wirtshäusern bissig. Wollte man sich einen Rausch ansaufen, so mußte man sich zuerst einmal fragen: wann und wo kann ich mir überhaupt einen Rausch ansaufen. Ein Wirtshaus gab es, in dem man noch in

Ruhe ein Glas Bier oder Wein austrinken und auch selber bestimmen konnte, wieviel man trank. Josef Bruckmann erzählte mir manchmal von einem Kaffeehaus, in dem er den ganzen Nachmittag Zeitung lesen konnte, ohne danach angeheitert oder betrunken heimgehen zu müssen. Ein solches Kaffeehaus gab es da nirgends, ein Kaffeehaus, in dem man Zeitungen lesen konnte, gab es nicht. Wollte man im Kaffeehaus Zeitungen lesen, mußte man zuerst in die Trafik gehen, dort sich Zeitungen kaufen und die Zeitungen ins Kaffeehaus tragen, aber im Kaffeehaus konnte man sie als Einheimischer wieder nicht lesen. Im Kaffeehaus mußte man trinken, eine Zeche machen, wie man in fast allen Wirtshäusern zechen mußte. Man will unter die Leute gehen, weil man mit den Leuten lebt, weil einem die Leute sagen, laß dich wieder einmal anschauen, aber kaum ist man unter den Leuten, muß man mit den Leuten trinken, und es ist gleichgültig, ob es ein Dienstagabend oder ein Sonntagvormittag ist.

Ich wache auf, denk mir: Sonnenschein, Vogelgezwitscher, wird in der Umgebung ein Feld niedergemäht? Das sind doch Mähgeräusche, natürlich, ich höre Mähgeräusche, ich steh auf, zieh mich an, geh durch das obere Vorhaus und betrete den Balkon, um festzustellen, wer heute ein Feld niedermäht; gibt es Wolken? Ich schaue, ob es Wolken gibt, vom Balkon aus sehe ich keine einzige Wolke, aber auch keinen Traktor, nur Gras Zäune Häuser Holzhütten Gärten Sträucher Erlen Wald Felsen Almen, der Balkon ist sauber, Ada ist wahrscheinlich noch gar nicht auf dem Abort gewesen, der ganze Balkon und auch der Abort ist sauber, was mache ich? bleibe ich da oder gehe ich weg? zahlt es sich aus, daß ich weggehe? Weggehen, denke ich, geh weg, es kann sein, daß du eine Eroberung machst, du weißt nicht, ob du heute eine lebensentscheidende Eroberung machst, also waschen, rasieren, frühstücken, ich schau auf die Uhr und denk mir, bis zur Wandlung bist du beim Friedhof, das Haus ist angenehm kühl, gibt es etwas Neues, frage ich in der Küche. Ich höre von Helene, daß in der Nacht ein junger Mensch tödlich verunglückt ist. Mit dem Motorrad oder mit dem Auto? frage ich und höre, daß der junge Mensch mit dem Auto tödlich verunglückt ist. Kenne ich ihn? Bin ich diesem Menschen begegnet? Ich seife mir das Gesicht ein und denke nach, wie der junge Mensch ausgeschaut haben kann. Blondes, gewelltes Haar, höre ich. Ich stelle den Rasierpinsel auf das Fensterbrett und versuche, mir einen jungen Menschen mit blondem, gewellten Haar vorzustellen, sage mir aber, was hilft das, der junge Mensch ist ja tot, den gibt es nicht mehr, du brauchst dir diesen Menschen nicht vorzustellen. Wie alt, frage ich. Keine zwanzig, höre ich. Ich frage, ob der noch nicht zwanzig Jahre alte Mensch allein unterwegs gewesen ist. Nicht allein, höre ich. Ich schraube den Rasierapparat auf, denk mir, Rasierklingen brauchst du wieder. Ich befehle mir, vergiß nicht, dir Rasierklingen zu kaufen. Und wie viele, frage ich, waren noch im Auto? Vier, höre ich. Ich dreh mich um und sage, dann waren es insgesamt fünf. Sind die vier verletzt, liegen sie mit schweren Verletzungen im Spital? Mich interessiert plötzlich, ob sich der junge Mensch etwas gedacht haben kann. Ich sage, ich kann mich doch nicht in ein Auto setzen und mir nichts dabei denken. Ich sage, das ist doch nicht das erste Mal, daß ein junger Mensch in der Nacht tödlich verunglückt, es vergeht kaum eine Nacht von Samstag auf Sonntag ohne tödlichen Unfall, das wird ja schon bald zu einem Brauch. Die tödlichen Unfälle gehen mir schon lange auf die Nerven. Am Abend lege ich mich nieder und denke mir, hoffentlich gibt es in der Nacht keinen tödlichen Unfall, und in der Früh stehe ich auf und höre, daß schon wieder einer tödlich verunglückt ist, dann möchte ich am liebsten überhaupt nicht aus dem Haus gehen, weil mich das ganze Gerede von den tödlichen

Unfällen einfach langweilt. Ich drehe mich um, schaue in den Spiegel und überlege mir, ob es nicht vernünftiger ist, im Haus zu bleiben und zu lesen, etwas über Rußland. Warum gibts in Frankreich, in China, in Rußland eine Revolution, frage ich, an wem liegt es, daß es bei uns keine Revolution gibt. Helene geht hinaus und kommt mit einer Schüssel, stellt die Schüssel auf die Tafel und sagt, das habe ich mich oft gefragt. Kann man das nicht irgendwo lesen, frage ich. Kann man nicht, höre ich, und mir fällt plötzlich das Wort Klassik ein, ich muß endlich herausbekommen, was Klassik heißt, ich will aber nicht andauernd fragen. Ich frühstücke und denke, dieses Haus ist gut, in diesem Haus läßt es sich am Sonntag frühstükken, mit großer Genugtuung frühstücke ich, ich trinke Bohnenkaffee und esse Butterbrote. Der Papst, sage ich, ich möchte wissen, was der Papst in diesem Augenblick macht. Ich erzähle, daß ich tatsächlich einmal Angst gehabt habe, Papst werden zu müssen, und ich gehe hinauf in das Zimmer, hole meine Feiertagsschuhe unterm Bett hervor, ich sehe, daß sie nicht glänzen, ich muß sie glänzen, ich gehe so nicht hinaus, meine Feiertagsschuhe müssen spiegeln. Ich hole mir einen Lappen und glänze die Schuhe, bis sie spiegeln, wenn meine weißen Hemden schon nicht sauber sind, nicht ordentlich gebügelt sind, die Hosen nicht ordentlich gebügelt sind, sollen wenigstens die Schuhe spiegeln, und dieser verfluchte Schneider, ich sage ihm ausdrücklich, ich will einen Stoff, der sich aushängt. Die Bügelfalte, sage ich, muß halten. Und er sagt, acht bis neun Jahre ohne Bügeln. Und ich frage, wie lange hält dieser Stoff die Bügelfalte? Und er antwortet, acht bis neun Jahre, und weiß genau, daß ich keine vier Schritte gehe, und die Bügelfalte ist verschwunden. Er zählt mir Unternehmer auf, die bei ihm Anzüge machen lassen, und ich denk mir noch, das ist wahrscheinlich ein Trick, du liest mir aus dem Bestellblock Unternehmernamen vor, du brauchst Unternehmernamen, um mir einen guten Anzugstoff zu verkaufen, und ich sage, ist schon gut, weil ich die vielen Kinder sehe und mir sagen muß, die sind arm, tu etwas für diese Kinder, aber jetzt habe ich diesen Anzug und weiß, daß mich der Schneider mit voller Absicht reingelegt hat. Vom ersten Augenblick an, wie mich der Schneider auf sein kleines Haus zugehen gesehen hat, weiß ich jetzt, muß sich der Schneider gedacht haben, den lege ich rein; weil er genau weiß, daß ich ihm nicht ankann. Und wer macht das nicht, welches Geschäft kann ich betreten, ohne mir sagen zu müssen, die Freundlichkeit gilt meinem Geld, mein Geld wird gegrüßt, nicht Franz Holl, eigentlich dürfte ich in das Geschäft gar nicht hineingehen. Wer mein Geld will, soll mein Geld grüßen, aber mich nicht grüßen, um zu meinem Geld zu kommen. Ich binde mein Geld an eine Stange, halte die Stange in das Geschäft hinein, bis das Geld gegrüßt ist, und gehe dann nach und sage, was ich brauche. Auf der Brücke, denke ich, wird sicher vom tödlichen Autounfall gesprochen. Ich geh nicht über die Brücke. Ich geh den schmalen Weg. Auf dem schmalen Weg habe ich außerdem kaum schlechte Erfahrungen gemacht. Nein. Stimmt nicht. Ich mach mir schon wieder vor, ich wäre auf dem schmalen Weg keinen üblen Machenschaften begegnet. Ich bleibe stehen. Nach wem kann ich mich richten, frage ich mich. Ich geh weiter. Ich geh an bekannten Häusern vorbei. Es fängt an zu stinken. Ich rieche Schweinemist, halbverwestes Fleisch. Ich halte den Atem an. Ich sehe zwei große Reisebusse. Ich gehe über einen Platz auf Bekannte zu und sage gleich, daß mich der tödliche Autounfall nicht interessiert. Einer deutet zum Wirtshaus und sagt, gehen wir hinein, wir sind die ersten. Es ist aber früh, sage ich. Früh schon, sagt er, aber was willst du heraußen. Heraußen kostet es nichts, sage ich, aber während ich das sage, langweile ich mich schon und sage, mir ist es gleich, wenn du meinst, können wir auch hineingehen, aber zuerst mache ich noch einen Sprung in den Friedhof und schau, wer im Friedhof steht. Ich gehe in den Friedhof und frage: hat einer Otto Irder oder Herbert gesehen. Ja, sagt einer. Wo, frage ich. In ihren Hosen, sagt er. Ahso, sage ich, in ihren Hosen hast du sie gesehen, das höre ich zum ersten Mal. Ich geh auf den hinteren Kircheneingang zu, schiebe das schwere Tor auf, zwänge mich hinein, höre den Geistlichen schrein, ich sehe, daß er auf der Kanzel steht und schreit. Hörst du, sage ich halblaut zu einem jungen Bauern, wie er schreit? Ich schaue, sehe aber weder Otto noch Herbert. Eine frühere Schulkollegin schaut mich an. Ich weiß, wo sie wohnt, aber ich weiß nicht, wie ich an sie herankomme. Plötzlich zwickt mich jemand in das rechte Ohr. Ich drehe mich um und sehe, daß Leo dasteht. Ich gebe ihm die Hand und sage laut, gehen wir zum Gruber. Deswegen bin ich ja hereingekommen, sagt er. Wir gehen aus dem Friedhof hinaus und gehen mit Hans zum Gruber, und tatsächlich sind wir die ersten, die an diesem Sonntagvormittag zum Gruber gehen. Die Wirtstochter begrüßt uns freundlich. Sie bekommt keinen Mann. Hin und wieder wird sich einer zu ihr ins Bett legen, denke ich, aber zum Einheiraten reicht es nicht, keiner will in diese große Gastwirtschaft einheiraten. Was trinkt ihr, fragt sie. Was trinken wir, frage ich Hans und Leo. Leo sagt, trinken wir zunächst einmal ein Gläschen Bier. Bier ist in der Früh gut, sagt die Wirtstochter. Ahso, sage ich, du meinst, daß Bier in der Früh gut ist. Bier ist gesund, sagt die Wirtstochter, Bier richtet den Magen ein. Du Luder, denke ich, du willst uns das alte Bier verkaufen. Ich sage, ich glaube, ich trinke zunächst einmal ein Gläschen Wein, Bier treibt und bläht mir zuviel. Weine, sagt die Wirtstochter, führen wir gute. Führen, sagt Hans, wieso werden bei uns auf einmal Weine geführt? In der Geschäftssprache, sagt die Wirtstochter, heißt das führen. Wir führen ausgezeichnete Wachauer und burgenländische Weine. Ich schnuppere. Die Zechstube, sage ich, stinkt nach abgestandenem Zigarettenrauch und saurem Bier. Die Wirtstochter überhört mich, sie zählt uns Weinsorten auf. Schließlich bestellt Hans eine Runde Südtiroler Rotwein. Wir schauen, wie uns die Wirtstochter den Wein einschenkt. Das kann sie, denke ich, Einschenken hat sie im Griff. Wir stoßen an. Ich denk mir, jetzt mußt du aufpassen, daß du nicht in das Rundetrinken kommst, du kommst sonst von da nicht mehr weg, und im nächsten Augenblick mache ich den entscheidenden Fehler, mir rutscht heraus: aber der Wein wird langsam getrunken. Leo schaut mich an und sagt, natürlich wird der Wein langsam getrunken, er setzt das Glas an, trinkt es in einem Zug aus. Dann sehe ich, wie Hans das Glas ansetzt und in einem Zug austrinkt. Leo stellt das Glas auf den Tisch und schreit zur Schank hinüber, schnell noch eine Runde, bevor der Wein ausgeht. Wir lachen. Während ich nun ebenfalls in einem Zug den Wein austrinke, mache ich mir Vorwürfe. Der Wein rinnt mir lauwarm und sauer hinunter. Ich stöhne. Die Geschichte wird heiß, sage ich. Wir lachen. Kein Wunder, sagt die Wirtstochter, daß dir von unserem Wein heiß wird, jeder gute Wein wärmt. Der schlechte macht kalt, der gute heiß. Auch Schnaps, sage ich, wärmt, selbst wenn er aus Scheißdreck gebrannt ist, und Hans sagt, der bringt dich aber auch eine Woche ins Bett. Leo schreit zur Schank hinüber, kannst du uns sagen, wo es heute noch aus Scheißdreck gebrannten Schnaps gibt? Das kann ich dir sagen, sagt Hans. Ich habe solchen Schnaps getrunken. Leo unterbricht ihn und sagt, austrinken, bevor es mit uns dahingeht, und wir stoßen vorsichtig mit den Gläsern an, hören auf den Klang, den wir mit den Gläsern erzeugen, freuen uns und trinken gleichzeitig den Wein, der alles eher als ein Südtiroler Rotwein ist, in einem Zug aus und stellen die Gläser gleichzeitig auf den Tisch. Leo schreit, schnell eine Runde, die Zeit auf der Welt ist kostbar, und zu Hans sagt er, und wie war der Schnaps, wie trinkt sich aus Scheißdreck gebrannter Schnaps? Trinkt sich wie jeder Schnaps, sagt Hans, solang man ihn trinkt, merkt man nicht, daß der Schnaps aus Scheißdreck gebrannt ist, das merkst du erst, wenn du im Bett liegst und nicht mehr aufkannst. Guten Aufschnitt hätten wir in der Küche, mischt sich die Wirtstochter ein, weigt euch kein guter Aufschnitt an? Diese Woche nicht, sagt Leo, ich habe mir vorgenommen, diese Woche ohne Aufschnitt verstreichen zu lassen. Aber wie weißt du, sage ich zu Hans, wenn du im Bett liegst und nicht mehr aufkannst, daß dieser Zustand von einem aus Scheißdreck gebrannten Schnaps stammt, er könnte ja auch von einer Wasserlaus stammen, eine Wasserlaus oder ein Wasserkalb kann dich genauso ins Bett, wenn nicht überhaupt ins Grab bringen. Wenn ich die ganze Nacht, sagt Hans, mit Sepp, mit dem alten Müllner, mit dem Kommunisten, mit Walter Rainer auf den Bach aufpasse, und wir trinken die ganze Nacht Schnaps, weil es die ganze Nacht schüttet, und eine halbe Stunde nach der letzten Flasche sagt der alte Müllner, Teufel, bei mir stimmts nicht ganz, und er will zu einer Staude laufen, hält aber schon nach einigen Schritten ein und sagt, es hat keinen Sinn mehr. Aber einen guten scharfen Bierkäs, sagt die Wirtstochter, verschmäht ihr sicher nicht. Der alte Müllner, sagt Leo, sagt nach einigen Schritten, es hat keinen Sinn mehr. Und der alte Müllner, fährt Hans fort, ist auf einmal bleich und sagt, ich glaube, ich muß jetzt einmal heim, Kleider wechseln, und ich sage zum Kommunisten, der alte Müllner muß etwas erwischt haben, und wir schauen dem alten Müllner nach, er kommt mühsam vorwärts, da sagt mir der Kommunist: Hans, ich glaube, bei mir tut sich auch was, und schon reißt er Gummimantel und Hose auf und scheißt neben uns im hohen Bogen in die Brennesseln, und Walter Rainer sagt spaßeshalber zum Kommunisten, paß auf, halt ein, du rinnst uns ja aus. Welcher Kommunist, fragt die Wirtstochter, der Fernfahrer oder einer von den Barackenkommunisten? Leo zwinkert mir zu und sagt, ein neuer, den kennst du noch nicht. Trinken wir, fordert uns Leo auf, auf daß wir nicht ausrinnen. Ja, sage ich, trinken wir, solang die Fremden pfeifen. Wir greifen zu den Gläsern und sagen, trinken wir, solang es im Haus ruhig ist. Die Wirtstochter geht zur Tür und sagt, ich muß auf einen Sprung in die Küche, soll ich euch vorher noch einschenken, damit ihr nicht zu lang im Trocknen sitzt? Aber *selbstvernatürlich,* sagt Leo, schenkst du uns vorher noch ein paar Tropfen nach. Aber sollen wir nicht eine kurze Pause einlegen, sage ich. Nein, sagt Leo, so lustig und so jung kommen wir nie mehr zusammen. Und während Walter Rainer das zum Kommunisten sagt, sagt Hans, knöpft Sepp seinen schweren Lodenmantel auf und wirft mir seinen schweren durchnäßten Lodenmantel zu. Und den Bierkäs, sagt die Wirtstochter, wenn ich schon in die Küche muß, nehme ich euch den Bierkäs gleich mit, damit ich nicht noch einmal eigens wegen eurem Bierkäs in die Küche hinüberlaufen muß. Für mich keinen, schrei ich ihr nach. Der alte Müllner, frage ich, wie weit war der alte Müllner von euch weg? Nicht weit, sagt Hans, keine zweihundertfünfzig Meter. Der Kommunist flucht, daß ihm auf einmal so übel wird. Wo ist die letzte leere Flasche? Sepp, hast du die zuletzt ausgetrunkene Flasche in deinem Mantel stecken, frage ich zu Sepp hinunter und Sepp antwortet mir herauf, was kümmert mich jetzt die zuletzt ausgetrunkene Flasche. Ich durchsuche seine Manteltaschen und sage, die zuletzt ausgetrunkene Flasche muß her, Müllner, schrei ich, Müllner, er hört mich aber nicht. Ich werfe Walter Rainer den Mantel zu und laufe dem alten Müllner nach: hast du die zuletzt ausgetrunkene Flasche? frage ich, er will von der Flasche nichts wissen, mir ist elend, sagt er, ich muß heim, ich lasse nicht locker und sage: schau, den Kommunisten und Sepp hat es auch erwischt, es muß etwas im zuletzt getrunkenen Schnaps gewesen sein, ich brauch die leere

Flasche. Ich sage, Müllner, hast du schon einmal Häuslschnaps getrunken? Da zieht der alte Müllner die leere Schnapsflasche aus der Manteltasche und fängt an zu fluchen. Er läßt sich einige Tropfen auf die Handfläche rinnen, zerreibt sie, riecht, hält mir die Handfläche unter die Nase, und wir riechen plötzlich, aus was der Schnaps gebrannt ist. Der alte Müllner stöhnt: das kostet mich eine Woche. Er rennt mir davon, weil er glaubt, er kann sich die Zeit erspringen, ich laufe mit der Flasche zu den andern zurück und zeige Sepp, der neben dem Kommunisten auf den Regen flucht, die Flasche und frage: wo hast du diese Flasche her, in dieser Flasche befindet sich immer noch ein Schluck aus Scheißdreck gebrannter Schnaps. Eine Weile kriege ich überhaupt nichts heraus, weil alles stöhnt und flucht, und mich selber fängt es auch schon an zu bearbeiten, ich schätze ab, ob ich bis zum nächsten Unterstand laufen kann, um mir nicht zu dem ganzen Übel auch noch eine unsinnige Verkühlung zu holen, aber ich spür, es geht sich nicht aus. Im Regen rätseln wir, wer uns diesen Schnaps verehrt hat. Wir hüten die ganze Nacht den Bach, um einen Flurschaden zu verhindern, und einer von den Grundbesitzern gibt uns dafür aus Scheißdreck gebrannten Schnaps zu trinken. Wer kann das sein, fragen wir uns, weil sich diese Sorte von Menschen aufhören muß. Mich biegt es. Sepp biegt es. Der Kommunist ist ganz weiß im Gesicht. Walter Rainer läuft. Wir müssen alle schnell auseinander und heim. Ich nehme die Flasche mit und übergebe sie dem Arzt und sage, er soll den Schnaps analysieren lassen und eine Anzeige machen, um den Schnapsspender herauszufinden. Hans macht eine hilflose Handbewegung. Ich sage, da hättest du die fast zur Gänze ausgetrunkene Flasche auch gleich in den Bach werfen können, aber du weißt, frage ich, woher der Schnaps stammt. Ja, sagt Hans, ich weiß, aus welcher Abortgrube der Schnaps stammt, ich geh oft an dieser Abortgrube vorbei und denke an die Übelkeit, die wir durchlebt und in Nachttöpfe gespien haben. Ich fünf Tage. Walter Rainer vier Tage. Sepp vier Tage. Der Kommunist fast sechs Tage. Der alte Müllner ist nach zwei Tagen wieder aufgestanden, weil er es wegen seiner Weiber im Haus nicht aushielt, anstatt ihn zu pflegen, nützten sie seinen Schwächezustand aus, knieten sich in seine Kammer und beteten einen Rosenkranz um den andern mit ihm. So ist der alte Müllner mitten in der Übelkeit aufgestanden und in den Holzschlag hinaufgegangen. Ja, der alte Müllner arbeitet gern im Wald und auf Almen. Wir wissen alle, sagt Hans, aus welcher Abortgrube der Schnaps gestammt hat, wir wissen, wer uns diesen Schnaps verpaßt hat, und der Schnapsspender weiß, daß wir ihn kennen. Dann versteh ich nicht, sage ich, daß ihr nach einem solchen Erlebnis den Bach nicht Bach sein laßt, nach einem solchen Erlebnis setze ich mich nicht mir nichts dir nichts dem Unwetter aus. Nämlich für andere, sagt Leo. Für andere, sage ich, denen ich jeden Quadratmeter Grund teuer abkaufen muß. Ist das nicht lustig, sage ich zu Leo, daß dein Vater, der in diesem Land geboren wurde und von Kind auf für dieses Land gearbeitet hat, mit diesem Land schon lange nicht mehr spricht, weil er so verbittert ist? Hans zwinkert mir zu. Das ist nicht wahr, sagt Leo, du sollst nicht Dinge über meinen Vater sagen, die nicht wahr sind. Ich weiß, sage ich. Was weißt du, sagt Leo ganz langsam. Es ist lächerlich, sage ich und muß auf einmal lachen. Ich sage zu Hans, ihr rückt in der Nacht aus, um einen Flurschaden zu verhindern, ihr setzt euch der Gefahr aus, und kaum ist die Gefahr vorüber, müßt ihr schleunigst aus diesen Grundstücken verschwinden und den Mund halten. Weiß ich, sagt Hans, jeden Tag denke ich das, weil ich es jeden Tag sehe, aber was soll ich tun, das Land ist blind geworden, der Fremdenverkehr hat alle blind gemacht, die Leute sind bauwütig geworden. Aber warum zum Teufel, sage ich, rückst du nach wie vor aus, um einen Flurschaden zu verhindern, ich laß mich nicht einerseits über die Landschaft treten und hetzen und andererseits laufe ich, um diese Landschaft zu schützen. Aber schau, sagt Hans, du und Leo seid jung, ich bin über dreißig. Ich habe eine Familie. Ich rücke nicht aus, um für andere einen Landschaftsteil zu schützen. Heute weiß ich schon, warum ich immer ausgerückt bin. Die Besitzenden sind kurzsichtig. Ich nicht. Aufpassen, sagt Leo, die Wirtstochter kommt. Das ist doch ganz Wurscht, sage ich, was kümmert mich die Wirtstochter, mit der muß man abrechnen. Die Besitzenden sind kurzsichtig, sage ich zu Hans und sehe, wie die Wirtstochter süß lächelnd mit einem großen Tablett zur Tür hereinkommt. Da habe ich euch eine Kleinigkeit auf die Teller legen lassen, sagt sie und setzt uns die Teller vor, auf denen sich nicht nur Käse, den wir nicht bestellt haben, sondern auch kalter Schweinsbraten befindet. Ich bring euch sofort Besteck und Brot, sagt sie und nimmt die inzwischen ausgetrunkenen Weingläser mit. Zu Leo sagt sie, Schnaps würde zum Schweinsbraten besser passen. Ein Gläschen Enzian oder Vogelbeerer verschmäht ihr sicher nicht. Wenn du einen guten Vogelbeerer hast, sagt Leo, spendier ich gern eine Runde. Ich schau Hans an. Hans schaut mich an und sagt, du mußt dir vorstellen, daß sich dieser Zustand erschöpft, was du jetzt siehst und denkst, ist verloren, mach etwas aus dir und geh weg. Leo, denke ich, begreift scheinbar überhaupt nichts. Die Wirtstochter behandelt uns wie Idioten und denkt nur, wie sie zu unserem Geld kommt, die Wirtstochter zieht uns das Geld aus der Hosentasche, jedes Wort, das sie ausspricht, benützt sie, um einen Gast zum Konsumieren zu überrumpeln, und Leo geht mir ihr um, als wollte er jeden Augenblick hinter die Schank gehen und mit ihr vögeln. Ich muß mit ihm reden, denke ich, er geht unter, er macht sich andauernd bei den falschen Leuten Liebkind. Die Wirtstochter bringt uns den Schnaps. Leo führt Sprüche, lacht und sagt zur Wirtstochter, ich zahle alles, was auf den Tisch gekommen ist, und er hält der Wirtstochter einen Tausendschillingschein hin. Der Schnaps ist ausgezeichnet, sagt Hans, ein echter Fabrikschnaps, die Wirtin weiß, daß ich weiß, daß es ein echter Fabrikschnaps ist, oder weißt du das nicht? Sie lacht und sagt, Hansl, heut vertragst du nicht viel. Du täuschst dich, sagt Hans, du hast wahrscheinlich keine Vorstellung, wieviel ich vertragen kann, ich habe Geduld, ich schau mir eure Kunststücke an. Das mußt du lernen, sagt Hans zu Leo, mitten im tiefen Dreck ein Mensch zu sein, und jetzt trinken wir noch eine Runde. Reden kann der Hansl heut, sagt die Wirtstochter, ich habe den Hansl schon lang nicht mehr so gut reden gehört. Wenn du nichts als tiefen Menschenschmutz um dich hast, sagt Hans, mußt du dir denken, daß dieser Menschenschmutz eines Tages ausgerottet wird, wir haben Leben in uns, dieses Leben läßt sich auf die Dauer nicht unterdrücken, kann sein, daß sich eine Generation im Alkohol ertränkt und sich nach und nach in den Nächten mit ihren Autos selbstmordet, und die folgende muß zwangsläufig auch noch Schäden davontragen, aber die dritte Generation wird wohl begreifen müssen, wer heute auf dem Land die Führung an sich gerissen hat. Und er setzt das Glas an und schüttet den Wein hinunter. Mir ist auch plötzlich zum Trinken zumute. Die Wirtstochter schaut gleichgültig zum Fenster hinaus. Leo verzieht das Gesicht zu einem Grinsen und sagt, eine Runde könnt ich noch leicht vertragen. Die nächste Runde, schrei ich. Mir ist heiß. Ich zieh den Rock aus, werfe den Rock neben Hans auf die Bank und kremple mir die Ärmel hinauf. Die Wirtstochter kommt mit der Weinflasche, schenkt uns ein. Zieht ihr nicht eure Röcke aus? sage ich. Daraufhin ziehen auch Hans und Leo ihre Röcke aus. Ich fordere sie zum Trinken auf, ich bestelle Runde um Runde, ich lache und spüre nach und nach, wie sich eine leichte Übelkeit entwickelt, verschwommen sehe ich Menschen hereinkommen und höre sie weit weg reden und murmeln, ich werfe Geld auf den Tisch, höre Gelächter. Rock, dein Rock, höre ich. Ich raffe mich auf, torkle auf den Ausgang zu, stoße irgendwo an, ich erwische die Tür nicht ganz. Du mußt einen autolosen Weg gehen, sage ich mir. Eine Weile komme ich nicht aus dem Grubervorhaus hinaus. Dann scheint mir auf einmal die Sonne heiß ins Gesicht, unangenehm grell, scheiß Sonnenlicht, ärgere ich mich, es würgt mich, ich taste und wetze mich an einem Reisebus entlang, jeder Schritt ist mühsam, Kopfschmerzen, bald falle ich vornüber, und ich sage mir, du mußt dich zusammennehmen, du darfst nicht auf dem Weg liegenbleiben, bald halte ich mich an einem Zaun fest und atme durch den weit geöffneten Mund, keuche wie ein frischgebakkenes Kalb. Die Scham vor mir selber ringt mir die Energie ab, damit ich nicht liegenbleibe. Noch im Vollrausch entschließe ich mich, mich in Hinkunft überhaupt zu isolieren.

Auf den wenigen Straßen, auf denen ich gehen konnte und gehen mußte, ging auch die Clique. War ich allein, geriet ich in Wut, begegnete ich ihnen, ließ ich die Arme herunterhängen und fragte, ist euch nicht langweilig? Sie trieben mich über Straßenböschungen hinunter, ließen von der hintersten Kinoreihe ihr rohes Gelächter über mich los, sie verlachten mich im Lokal. Ich stand vor der Wahl, mich weiterhin erniedrigen zu lassen oder die Übelsten von ihnen der Reihe nach einzeln halb zu erschlagen, meine Wut hatte sich so weit gesteigert, daß ich mir das nun ohne weiteres vorstellen konnte.

Da es weit und breit niemanden gab, der etwas von Literatur verstand, mußte sich Helene alles selber erarbeiten. Und vor den Büchern, die sie mitgebracht hatte, stand ich wieder wie ein Idiot. Ich sehe eine Wand voll Bücher und weiß nicht, wie wählen. Abenteuerromane hatte ich bald über. Ich las lange an einem dicken Roman, und Helene machte sich lustig, weil ich nicht weiterkam. Ich hatte mir den dicken Roman selber ausgesucht. Der Buchumschlag hatte mir gefallen. Ein junger Bursch steht auf einem großen Passagierschiff mit aufgeblähten Wangen und bläst in ein vergoldetes Horn, das er gegen den blauen Himmel hält, und rundherum ist nur blaues Meer. Der Bursch steht allein auf dem Schiff. Ich stelle das Buch auf das Regal zurück und frage Helene, hast du es gelesen? Sie nickt. Da ich in der Küche gesagt hatte, nichts ist leichter, als ein Buch ausfindig zu machen, konnte ich jetzt nicht gut fragen. Hat es Josef Bruckmann auch gelesen, frage ich. Ich höre ja, nehme den dicken Roman noch einmal vom Regal, schaue mir die Seitenzahl an, sie schreckt mich, und tatsächlich komme ich nicht weiter, weil ich mir immer wieder sage, die Menschen, die da beschrieben sind, sind ja nur für kurze Zeit auf dem Schiff. Helene wußte, daß solche Literatur einem Holl nicht gefallen konnte. Ich tröstete mich mit dem Gedanken, auch über die Vorgänge auf einem großen Passagierschiff mußt du Bescheid wissen. Der Maschinenraum reizte mich, kam aber nie vor. Mühsam las ich das Buch, das mir viel zu harmlos war, Satz für Satz zu Ende und gab es erleichtert zurück, und Helene lachte und sagte, glaubst du jetzt, daß es schwierig ist, ein Buch auszuwählen? Der Umschlag täuscht. Der Titel täuscht. Was wissen wir, was hinter diesem Namen steht. Inmitten einer ganz und gar bildungsfeindlichen Welt saß Helene oft am Abend nach der Arbeit hinterm Küchentisch und durchlas und durchsuchte Buchgemeinschaftskataloge nach kritischen Büchern. Ich staunte über ihr Wissen.

Ich frage und frage, und immer kommen Antworten, die ich noch nie gehört habe. Und ich sehe sie, sie steht am Herd, sie geht durchs Haus, sie trägt Sautrank in den Stall, sie flucht und lacht auf dem Feld, sie bringt die Zimmer in Ordnung, sie kämmt und wäscht Ada, sie

kommt mit der Jause in die Werkstatt und sagt, es ist zum Verzweifeln: die Alte geht mir nicht aus der Kammer heraus; sie bleibt mitten in der Küche stehen und sagt: so kommen wir nicht weiter, es kann nicht jeder seinen Dickschädel durchsetzen, wie er will, sie macht keinen Gebrauch von ihrer anderen Welt, sie sagt nicht, das habe ich durchstehen müssen, sie sagt, was jeder im Augenblick sehen und verstehen kann, und begegnet immer derselben sturen, boshaften Begriffsstutzigkeit, und am Abend bespricht sie mit mir, welches Buch ich als nächstes lesen soll. Und sie spricht von Geschichte, teilt die Zeit in Jahrhunderte ein und zählt mir Menschen auf, die am Fortschritt gearbeitet haben, und sie spricht ohne Unterschied von ganz schüchternen und großen Existenzen. Ich versuchte oft zu verstehen: wer ist diese Frau, aber kaum entdeckte ich eine Spur, sagte sie etwas und war mir schon wieder ein Rätsel. Romane konnte ich verstehen. Das Buch, das ich las, verwandelte sich nicht in meinen Händen. Das Buch blieb ruhig, nur sein Inhalt setzte sich vor mir in Bewegung, aber Helene lebte, war ständig in Bewegung. Ich verstand, was sie sagte, aber sie selber verstand ich nicht.
Sie kommt mit Obst aus der Speisekammer und sagt, die gebildete Welt weiß nichts von uns und kümmert sich nicht um uns, aber wir brauchen Bildung, um uns zu verständigen, um zu begreifen, wo wir sind und was wir sein könnten, und ich will mich für das Obst bedanken, das sie mir über den Tisch zuschiebt, und sie sagt, das brauchst du nicht, du sollst Obst essen, weil ich auch Obst esse, ich will nicht allein Obst essen. Wir sprechen von Georg, und in dem Augenblick hören wir ihn über die Stiege herunterlaufen, er stürzt herein, reißt seinen Dienstrock vom Türhaken und stürzt aus dem Haus, um den Zug zu erreichen.
Immer wieder begegnete ich meinen früheren Lehrern, und ich sehe, wie sie mich belächeln als einstiges Opfer.

Nicht eine einzige Lehrperson hatte begriffen, wer wir waren, nein, sie aßen oft zusammen und gingen oft durch den Ort und ließen sich grüßen.

Gleich nach dem Eintritt in die Werkstatt gehe ich von der oberen Halle in die untere, weil ich wissen will, ob der Fremdenlegionär schon auf ist. Von seinem Bruder, sage ich, heißt es, daß er im Sommer spätestens um halb vier aufsteht und die Buchhaltung macht, und der Fremdenlegionär scheint an einem der schönsten Sommermorgen um Viertel nach sieben noch im Bett zu liegen. Ich schaue, die Schlafzimmerfensterläden sind dicht, hinterm Haus ist niemand. Überall wird schon gemäht und gearbeitet, sage ich, wie kann der Fremdenlegionär bei dem Werktagslärm schlafen. Der Fremdenlegionär muß einen gesunden Schlaf haben, sage ich. Unsinn, sagt Bruckmann, das hat nichts mit Schlaf zu tun, das macht der Rausch, der Fremdenlegionär ist doch, wenn wir von der Arbeit heimgehen, immer schon rauschig. Ich schau über das Feld, das ein Bauer mit dem Traktor niedermäht, zum Haus, das der Fremdenlegionär mit einer Frau bewohnt, vielleicht trinkt er, sage ich, um überhaupt schlafen zu können, und ich sehe plötzlich einen Mann, der aussieht wie der Gerichtsvollzieher, vom Fahrrad steigen und das Fahrrad zum Zaun lehnen, und ich sage in die obere Halle hinüber: wenn mich nicht alles täuscht, pirscht sich der Gerichtsvollzieher heran. Von wo, schreit Bruckmann, läuft herüber zu mir, schaut, sagt, ich bin in Linz, und läuft in die obere Halle. Aber das Auto, schreie ich, er sieht das Auto. Sag ihm, mit dem Schwager, ruft Bruckmann und läuft in den Keller. Hoffentlich kann ich den Gerichtsvollzieher bald abwimmeln, denke ich, er droht mir ja schon die längste Zeit, daß er mich vor Gericht bringt. Ich überlege, ob ich mich nicht auch verstekken soll, aber dann muß ich die oberen Tore zumachen, das sieht er und weiß sofort, daß jemand da ist, das geht nicht, nein, er darf erst gar nicht Verdacht schöpfen, was mache ich, ich gehe am besten vor die Werkstatt und spiele einen in die Arbeit vertieften Menschen, schnell einen Hammer, eine Zange, ein paar Schraubenschlüssel und zu den Toren, die Tore aufmachen und hinaus, ich mache die Tore auf und sehe, es ist gar nicht der Gerichtsvollzieher, es ist ein anderer. Ich geh zur Stiege und rufe hinunter, ich habe mich getäuscht, es ist gar nicht der Gerichtsvollzieher, es ist ein anderer. Bist du sicher, schreit Bruckmann. Ganz sicher, rufe ich zurück und höre Josef Bruckmann kommen. Wir gehen zusammen in die untere Halle und besprechen, was alles zu machen wäre. Er sagt wäre. Ich sage ist, weil ich weiß, wenn er zusperren muß, muß ich weg, und ich bin plötzlich ein Lehrling und werde als Lehrling zu Geld gemacht. Durch die unteren Fenster scheint Sonne. Wir stehen in der unteren Halle und zählen Aufträge auf. Außenarbeiten. Innenarbeiten. Leichte Arbeiten. Schwere Arbeiten. Eine leichte schöne Außenarbeit, sagt Bruckmann, haben wir eine leichte schöne Außenarbeit? Ich denke nach, kann mich an keinen derartigen Auftrag erinnern. Josef Bruckmann runzelt die Stirn, geht zum Schreibtisch, durchsucht Notizblöcke, geht auf und ab und sagt, machen wir zu und fahren weg, bevor jemand kommt. Aber es kommen Kundschaften, sage ich. Kundschaften, Kundschaften, sagt Bruckmann, schreib schnell einen Zettel, heute geschlossen. Warum nicht, denke ich. Ich suche mir schnell einen weißen Karton, schreibe mit einem Schwarzstift in Blockschrift: heute geschlossen, lache dabei, weil ich mir schon vorstellen kann, wie sie der Reihe nach kommen, das Schild lesen, den Kopf hin und her bewegen und an der Türschnalle rütteln. Während wir zum Haus fuhren, erfanden wir eine wichtige Industriemesse. Dann stürzten wir mit dieser Nachricht ins Haus und in die Zimmer, wo wir uns auf das rascheste umzogen. Waschen brauchten wir uns nicht, da wir noch nichts angegriffen hatten. Wir mußten rasch handeln, um Inge Bruckmann nicht zu Wort kommen zu lassen. Fluchtartig verließen wir das Haus und die Ortschaft. Überall wurde verbissen gearbeitet und angetrieben. Wir fahren. In einem Selbstbedienungsladen beratschlagen wir, was wir essen wollen. Wir lassen uns Obst Konserven Hartwurst Weißbrot Wein in Plastiktragetaschen einpacken. Eine schlanke Hand wird gehoben. Fingerspitzen betupfen Knöpfe. Josef Bruckmann holt einen Hundertschillingschein aus der Hosentasche. Ich schau auf den Gehsteig hinaus und sehe einen bekannten Lehrling neben einem Gendarm gehen, im Arbeitsanzug, der wird verhört, denke ich, der wird mit der Gummiwurscht verhört und wird dann vom Meister abgefotzt und wird wahrscheinlich am Abend vom Vater bearbeitet. Alles schaut, wie er abgeführt wird. Ich griff nach den Tragetaschen und ging vor Josef Bruckmann her zum Auto, das wir einige Häuser weiter neben einem Kastanienbaum abgestellt hatten. Aber wohin fahren wir überhaupt, fragte ich. Wohin möchtest du fahren, fragte er. Weg. Irgendwo hinauf, schlug ich vor. Ich paßte auf die Tragetaschen auf. Josef Bruckmann war mit dem Fahren beschäftigt. Wir redeten kaum. Einen früheren Melker sah ich mit türkischen Gastarbeitern ein Stück Straße teeren. Wir mußten alle eine Weile warten, bis der Gegenverkehr angehalten wurde. Ich hatte ihn anders in Erinnerung, jetzt sah ich ihn gebrochen mit seinem ganzen Schweigen eine Scheibtruhe an den türkischen Gastarbeitern vorbeischieben, für eine begreifliche, aber nicht mitteilbare Tragödie, ich sage nichts, denn wenn ich vor Bruckmann ihn erwähne, muß ich alle andern erwähnen, aber ich muß ihn denken, weil er so nah da ist, daß ich die Schweißperlen auf seiner Stirn glitzern sehe. Wir fahren vorbei, ich schau ihn an und sehe, daß er mich gar nicht kennt. Vitus, will ich hinausschreien, denk mir aber, schrei nicht, es hat keinen Sinn, Vitus zu grüßen. Wir hatten lange die Sonne im Genick, nur wenn Josef Bruckmann den Wagen in einen Graben und aus dem Graben herauslenkte, fiel sie von der Seite ein, und ich konnte sehen, wie ein Schatten die Böschung entlangfuhr. Wir mußten oft stehenbleiben, ausweichen, einen entgegenkommenden Fernlaster vorbeilassen oder langsam hinter einem Fernlaster herfahren, hinter einem Wohnwagen herfahren.

Den ganzen Vormittag sprachen wir fast nichts, gingen, nachdem wir den Wagen abgestellt hatten, blieben stehen, schauten, gingen weiter, über einen ausgeschwemmten Weg, über Rasen, Steinplatten, durch Jungwald. Die Werktagsflucht, an der mich Josef Bruckmann teilnehmen ließ, war eine durchaus idyllische. Aus einer Almhütte torkelte uns ein singender Mensch entgegen und lud uns ein, mit ihm Karten zu spielen. Er sagte, daß er schon den ganzen Vormittag nach Kartenspielpartnern Ausschau halte. Aus welchem Land kommst du, fragte Bruckmann. Aus dem Herzen Deutschlands. Dann bist du aus dem Ruhrgebiet, sagte Bruckmann. Was wollt ihr trinken, fragte ein Mädchen, nicht älter als zwölf oder dreizehn. Ihr könnt konsumieren, was ihr wollt, sagte der Fremde, nur müßt ihr mit mir zwei Stunden Karten spielen. Das ist doch kein Ort zum Kartenspielen, sagte Bruckmann, da mußt du hinuntergehen ins Tal, da kannst du Tag und Nacht Karten spielen. Ich ging um die Hütte herum und hörte, daß dieser betrunkene Mensch schon im Tal unten gewesen sei, es aber nicht ausgehalten habe, weil überall deutsche Touristen einquartiert seien. Auf Bruckmanns Frage, was er von Beruf sei, antwortete er, daß er darüber im Urlaub nicht spreche. Er wollte, wenn wir schon nicht mit ihm Karten spielten, daß wir wenigstens mit ihm Bier und Schnaps tränken.

Josef Bruckmann kopfschüttelnd voraus, ich in Gedanken verloren hinter ihm her, auf einem kaum ansteigenden Gehweg. Kuhglocken. Latschen. Rostiger Stacheldraht. Bleiche, verwitterte Zaunpfähle. Gedämpfter Straßenverkehrslärm drang immer noch vom Tal herauf und Motorenlärm von den oberen Bergbauernhöfen. Aus dem Fichtenwaldgürtel unter uns jaulte eine Motorsäge auf und überlärmte alle anderen Geräusche. Trokkenes, bleiches Gras und Schiefergestein, vom Vieh frisch freigetreten. Josef Bruckmann ging schnell. Mir war das gleichgültig. Mit einem Menschen schnell und schweigsam gehen, so daß man nur die Schritte hört, war mir schon als Kind zu einer befreienden Beschäftigung geworden. Ein Segelflieger strich von der Anhöhe her über uns hinweg hin zu den Tauern. Bruckmann schaut ihm nach und sagt, Menschen, die segeln, sind mir schon lange verdächtig. Er spricht das Wort segeln aus und lacht und sagt, Segler sind keine Menschen, die mit uns etwas zu tun haben wollen. Im Weitergehen wurden wir plötzlich von einem Windstoß angefallen, und dreißig, vierzig Meter vor uns zuckte aus heiterem Himmel mit ohrenbetäubendem Knall ein Blitz senkrecht in eine alleinstehende Fichte. Eine Stichflamme schießt durchs Geäst und verwandelt sich schnell in Rauch. Wir laufen hin. Die Fichte ist zerfetzt, bis auf vier Äste schwarz, warm und knistert. Ungemütlich, sage ich, der Blitz könnte auch uns angezündet haben. Bruckmann schaut mich an und sagt, auch die Wurzeln sind schwarz. Mir fallen Gewitter ein. Ich geh um die vom Blitz getroffene Fichte herum und sage, würde in die bereits vom Blitz getroffene Fichte jetzt noch einmal der Blitz einschlagen, wäre das dann ein Naturscherz? Wir könnten, sagte Bruckmann, wenn du Hunger hast, uns da niederlassen und jausnen. Ich denke jausnen, warum sagt man jausnen, essen, warum sagt man nicht gleich scheißen, essen ist doch schon der Anfang von scheißen, warum kürzt man nicht ab, denke ich und will mit Josef Bruckmann besprechen, was ich denke, sage aber: da läßt uns aber der Wind keine Ruh, ein

Windstoß wie der vorige, und wir können uns das Essen (Scheißen) da unten aus den Latschen holen. Bruckmann pflichtet mir bei, geht weiter, rennt mir fast davon. Mich plagt plötzlich ein Gelächter. Ich kämpfe mit ernsthaften Gedanken gegen ein Gelächter an, von dem ich weiß, daß es Bruckmann nur ärgert, weil ich es ihm nicht erklären kann. Ich kann es Otto und Herbert erklären, weil ich weiß, daß der eine irgendwo sitzt und der andere irgendwo neben dem Chef arbeitet und ihn heimlich auslacht. Ich raschle mit der Plastiktragetasche, schwinge sie an meinem Hosenbein vorbei. Ich sehe weit unten das ausgebauchte Tal, sehe alle meine früheren Wege und denke, der eine züchtigt nach einer uralten Methode und scheitert, ich geh weg und erhoffe mir mehr Freiheit und werde wieder von Unfreien umhergetrieben und lache über die Unfreien, und der Mensch vor mir arbeitet, spart, baut und hat wieder Probleme. Wir hetzten auf ein ausgedehntes Kar zu. Bruckmann in einem Abstand von fünfzehn bis zwanzig Schritten voraus. Ich in einem Abstand von fünfzehn bis zwanzig Schritten hinter ihm her, an Vieh, blühendem Almrausch, Steinen vorbei. Er hatte, wie mir schien, aufs Jausnen vergessen. Scheinbar ging es ihm nur darum, gehen zu können. Ich hatte dieses schnelle Gehen oft an ihm beobachtet. Er stürzt sich in eine Arbeit, oder er läuft irgendwo hin und kommt erschöpft zurück. Das Vieh ist im Gegensatz zu uns endlos ruhig, fällt mir auf, es steht nur da, hebt den Kopf und schaut mich aus großen Augen an und scheint mich nicht einmal mit dem Viehhüter zu verwechseln. Ich sehe eine Mulde. Ich bleibe stehen und probiere die Temperatur aus. Eine Wärme zum Einschlafen, wenn nicht überhaupt zum Sich-aus-der-Welt-Schlafen, denke ich, mit Wein und Schlaftabletten oder ganz einfach mit einer gut geölten Pistole. Ich rufe, rufe noch einmal, Josef Bruckmann bringt seinen aufgebrachten Zustand endlich zum Stehen und schreit zurück, ob ich nicht weiterkönne? Da ist ein günstiger Platz zum Jausnen, schreie ich. Ich kann dich nicht hören, höre ich ihn zurückrufen. Ich wiederhole meinen Ruf. Er wiederholt seinen. Wind, denke ich und gehe ein Stück und sehe, wie Josef Buckmann, der sich während meines Aufenthalts einen Vorsprung von über hundert Metern ergangen hat, sich schon wieder umdreht und weiterhetzt, ich laufe ihm nach, rufe im Laufen, gehe und rufe, laufe und sage mir, da hätte ich auch gleich unten bleiben können, bleibe stehen und rufe, aber Josef Bruckmann, die Jacke um die Hüfte gebunden und die Plastiktragetasche in der Hand, die Hemdsärmel hinaufgekrempelt, schreitet sich die Beine fast aus dem Leib, und ich ärgere mich, weil mir plötzlich vorkommt, er nimmt mich nur mit, um nicht allein das lange Kar ablaufen zu müssen; aber er läuft seinen Lauf, er zwingt mir seinen Lauf auf.

Ich gab meine warme Mulde auf, hetzte ihm nach, weil ich mir sagte, wenn du ihn nicht einholst, schreitet er in seinen Gedanken vor mir her über zwanzig Hochalmen und verschleppt mich womöglich noch weit ins Tirolische. Ich brauchte über einen halben Kilometer, um ihn einzuholen. Was ist los, sagte er. Gehts dir nicht gut? Jausnen wollte ich, sage ich und gehe hinter ihm auf einen Graben zu. Josef Bruckmann macht einen Anlauf und überspringt in Halbschuhen das schäumende Wasser. Der Pfad steigt steil auf. Ich rutsche keuche hinter Bruckmann hinauf. Das Gestein ist heiß. Die Sonne brennt her. Rechts von mir gehts steil hinunter. Ich schwitze und weiß nicht, wozu ich mich da hinaufplage. Ich keuche mehrmals das Wort Jausnen und höre Bruckmann weiter oben keuchen. Einmal wendet er mir kurz sein verschwitztes Gesicht zu, um zu schauen, ob ich da bin. Aber sag mir wenigstens, keuche ich, als wir das ärgste Stück hinter uns haben, wo du hin willst, dann lauf ich voraus und erwarte dich dort. Bruckmann bleibt stehen, schaut verärgert und sagt: wenn es dir keinen Spaß

macht, können wir auch umdrehen. Aber nein, falle ich ihm keuchend ins Wort, das meine ich nicht. Ich habe da hinten, keuche ich und zeige zurück, geschrien, weil ich dort jausnen wollte und seither laufe ich nur hinter dir her, um dir das zu sagen. Wir einigten uns auf die nächste Mulde und gingen schweigend weiter, langsamer, aber halb verfeindet. Nun wollte ich schneller gehen, dem Lehrherrn Josef Bruckmann davonlaufen, um mir den Nachmittag zu retten. Die Ruhe, die von schreienden Vögeln, Metallklängen, Windgeräuschen und unseren Schritten durchsetzt war, gab mir nichts mehr, weil plötzlich wieder ein Rudel unangenehmer Erlebnisse über mich herfiel. Als wir endlich einen halbwegs windstillen Platz gefunden hatten und uns niederließen, war Bruckmann guter Laune, machte mich auf eine seltene Blume aufmerksam, nannte mir die Namen einiger Berggipfel, und ich packe die Plastiktragetasche aus und sage: willst du Brot, willst du Hartwurst, willst du Konserven, willst du Wein.
Aber was hast du denn auf einmal, fragte Josef Bruckmann besorgt.
Ich schnitt wütend einige Scheiben Brot ab und schaute eine Weile einem großen Vogel zu, der nichts Besseres zu tun hatte, als über uns zu kreisen.
Was soll ich schon haben, sagte ich.
Wahnsinnig frei fühle ich mich wieder einmal.
Ich möchte, daß sich die Erde schneller dreht, damit ich früher zur Facharbeiterprüfung antreten kann. Es heißt zwar, daß ich frei geboren bin, daß ich als österreichischer Staatsbürger das Recht habe, meine Meinung zu äußern, aber was hilft mir das, wenn ich nicht davon Gebrauch machen kann. Du sagst mir andauernd, was du denkst, was du meinst. Andere sagen mir andauernd, was sie denken, was sie meinen. Du drohst mir mit Umkehren, mit Arbeiten. Das hab ich satt. Verstehst du, ich will keine Drohungen mehr hören. Ernst des Lebens und sol-

chen Quatsch. Ich werde das Gefühl nicht los, daß du immer noch glaubst, daß du auf mich aufpassen mußt.
Josef Bruckmann sagte nichts, kaute langsam.
Ich klappte den Korkenzieher auf.
Komme ich mit einem schlechten Zeugnis, sagst du, das Zeugnis ist schlecht. Komme ich mit einem guten Zeugnis, sagst du, das Zeugnis ist gut. Du sagst mir nicht, wie ich ein Problem bewältigen könnte. Du sagst mir höchstens, daß ich ein Problem nicht bewältige. Das brauchst du mir aber nicht zu sagen, weil ich das selber weiß. Ich brauch niemanden, der auf mich aufpaßt, ich paß schon selber auf mich auf.
Ich griff nach der Weinflasche, klemmte sie zwischen die Knie und drehte den Korkenzieher in den Kork.
Josef Bruckmann belagerte mich mit väterlichen Blikken.
Ich zog den Kork aus dem Flaschenhals.
Das Problem ist wahrscheinlich, sagte ich, daß dir von Zeit zu Zeit Meisterbrief und Besitz in den Kopf steigen.
Das ist furchtbarer Unsinn, sagte Bruckmann. Wir sind doch immer gut ausgekommen.
Nein, sage ich.
Das stimmt nicht.
Ich weiß nicht, wie ich es dir erklären soll. Am besten, ich sag dir, was ich mir oft gedacht habe: zwischen dir und mir war sofort eine große Kluft.
Glaub ja nicht, daß ich aus freien Stücken so viel gearbeitet habe. Das habe ich nur gemacht, um den Dreck, den mir der Hof nachgeschüttet hat, loszuwerden. Das muß ich dir jetzt sagen. Wenn ich dann weggehe, wirst du sicher jemand anderen suchen. Da möchte ich nicht, daß meine Arbeitsleistung meinem Nachfolger zum Vorwurf gemacht wird. Meine geplagte Existenz darf nicht anderen Menschen zur Last fallen.
Verstehst du, nicht zur Last fallen. Es ist ein Wahnsinn. Ich verfluche meinen Vater, weil er mich in diesen

Wahnsinn getrieben hat. Anscheinend komme ich nie aus der Bedrängnis heraus. Zuerst glaube ich gar nicht, daß ich die Berufsschule schaffe. Dann überhole ich alle Mitschüler, weil ich es über habe, mir von gedankenlosen Leuten, die meine Vorgesetzten sein wollen, sagen zu lassen, was ich alles nicht kann, was ich alles nicht bin. Aber kaum erhebe ich mich ein Stück, wird schon wieder mit den Fingern auf mich gezeigt, mein privater Ansporn wird sofort den andern zum Vorwurf gemacht. Meine Leistung ist nichts wert, weil alles, was ich durchmache, dumm ist. Magengeschwüre. Schweißfüße. Niedergefaulte Zähne. Gefrorene Hände.
Kaum arbeite ich nicht, werde ich unruhig. Ich kann in meiner Freizeit nicht ruhig dasitzen und vor mich hinträumen. Ich muß mich mit etwas beschäftigen.
Bruckmann sagte nichts.
Wir reichten uns Wein Wurst Brot Obst zu.
Ein Stück weiter hinten stießen Vögel kurz aufeinanderfolgend die gleichen Schreie aus.
Ein Windstoß fegte flach über unsere Köpfe.
Bruckmann streckte verlegen ein Bein aus.
Eine große Kluft, sagte er endlich.
Aber Franz, das kann doch nicht stimmen. Wir sind doch immer gut ausgekommen.
Warum meinst du das, fragte ich.
Weil ich es nicht glauben kann.
Es ist mir einfach zu viel, daß du mir nach mehr als zwei Jahren sagst, zwischen dir und mir sei sofort eine große Kluft gewesen. Nach mehr als zwei Jahren sagst du mir das.
Warum nicht früher.
Ich bin doch kein Unmensch, der nicht mit sich reden läßt.
Ein Unmensch bist du sicher nicht, sagte ich und nahm von Bruckmann die Weinflasche entgegen.
Aber du bist ein Unternehmer.

Als wir weitergingen, meinte Josef Bruckmann, daß ich es im Leben schwer haben würde. Ich fragte, warum. Einen gewissen Respektsabstand muß ein Werktätiger seinem Chef einräumen. Er hielt seinen Vortrag vom braven sparsamen strebsamen Arbeiter, der es zu etwas bringt. Ich lachte ihn aus. Wir gingen an einem Schneefeld vorbei auf eine Anhöhe zu, redend, schweigend, dabei mußte Josef Bruckmann etwas eingefallen sein, denn er blieb stehen und sagte: ich habe dir einen Unsinn erzählt. Ich bin ja selber, gestand er, in einer verhängnisvollen Lage und mache mir immer wieder vor, davonfahren davonlaufen davongehen zu können. Im Weitergehen sagte er: die Umwelt erwartet von mir, daß ich ihr einen hoffnungsvollen Unternehmer vorlebe. Aber nicht nur die Unternehmerumwelt und die Bauernumwelt erwartet das von mir, sondern auch ein Großteil der Lohnempfängerumwelt. Seit ungefähr einem Jahr will ich das Unternehmen aufgeben, kann aber nicht, weil ich so viel Schulden habe, daß ich bis zur Pensionierung Rechtsanwälte und Gerichtsvollzieher am Hals habe. Ich bin als Aufsteiger eingestuft und bin es auch bis vor einem Jahr gewesen.
Ich bin Arbeiter.
Gelegentlich sprichst du in einem Ton, als wären du und ich ein Herz und eine Seele, aber in Wirklichkeit habe ich arbeiten, schweigen und gehorchen müssen. Ich bin auf dich angewiesen und muß deshalb mit dir auskommen. Wäre ich sentimental, müßte ich jetzt sagen, du hast viel für mich getan, aber Tatsache ist, daß du durch mich profitierst.
Das mußt du verstehen. Das sind sechs bis sieben harte Jahre, die mich plötzlich anfliegen, und da bist du für mich mein Lehrling. Nicht der Franz Holl. Als Aufsteiger will ich, daß du dich mir widerstandslos unterwirfst. Im ersten Lehrjahr hättest du von dem, was du vorher gesagt hast, keine fünf Sätze sagen dürfen, und ich hätte dich

unterbrochen und dir in ruhigem Ton erklärt, daß wir uns leider trennen müssen. Heute, sagte er, neben mir hergehend, verfluche ich den Tag, an dem ich dir gesagt habe, daß du zu mir kommen kannst, weil sich der Aufsteiger Josef Bruckmann allmählich aus mir zurückzieht. Der Aufsteiger erschöpft sich in mir. Ich will den Aufsteiger loswerden. Ich will ihn aus mir hinauswerfen. Aber nach wie vor muß ich mich gegen meine Überzeugung jeden dritten, vierten Sonntag in die Kirche setzen. Ich muß mich sehen lassen, weil ich Aufträge brauche. Ich kann nicht liegenbleiben. Ich muß aufstehen. Das Sitzen selber ist nicht so schlimm. Es gibt Bücher, die haben Gebetbuchformat. Ich klappe einen alten Gebetbuchumschlag darüber und kann lesen. Oder ich studiere bestimmte Menschen. Schlimmer ist, daß man mir ankreidet, daß ich nicht in Wirtshäusern verkehre. Um der Bank, die sich stillschweigend an meiner verhängnisvollen Lage ohne Anstrengung bereichert, das vorgestreckte Kapital schneller zurückzuzahlen, müßte ich mich von Zeit zu Zeit durch alle Wirtshäuser konsumieren und wäre dann erst recht der Konkurrenz ausgesetzt, weil mir zwei, drei Gläser guter Wein genügen, die Konkurrenz aber trinkt, wie ich immer wieder höre, mit den billigsten Schnäpsen und Biersorten schon seit Jahren das Unternehmen zugrunde. Mir wäre mit den Kundschaften, die stundenlang herumrennen, um sich die Konkurrenz zu erfragen, weil die Konkurrenz schon in aller Früh das Haus verläßt, jetzt natürlich geholfen. Aber die Kundschaften der Konkurrenz kommen nicht zu uns, obwohl sie wissen, daß einer von uns normalerweise immer da ist. Wir halten Termine ein. Die Konkurrenz hält schon lange keinen Termin mehr ein, sie verspricht die Termine nur. Ich bin auf Aufträge angewiesen. Der Konkurrenz sind Aufträge lästig. Die Konkurrenz sitzt in Wirtshausküchen und läßt sich verleugnen. Zu zweit, höre ich oft, sagte Josef Bruckmann, sitzt die Konkurrenz in einer Wirtshausküche und läßt sich vom Personal verleugnen. Dann muß die Kundschaft erst wieder alle Wirtshäuser ablaufen, und man möchte meinen, daß es den Kundschaften zu viel wird oder daß sie begreifen, daß sie unerwünscht sind. Aber sie begreifen es nicht, sie begreifen die Konkurrenz nicht, die Konkurrenz muß aus Wirtshausküchenfenstern hüpfen, wenn der Warndienst versagt, die Konkurrenz muß sich von der Wirtin in der Speisekammer verstecken lassen, weil die Konkurrenz erschöpft ist und keine Aufträge mehr will und mit den Kundschaften nichts mehr zu tun haben will. Um an diese Kundschaften, denen sich die Konkurrenz nun schon seit Jahren zu entziehen versucht, heranzukommen, sagte Josef Bruckmann, müßte ich um sie werben, das heißt, ich müßte mich in ein Wirtshaus begeben, dort etliche Runden zahlen, dann mit unerwünschten Menschen, die sich unweigerlich anschließen, einen Lokalwechsel vornehmen und wieder mit einem Schwarm das Lokal wechseln. Kurzum, ich müßte mich an die Kundschaften der Konkurrenz herantrinken, um die Konkurrenz zu einem Gespräch zu bewegen. Ich habe nämlich mit der Konkurrenz ins Gespräch zu kommen versucht, aber das endete jedesmal damit, daß die Konkurrenz, die immer von einer trinkfreudigen Gesellschaft umstellt war, an mir vorbeischaute, als ich sie anredete. Aus rein ökonomischen Überlegungen würde ich die Konkurrenz prozentual beteiligen, aber die Konkurrenz will von mir kein Geld, sie will ein Schauspiel. Ich muß der Konkurrenz ein Schauspiel abgeben. Die Konkurrenz weiß, daß ich Rechtsanwälte am Hals habe, daß mich der Gerichtsvollzieher belagert. Du mußt dir vorstellen, von Wirtshausküchen aus kontrolliert mich die Konkurrenz, beurteilt und verurteilt meine Arbeit. Und das Schauspiel gefällt, weil es echt ist, ohne Schauspieler, und niemand weiß, wie es ausgeht. Ich kann mit der Konkurrenz nicht reden, kann aber auch die Konkurrenz nicht anrufen oder mich der

Konkurrenz schriftlich mitteilen, weil dann hat mich die Konkurrenz erst recht in der Hand. Sobald ich mich ihr nähere, gibt die Konkurrenz vor, mit vollem Ernst ein völlig intaktes Unternehmen zu führen, aber weder das eine noch das andere ist der Fall. Du mußt dir vorstellen, die angeheiterte Konkurrenz spielt, sobald ich mich ihr nähere, eine über jeglichen Zweifel erhabene Unternehmerexistenz. Die Konkurrenz pfeift auf alles, bekennt aber nie Farbe. Vielen wäre geholfen, würde die Konkurrenz Farbe bekennen. Du kannst die Konkurrenz ertappen, wie sie in verschmierten Arbeitsanzügen spielt. Schublehren, Meßbänder, Notizblöcke hat sie in den Taschen stecken, Arbeitskappen hat sie auf dem Kopf und Bleistifte hat sie hinters Ohr geklemmt. Du kannst der Konkurrenz ins Gesicht sagen, gib zu, daß du spielst, und sie wird dir sofort ein arbeitstechnisches Problem auf den Notizblock skizzieren, nämlich ein erfundenes, kompliziertes, aber du wirst nie erfahren, warum sie trinkt. Nein. Weil sie spielt, muß auch ich spielen. Vorgestern habe ich mir errechnet, daß ich noch zehn bis zwölf Jahre spielen muß, um mich von der Bank zu befreien. Dann bin ich zweiundvierzig Jahre alt und habe ein schuldenfreies Unternehmen, das mir seit ungefähr einem Jahr zuwider ist, weil ich ganz deutlich sehe, daß es ein Irrtum ist, aber ich kann nicht aussteigen. Ich bin von Aufsteigern umstellt. Mit den abscheulichsten Methoden treiben diese Menschen ihre Unternehmen auseinander. Die lesen kein Buch. Die lesen nicht einmal eine Zeitung. Die reden nicht mit dir. Die probieren dich nur aus. Die raten dir höchstens, daß ich nicht mit dir reden soll, daß ich mit dir streng verfahren soll. Das raten mir Unternehmer, denen ich schon über ein Jahr umsonst Rechnungen schicke, sie zahlen nicht, weil sie wissen, daß ich ihnen ausgeliefert bin. Sie investieren auf meinem Rücken und kommen und lachen mir ins Gesicht und wissen genau, daß ich sie am liebsten hinaustreten möchte.

Berge. Steil abfallende Hänge. Tiefe Gräben. Güterwege. Wälder. Ein scharfer Wind wirbelte uns das Haar durcheinander. Wir zogen schnell unsere Röcke an. Eine Weile schauten wir nur, jeder für sich. Aber nicht nur die aufsteigenden Unternehmer, sagte Bruckmann, muß ich mir gefallen lassen, auch fünfzehn-, sechzehnjährige Bauernsöhne, deren Väter noch in dem Wahn leben, daß die nächste Wirtschaftskrise nichts anderes als eine Wiederholung der dreißiger Jahre sein wird. Du mußt dir vorstellen, ein Fünfzehnjähriger sagt mir Frechheiten ins Gesicht, weil er weiß, daß ich ihm vorläufig nicht ankann. Natürlich weiß ich, um wieviel ich ihm überlegen bin. Das weiß ich. Aber irgendwo hört sich dieser Unsinn mit der inneren Überlegenheit auf. Das kannst du lesen. Ganze Kisten voll kannst du von der inneren Freiheit und der inneren Überlegenheit lesen. Das sind aber Schreibtischerfindungen, die ich erst umdenken muß. Dazu fehlt mir die Zeit. Ich müßte einen Großteil der gelesenen Bücher noch einmal lesen und umdenken, aber zunächst muß ich, sagte Bruckmann, meine Situation denken.

Ich hörte ihn hinter mir lachen und sagen, mit welch naiven Vorstellungen sich Menschen an Unternehmen heranmachen, ist mir eigentlich erst in den letzten Wochen bewußt geworden. Lauter Ahnungslose. Ein Ahnungsloser schaut von einem Ahnungslosen ab. Keiner hat eine Ahnung von Geschichte. Überall wird der Kapitalismus bekämpft, da aber glaubt man noch immer an den dritten Weltkrieg. Hinter mir hergehend, verfluchte Josef Bruckmann die freie Marktwirtschaft. Die Regierung, sagte er, duldet, nein, fördert einen Volksbetrug und wohl auch einen Naturbetrug. Ich habe ja nicht nur, schrie er, größenwahnsinnige Aufsteiger gegen mich, sondern auch die Frau, die ich geheiratet habe. Meine Frau will, daß ich mein Leben zu Geld mache. Meine Frau will, daß ich zu diesem Zeitpunkt, wo ich kein Unternehmen mehr will, das Unternehmen von Jahr zu Jahr blindlings vergrößere und mir an größenwahnsinnigen Aufsteigern ein Beispiel nehme. Nämlich von vier, fünf Uhr in der Früh bis spät in die Nacht hinein dich antreiben, mich antreiben und essen wie ein Bettler. Du mußt dir vorstellen, schrie Josef Bruckmann, nach sieben Jahren Abhängigkeit arbeite und spare ich wie ein Besessener, weil ich glaube, als Selbständiger über mich verfügen zu können. Ganze acht Jahre, mußt du dir vorstellen, lebe ich bescheiden und arbeite viel, und jetzt habe ich auf einmal nicht mehr die Freiheit auszusteigen, weil ich von geldgierigen Narren umgeben bin, deren einziges Lebensziel darin besteht, einander zu überlisten und zu übertrumpfen. Meine ganze Illusion endet in Kellerräumen. Will ich ein Buch lesen, lese ich es im Keller. Nähert sich der Gerichtsvollzieher, muß ich in den Keller. Nähert sich ein Vertreter, der mir auf die Nerven geht, laufe ich in den Keller. Ich existiere heimlich und muß andauernd Angst haben, dabei entdeckt zu werden. Überall muß ich einen mir unangenehmen Menschen spielen. Meine Existenz besteht aus Flucht, Krachschlagen und unsinnigen Verstellungen. Den Irrtum auflösen, sagte er, den Irrtum auflassen und mitteilen, daß es ein Irrtum ist. Wir warfen noch einmal einen Blick ins Tirolische und rannten einen steilen Hang hinunter.

Ein Bauer und eine Bäuerin schauten mich von oben bis unten an, als ich mich am Abend in der Stube einfand, um Marianne abzuholen. Ich mußte meine Abstammung bekanntgeben, Beruf angeben, unschuldig schauen. Marianne mußte bitten, Vater! Mutter! darf ich mit ihm ausgehen? Die zwei alten Leute waren aber nicht Vater und Mutter. Marianne gefiel mir, aber dieser Rückstand, in dem sie lebte, war mir unangenehm. Nach etlichen Versprechen, die sie abgab, bekam sie die Erlaubnis, bis halb elf auszugehen. Mit neunzehn Jahren das erste Mal in ihrem Leben. Kaum waren wir aus dem Haus, wußte ich auf einmal wieder nicht, was sagen. Beim Hingehen hatte ich nur an sie gedacht, jetzt sah ich, daß wir beobachtet wurden. Wir waren ein Ereignis. Wir gingen schweigend nebeneinander her. Mir kam plötzlich vor, Liebesverhältnisse paßten überhaupt nicht zu mir. Ich kämpfte, um Marianne nicht auf halbem Weg davonzulaufen, wie ich das an einem andern Ort schon gemacht hatte. Ich verfluchte die Trennungen, in denen wir jetzt existieren mußten. Keine zwei Kilometer auseinander. Von Marianne wollte ich nicht davonlaufen, sondern von allem, was mit ihr neben mir herging, wie ich woanders von einem Haus davongelaufen war. Die Umständlichkeit, in der sie lebte, verfolgte mich bis in die Dunkelheit. Dann gab es auch keine fremden Augen mehr. Es gab den Weg. Unsere Schritte. Den Landschaftsgeruch. Die senkrecht aufsteigende Nacht. Die ließ uns immer wieder stehenbleiben und mit unseren groben Händen unsere Gesichter abtasten. Wir preßten uns fest aufeinander, wir spürten, daß wir Liebeshindernisse in uns hatten. Küssen konnten wir uns. Hundertmal blieben wir stehen und suchten nach einem zarten Gefühl, konnten es aber nicht finden, weil uns unsere Körper entfremdet waren. Den ganzen Weg entlang glaubten wir, uns ineinander verkriechen zu müssen. Dann standen wir aneinander gelehnt in der Nähe des Hauses und schlichen uns schließlich im Gleichschritt durchs Haus. In der Kammer sah ich ein zweites Bett und hörte jemanden atmen. Wer ist das, frage ich und höre, daß es die elfjährige Schwester ist, die da schläft. Wir müssen nur ruhig sein, flüstert Marianne, dann hört sie uns nicht. Wir zogen uns leise aus, traten gleichzeitig auf. Ich spürte Bretter unter den Füßen und hörte das Holz knarren und die Bettstatt, auf die wir uns gleichzeitig hinaufbemühten, aneinander haltend und zweifach aufgeregt, durch das Bevorstehende und die Spannung, von der wir umgeben waren. Es gab kein Zusammenstürzen, kein augenblickliches Vergessen der

Wirklichkeit, sondern das Horchen. Marianne flüsterte mir in einem fort ins Ohr, daß wir leise sein müßten. Wir horchten zum anderen Bett hinüber und durchs Haus und bewegten uns wie Diebe, hielten beim geringsten Geräusch inne, rollten ein Stück weiter, aber die alte Bettstatt knarrte, und Marianne hielt mir die Handflächen entgegen, belehrte mich flüsternd, wie ich mich zu bewegen hätte. Ich wußte im Augenblick gar nicht, womit ich mich hätte vergleichen können. Ich erinnerte mich an Kämpfe und unverständliche Gewohnheitsregeln und nächtelange Überredungskünste, und da war ich einer Schulung für geräuschloses Bewegen unterworfen. Ich mußte den Atem anhalten und mich ununterbrochen auf Geräusche konzentrieren. Mir kam es wie eine Falle vor. Marianne hatte, wie mir schien, Erfahrung, sowohl mit der Lautlosigkeit als auch mit Liebhabern. Sie lebte in dieser uralten Heimlichkeit. Mir war sie unheimlich. Einerseits versuchte ich, mich in Mariannes Bewegungen zurechtzufinden, die ich mir jungfrauenhaft gedacht hatte, die es aber nicht waren, andererseits mußte ich mich von ihr losreißen und in das Haus hineinhorchen, das plötzlich unter uns zu husten und zu reden anfing. Auch bei der Elfjährigen war ich mir nicht sicher, ob sie noch schlief. Wie ein Gespenst starrte ich in der dunklen Kammer herum und spielte den lautlosen Liebhaber zu Ende, mit dem festen Vorsatz, kein Kind zu machen. Nie war ich so weit von einem Menschen entfernt. Die Geborgenheit, die mir frühere Liebesnächte zur Verfügung gestellt hatten, bestand jetzt, wo ich, den zurückgehaltenen Atem nachholend, neben Marianne lag, aus der Bereitschaft, jeden Augenblick die Flucht ergreifen zu müssen. Tatsächlich wollte ich auch keinen Augenblick länger bei ihr bleiben, aber unten hörte ich schleppende Schritte, Gemurmel, eine quietschende Tür. Marianne seufzte: die Alte, das geile Luder, hat uns gehört. Jetzt bleibt sie die ganze Nacht auf und zählt, wie oft ich mit dir vögel. Das krieg ich dann hundertmal zu hören. Mich befiel, während sie mir im Plauderton den Verlauf der kommenden Tage schilderte, Grausen und Gleichgültigkeit zugleich. Zu meiner Beruhigung erfuhr ich, daß die Alte nie heraufkomme, höchstens bis zur Tür, aber nie herein. Du weißt nicht, dachte ich, was in einem Menschen vorgeht. Du hast sie dir anders vorgestellt, ganz anders. Sie weiß nicht, was in der Schwester vorgeht. Die Schwester weiß alles von ihr. Sie glaubt, daß die Schwester nichts weiß, weil die Schwester schweigt. Ich kannte diesen Irrtum. Acht Liebhaber zählte mir Marianne auf. Gegen vier in der Früh entschloß ich mich, sie zu verlassen. Unten war es im Augenblick ruhig. Ich suchte vorsichtig meine Kleider zusammen, dabei knarrten die Bodenbretter. Das löste wieder Gemurmel aus und Schritte, aus der Kammer hinaus und langsam die Stiege herauf. Ich fluchte. Marianne zog mich ans Bett und flüsterte, sei ruhig, dann geht sie vielleicht bald wieder hinunter, aber plötzlich geht die Tür auf, und die Alte leuchtet uns mit einer Taschenlampe an: Du dreckige Hure, kaum laß ich dich einmal allein aus dem Haus, ziehst du uns so einen Saukerl daher. Ich zog mich schnell fertig an. Marianne begleitete mich im Nachthemd durchs Haus hinunter. Die Alte folgte uns. Unter der Tür flüsterte mir Marianne zu, komm einige Wochen nicht. Dann hörte ich die Tür ins Schloß fallen, den Riegel und kurz darauf ein Klatschen.

Ein Plakat warb für Fernkursteilnehmer einer Wiener Maturaschule und versprach, daß außer Volksschulkenntnissen keinerlei Voraussetzung verlangt sei. Ich schrieb sofort hin und wartete mit großer Ungeduld auf den ersten Lehrbrief, ein flaches weißes Paket, das ich nach einer fast durchtanzten Nacht, als ich das Zimmer betrat, auf dem Tisch liegen sah. Ich stürzte in die Küche um ein Messer, schnitt die Schnur durch, holte den Inhalt aus der Verpackung, und augenblicklich trat alles in den Hintergrund, selbst mein halb betrunkener Zustand mußte der Spannung weichen, mit der ich den Inhalt an mich riß. Deutsche Grammatik. Englisch. Mathematik. Latein. Eine Novelle von Kleist. Wahllos las und blätterte ich in den Heften. Es gab nur mehr diese Hefte und die Neugierde, was in ihnen zu finden sei. Bis in der Früh saß ich gebannt da und gewöhnte mich an den neuen Gedanken, daß es für mich wieder ein Ziel gab, denn der Beruf fing schon an, mich zu langweilen. Ich ging fast nicht mehr aus. Meine Freizeit verbrachte ich nun bei meinen Lehrbriefen.

In den Büchern schritten mir die Helden immer schnell davon. Ich folgte ihnen, solange ich das Buch aufgeschlagen vor Augen hatte. Ich folgte Rasputin, Napoleon, den Brüdern Karamasow, den Elenden, Michael Kohlhaas, dem Grünen Heinrich, dem Sexualleben auf einem französischen Pfarrhof, das ich allerdings nur anlas, durchblätterte und verärgert in eine Ecke warf, weil es anscheinend nur darum ging, den Pfarrer ins Bett der Köchin zu bringen. Dafür las ich im Henker von Paris jede Nacht, bis ich Helene oder Helene und Georg in den Stall gehen hörte. Da gab es einen jungen Menschen, der bleiben muß. Der Henkerssohn muß Henker werden. Da ist ein Mensch gefangen, wie ich gefangen bin. Alle andern schritten mir, während ich las, schnell davon oder waren von vornherein so weit entfernt, daß ich sie höchstens bewundern konnte. Dann saß ich wieder da und wußte, ich bin ja doch nur der Franz Holl. Den Franz Holl kann nur der Franz Holl weiterbringen. Siebzehn Jahre Entfremdung, davon elf Jahre Leibeigenschaft. Das war mein Gefängnis, mit dem ich arbeiten, gehen, essen, schlafen mußte. Ich konnte nicht zum Hof meines Vaters zurückgehen und sagen, so, da hast du das Gefängnis, ich brauch es nicht mehr.

Ich muß mein Gefängnis mit mir herumschleppen, und ich seh meinen Gefängniswärter immer wieder, er lebt, verteidigt sich mit Sprüchen und macht seine Politik, und ich sitze in meinem Gefängnis und lese, wie ein Mann nach elf Jahren einen Steinbruch verläßt. Aber er ist ein Mann. Ich bin kein Mann. Ich bin gezeichnet. Im Grunde genommen führten mir meine Helden meine Lächerlichkeiten vor. Sie liebschafteten mit schönen Frauen und hausten in anderen Jahrhunderten. Sie brauchten nicht auf die Uhr zu schauen, aber ich hörte, während ich las, immer die Uhr ticken. Kein Buch befreite mich von dem Unbehagen, daß es womöglich nicht genügt, ein unsinniges Leben herunterzubiegen, sondern daß mein unfreiwilliges Leben erst recht von einem Affen, von einem Gott nach Willkür beurteilt wird, im Gegenteil, die Helden sprachen oft von einer reinen Seele, von Gewissen, während ihnen stumme Bedienstete Getränke reichen oder riesige Mahlzeiten auftischen mußten. Ich kümmerte mich um die Literatur, aber die Literatur, die ich las, kümmerte sich um mich einen Dreck. Ich liebte Bücher, weil sie so harmlos waren. Ich konnte ein Buch aufklappen zuklappen weglegen wegschmeißen, aber mein Gefängnis war ununterbrochen anwesend. Ich konnte den Fortschritt, den ich machte, anderen mitteilen, aber machen mußte ich den nächsten Schritt selber. Das führte mir kein Buch vor. Das führte mir kein Mensch vor. Ich glaubte selber nicht daran. Alles, was mir zur Verfügung stand, war die Erkenntnis, daß sich alle, die mich mit Werturteilen versorgt hatten, geirrt hatten.

Gestern war wieder von Maria Wiesinger und ihrer Schwester die Rede. Jemand hätte Maria Wiesinger mit einem Deutschen in einem Tanzlokal gesehen. Von einer Lehrerin, die einem Knecht Schreiben, Rechnen und Lesen beibrachte, hieß es, sie lasse sich von ihm vögeln. Ich saß ein wenig verträumt im Zug. Herbstlandschaft.

Sonntagnachmittag. Die Nacht zuvor hatte ich Wein getrunken, süßen, geschwefelten Rotwein. Menschen mit Taschen, die dastehen und schauen, wie der Zug ankommt. Menschen, die warten, bis der Zug abfährt. Sie winken. Um mich waren verzagte Gesichter, denen man ansah, daß sie irgendwohin in die Arbeit fuhren. Ich hörte wieder einmal, daß die Russen kommen würden, daß der Chines kommen würde. Ich mußte lachen, wenn ich auch vieles nicht wußte und nicht kannte, so hatte ich doch schon lange begriffen, daß man nicht hinzunehmen brauchte, was einem von anderen vorgeschrieben wurde. Nein, die Ehrfurcht vor Fachlehrern, Meistern, Erziehern und anderen Institutionen, die man uns beigebracht hatte, war nur eine, in die man uns hineingeängstigt hatte, um über deren Unfähigkeit hinwegzutäuschen. Das Internat, in das ich mich nun begeben würde, um von dort aus den letzten Berufsschulkurs zu besuchen, kam mir wie eine Insel vor, auf der sich Voß und einige andere ein Reich eingerichtet hatten. Hinter den Internatsmauern konnte der Haupterzieher Voß seinen Leidenschaften nachgehen, ohne daß ihn jemand störte. Hier konnte er brüllen, zuschlagen, kommandieren. Essen, duschen, aufstehen, einschlafen mußten wir auf Kommando. Er schlug schnell zu, man übersah es oft, zwei, drei Schläge und dem Lehrling floß das Blut aus der Nase. Er liebte es, uns in der Früh aus den Betten zu pfeifen. Das war ein Wettlaufen, denn der letzte wurde von ihm zur Tür hinausgetreten. Wir mußten in den Hof hinunter und nach seinen Anweisungen bestimmte Bewegungen machen. Voß wurde oft angezeigt, vor Gericht geladen, aber die Richter sprachen ihn immer wieder frei. Am Schluß, wenn ein Kurs zu Ende war, rollten ihm Tränen über sein braunes Gesicht, weil seine Werke, gefügige junge Menschen, wieder von ihm gingen. Die Militärzeit, den Krieg, bei dem man ihm den Kopf zerschossen hatte, konnte er hinter den Internatsmauern weiterpflegen: Bettenauf-

reißen, Wäsche aus den Kästen reißen, Ausgangsverbot erteilen. Ich kam erst gegen Abend an.
Zu meiner Überraschung war nicht Voß da, sondern ein Unteroffizier in Uniform, der nichts sagte, nur dastand und schaute. Da waren auch wieder die Stockbetten, die überzogen werden mußten. Und die Namensschilder, die ich vergessen hatte, natürlich, Namensschilder müssen angebracht werden, kein Bett, kein Kasten ohne Namensschild. Mirko Poggačnic, der manchmal sagte, er könne ohne Internat nicht leben, witzelte durch die Schlafsäle: daß ja alles klappt, daß ihr mir ja alles ordentlich macht. Plötzlich hieß es, austreten zum Abendessen. Die Stimme des Unteroffiziers hallte durch die Gänge. Alles lief hinunter in den Keller, wo sich der Speisesaal befand. Da gab es auch einen Meisterschülertisch, einen Erziehertisch. Im Namen des Vaters und des Sohnes und des Heiligen Geistes Amen. Während des nun folgenden Gebets hörte man: amen amen amen amen amen amen amen amen amen Ruhe! Das Ruhe des Unteroffiziers war so laut, daß tatsächlich alle plötzlich verstummten, selbst die bleiche, junge Nonne, die hinter der Anrichte stand, zuckte bei dem folgenden Geschrei, das sie nicht betraf, zusammen. Es sollte sich nun der Amensager melden, es fand sich aber keiner. Wir schauten uns nur etwas sonderbar an, weil wir nicht wußten, was der Unteroffizier in Uniform im Internatsspeisesaal überhaupt zu suchen hatte. Hans Kirchner, der Klassensprecher vom Vorjahr, schüttelte den Kopf. Binder schaute mich an, dann ihn. Bratkowitsch lachte. Lederer, der ziemlich weit hinten stand, sagte: Ja, ich glaube, wir gehen einfach und holen uns etwas zu essen. Dieser Satz löste wieder ein kürzeres Geschrei aus, gleichzeitig fingen aber einige zu lachen an, andere setzten sich bereits auf die Stühle, um die Verwirrung abzuwarten.
Auf jeden Tisch, um den zwölf Lehrlinge saßen, kam eine Schüssel, die sofort leer war. Weil irgendwo im Saal ein

Löffel oder eine Gabel auf den Boden gefallen war, hätten alle von den Stühlen aufspringen und stramm dastehen sollen, was aber nur die Verängstigten befolgten. Das Essen war, wie schon in den vorhergehenden Kursen, schlecht und zu wenig, so daß wieder ein Wettlaufen um Nachschlag entstand.

Um dreiviertel neun mußten alle im Internat sein, um neun in den Betten liegen. Um sechs stand Voß unter der Tür, brüllte Tagwache und jagte alle hinunter in den Hof zum Frühsport. Hinauf, waschen, anziehen und Bettenbau. Austreten und in Zweierreihen auf dem Gang aufstellen und abzählen. Voß schritt vor uns auf und ab, fixierte den einen und den anderen, gab tiefe Laute von sich und stieß Kirchner und noch einem mit der Faust gegen die Brust. Frühstück gab es ohne Tischgebet und ohne Aufsicht. Als wir nach dem Frühstück in die Schlafsäle zurückkehrten, waren einige Betten aufgerissen, weil an ihnen noch keine Namensschilder angebracht waren, darunter das von Mirko Poggačnic, der in der Mitte des Schlafsaales stand und schrie: reißt doch alle Namensschilder herunter! Wir brauchen doch keine Namensschilder. Wir wissen doch, wo unsere Betten stehen! Daraufhin kam Voß vom anderen Schlafsaal herüber und wollte sich auf Mirko stürzen, aber Mirko schleuderte ihm einen Polster entgegen und rannte an ihm vorbei und schrie: helft mir, dann verprügeln wir ihn! Voß stieß etliche Flüche aus, rannte hinter ihm her, hinunter in den Umkleideraum, erwischte ihn aber nicht, weil Mirko das Heim in den Hausschuhen verließ.
Franz Binder kam vom anderen Schlafsaal herüber und sagte: mir hat die Sau auch das Bett aufgerissen.
Aber wieso bringt ihr keine Schilder an?
Wieso regt ihr euch auf, wenn ihr wißt, daß jeder ein Schild anbringen muß?
Müssen! stöhnte Kirchner, der auf dem Fensterbrett saß

und auf die Straße hinunter schaute. Wie oft soll ich dir noch erklären, daß wir nicht müssen.
Einige malten sich bereits aus, was mit Mirko nun geschehen würde. Ich gehörte zu denen, die kein Namensschild angebracht hatten. Mein Bett war ganz. Etwas sagen, sagte ich, hätte Mirko schon können. Aber du hast doch gesehen, sagte Kirchner, daß dazu keine Zeit war.
Da waren welche, die sich sofort verdrückten.
Da waren welche, die merkten, was Kirchner, Binder und ich vorhatten. Lederer und Bratkowitsch, die schon im Umkleideraum waren, kamen zurück, um zu erfahren, was es gegeben hatte. Da kamen wir noch einmal auf die Namensschilder zu sprechen. Mein Vorschlag ist, sagte Binder, wir machen, bevor wir gehen, hier noch einen richtigen Saustall, damit unser ordnungsliebender Freund einmal sieht, daß auch wir Betten aufreißen können. Das machten wir dann auch. Wir rissen alle Schilder herunter und alle Betten auf und lachten. Auf dem Weg zur Schule überlegten wir uns, wie wir am besten verhindern könnten, daß Voß sich Mirko aus dem Klassenzimmer fischte. Auf keinen Fall dürfte es zu Einzelschlägereien kommen. Einzeln darf er keinen mehr zu fassen kriegen, sagte Kirchner. Am besten, wir gehen alle mit. Selbst wenn nicht alle mitmachen, was zu erwarten ist, dürfen wir auf keinen Fall zuschauen. Wir dürfen uns nicht aus den Augen lassen.
Wir müssen Voß verunsichern.
Voß darf uns nicht mehr in den Griff bekommen.
Aufteilen, sagte ich, müssen wir uns.
Ja, aufteilen, so daß jeder eine Gruppe um sich hat.
Darüber waren wir uns einig. Als Gruppe, redeten wir uns ein, kann uns nichts passieren. Wir haben sowieso nur die Möglichkeit, es einfach darauf ankommen zu lassen. Wichtig ist, daß wir sagen, warum wir die Betten aufgerissen haben, warum wir keine Namensschilder brauchen. Wir waren noch nicht ganz bei der Schule, da kam

uns Mirko entgegen und sagte, daß Voß vor der Einfahrt in seinem Wagen sitze und auf ihn warte.
Allein komme er nicht an ihm vorbei. Wir wollten hineingehen und mit möglichst vielen Lehrlingen herauskommen. Die wissen bereits Bescheid. Es war aber schon knapp vor Schulbeginn. So mußte alles sehr schnell gehen. Lederer blieb bei Mirko heraußen. Binder, Kirchner, Bratkowitsch und ich gingen hinein in die Klasse und sagten spaßeshalber, Voß habe Poggačnic gefangengenommen und sei mit ihm auf einer *Fahrt ins Grüne*, was in der Internatssprache eine Prügelei auf einer Wiese bedeutete. Mit Hilfe der Lehrlinge, die nicht im Internat wohnten, gelang es uns, daß bis auf sechs oder sieben alle noch einmal hinausgingen. Insgesamt acht waren entschlossen, sich auf Voß zu stürzen, falls dieser Mirko zu fassen bekäme. Wir blieben in der Nähe des Wagens stehen. Lederer und Mirko kamen allmählich näher. Voß stieg aus und ging langsam zum Tor.
Warum seid ihr denn auf einmal so ruhig, rief einer von den Lehrlingen. Es ist doch ganz lustig, den Herrn Fachlehrer auch einmal als Pförtner zu sehen.
Herr Fachlehrer, rief ein anderer, wir sind nicht mehr die vom letzten Jahr. Wieso sagt ihr denn Herr Fachlehrer, fragte Mirko. Ja, wieso sagen wir denn Herr Fachlehrer, fing eine Gruppe an.
Was können Sie eigentlich außer kommandieren und zuschlagen, fragte Kirchner. Voß blickte umher.
Was bildet ihr Rotznasen euch eigentlich ein!
Können Sie uns erklären, fragte ich, wozu wir Sie brauchen?
Waaas! schrie Lederer.
Waaas! schrie ein anderer.
Ich werde euch schon zeigen, sagte Mirko, wozu ihr mich braucht.
In der Klasse teilten wir uns so auf, daß jeder von den Aktiven eine Gruppe um sich hatte. Die ersten zwei

Stunden verliefen ruhig. Wir hatten Fachrechnen. Ein älterer Lehrer, dem es hauptsächlich um einen ungestörten Unterricht ging, erklärte auf Lederers Wunsch, wie Zahnradübersetzungen zu berechnen seien, da dessen Meister, der schon ein älterer Herr sei, ihn einmal verprügelt habe. Lederer erzählte kurz die Geschichte, wie es dazu gekommen sei. Er habe an einem Samstagnachmittag die Werkstatt aufgeräumt und nicht gewußt, daß er die Zahnräder neben der Drehbank nicht anrühren dürfe. Er habe nicht gewußt, daß die Zahnräder nach einer bestimmten Ordnung aufgelegt waren, daß er sie nicht durcheinanderbringen dürfe, weil der Meister das Berechnen von Zahnradübersetzungen verlernt habe. Er bitte daher, daß das Berechnen von Zahnradübersetzungen sogleich durchgenommen werde. Während Lederer redete, schrieben die anderen Zettel, daß sich der Kampf zunächst allein gegen das Internat richte, gegen Voß, gegen den Unteroffizier, gegen die Heimordnung und das schlechte Essen. Die Zettel fanden rege Ansprache: Wir wollen keine Kastenvisit! Das Essen muß portioniert werden, die Schwächsten kommen immer zu kurz! Zapfenstreich abschaffen!!! Freier Zugang zu den Duschräumen! Auf mehreren Zetteln wurde gemeinsames Studium gefordert. Einer forderte, die Berufsschulzeit müsse vom Präsenzdienst abgerechnet werden! Ein anderer forderte die Abschaffung der Berufsschule überhaupt. Vorne schrieb der Fachlehrer Bruchrechnungen an die Tafel. Hans Kirchner schrieb auf einen Zettel, es sollen alle die Zettel verschwinden lassen! Mirko, der einige Reihen vor mir saß, schrieb aber weiterhin Zettel und reichte sie weiter. Was warten wir?! Warum fangen wir nicht gleich an? Wir haben nichts zu verlieren! Im Gegensatz zu der Gruppe um Kirchner, die schon im Vorjahr von sicheren Schritten gesprochen hatte, war Mirko Poggačnic ein Meister der Spontaneität. Er war vielleicht von allen der Unbekümmertste. Zum Glück

merkte der Fachlehrer nichts, denn Mirko war nicht zu beruhigen. In der Pause liefen alle hinaus auf den Hof. Wir teilten uns wieder auf. Nicht nur Hans Kirchner, Bratkowitsch, Lederer, Kugler, Binder und ich, sondern auch die Halleiner, die bereits organisiert waren, warnten vor voreiligen Provokationen. Nur wenn der Unterrricht weiterhin diszipliniert verlaufe, sagte ein Halleiner Lehrling, bestehe berechtigte Aussicht, Voß loszuwerden.
Du hast leicht reden, sagte Mirko.
Du überlegst dir heraußen, wie wir gegen das Heim vorgehen sollten, während drinnen die Erzieher mit uns Fangen spielen. Ein anderer sprach von einer politischen Schulung.
Der Heim-Zustand müsse diskutiert werden.
Von Voß war immer noch nichts zu sehen.
Bratkowitsch witzelte, Voß sei ins Internat gegangen und bringe jetzt die Schlafsäle in Ordnung.
In der nächsten Stunde hatten wir Staatsbürgerkunde.
Eine bissige Dame hielt einen langweiligen Vortrag über die Rechte der Richter. Kinder, sagte sie, obwohl die meisten über siebzehn und einige schon über zwanzig Jahre alt waren. Unsere Demokratie, die wir lieben und auf die wir stolz sein sollen, ist die Frucht langer Kämpfe. Sie schrieb Sätze aus einem Lehrbuch an die Tafel. Ein Satz interessierte mich, besonders der Teil *und die Möglichkeit, so zu leben, wie man es dem eigenen Wesen schuldig zu sein scheint.* Er bezog sich auf das Wort Rechtsstaat. Aber als ich das Wort Menschenwürde las, kam es mir vor, als würde sich der Staat von Zeit zu Zeit über sich selbst lustig machen.
Als die Schwester zu Mittag im Speisesaal das Tischgebet anhob, folgten ihr einige zaghaft, der große Rest lachte. Dann kam Voß mit der Schwester Oberin. Da fingen, wie ausgemacht, vereinzelt Lehrlinge zu rufen an. Ruhe! Was ist denn da für ein Wirbel! Immer mehr Lehrlinge schrien immer lauter. Dann schrien wir noch einmal so laut wir

konnten: Ruhe! Und im nächsten Augenblick waren wir still und setzten uns, als wären wir gerade von einem weiten Fußmarsch zurückgekehrt. Voß und die Schwester Oberin, die es gewohnt waren, bei ihren Auftritten ihren Zöglingen eine hündische Angst einzuflößen, standen am Eingang und schauten einander gegenseitig an, als könnten sie in ihren Erziehergesichtern eine Antwort auf das für sie so ungewöhnliche Verhalten der Lehrlinge finden. Weniger erstaunt sah das bleiche Gesicht der jungen Schwester hinter der Anrichte aus. Ihren Blicken nach zu schließen, galt ihre Sympathie eher uns, wahrscheinlich weil sie selber unter dem Druck der Obrigkeit stand.
Voß, der mehr mit Lauten als mit Worten und Sätzen operierte, gab endlich ein tiefes Stöhnen von sich, das sehr nach Genuß klang. Dann entdeckte er plötzlich, daß keine sechs Schritte von ihm entfernt zwei Halleiner Lehrlinge in einer für ihn äußerst verächtlichen Haltung am Meisterschülertisch saßen, was an sich schon ein Verbrechen war. Noch während er den Mund öffnete, um sie anzubrüllen, meldete sich ein anderer Halleiner, der weiter drüben hinter Binder saß:
Aber Herr Fachlehrer, Sie werden doch nicht schreien!
Ein anderer Halleiner sprang vom Stuhl auf und schrie: Alle Halleiner vortreten! Antreten zum Rapport!
Mirko rief: Ja kommt denn da niemand und schmeißt sie raus! Das sind ja Heimfremde! Kein Heimfremder hat das Don Bosco-Heim zu betreten! Verstanden! Voß stürzte sich unter die Lehrlinge, brachte aber nur einige Fausthiebe an, dann hatte er uns an Armen und Beinen hängen und konnte sich nicht mehr rühren. Die Schwester Oberin verließ fluchtartig den Speisesaal und mit ihr drei und dann vier oder fünf Lehrlinge, die mit der Aktion nichts zu tun haben wollten. Voß keuchte und schnaubte, ergab sich schließlich und verließ ebenfalls den Speisesaal. Vielleicht um zu verhindern, daß die Schwester Oberin die Polizei verständigte. Jedenfalls

kam keine Polizei, solang wir im Speisesaal saßen und trockenen Kaiserschmarren hinunterwürgten.
Viele waren nun der Meinung, daß Voß sich zurückziehen würde, er würde, bis wir draußen waren, die Internatsaufsicht einem anderen überlassen. Elektrikerlehrlinge hatten ihn einmal in den Dachboden hinaufgelockt, gefesselt und ihm gesagt, wenn er das Internat nicht sofort verlasse, würde er in den Hof hinuntergeworfen. Ich hatte von Voß nie eine Ohrfeige abgefangen, mir genügte, was ich gesehen hatte. Mirko, der sich schon während des ersten Kurses nicht vor Voß gebeugt hatte, aber von den anderen allein gelassen wurde, beschimpfte zwei Lehrlinge, die bereits wieder ihre Betten gebaut und ihre Namensschilder angebracht hatten, die diese Ordnung nicht als Willkür empfanden.

Mirko, der als erster zum Direktor mußte, kam lange nicht. Der Unterricht ging normal weiter. Das Tempo war vielleicht etwas beschleunigt. Der Lehrer ließ sich aber nichts anmerken. Nach Mirko mußten wir gruppenweise in die Direktion. Voß war besessen, herauszufinden, auf wessen Initiative die Namensschilder heruntergerissen und die Betten aufgerissen worden waren. Trotz der Aktionen vor der Einfahrt und im Speisesaal schien sein Haß immer noch vorwiegend gegen Mirko gerichtet zu sein. Der Direktor, der sonst gelassen hinter seinem Schreibtisch zu sitzen pflegte, rannte nun vor diesem auf und ab, gab in Formeln abgefaßte Belehrungen von sich und drohte mit allerlei Folgen. Bauernschmied! hörte ich. Der Direktor tat, als habe er sich Sorgen gemacht um meine Zukunft.
Daß Sie sich in Ihrem Alter zu so etwas hinreißen lassen.
Er schüttelte verständnislos den Kopf.
Der Herr Fachlehrer, sagte ich, sei viel älter und benehme sich überhaupt nicht musterhaft.
Voß, der vor Wut zu explodieren drohte, fuchtelte mit

seinen Augen in meinem Gesicht herum und zischte, Schnauze halten.
Herr Voß brüllt mit uns, schreit mit uns.
Herr Fachlehrer Voß!
Es gibt aber keine Schreifreiheit.
Daraufhin wurde auch der Direktor zornig: er verbiete sich einen solchen Ton. Treiber und Kugler, die neben mir standen, pflichteten mir bei, indem sie sagten, aber Herr Direktor, im Internat wird mit uns nur gebrüllt und geschrien.
Was quatscht ihr Rotznasen da!?
Das ist doch nur eine Feststellung, sagte ich.
Du hast nichts festzustellen, Bauernschmied!
Du hast nur zu reden, wenn du gefragt bist! kam mir Voß entgegen.
Nun fing es an, mich zu ärgern.
Aber was wollen Sie denn, fragte ich.
Halt sofort die Klappe!
Der Direktor ermahnte mich, ich solle nun endlich einmal ruhig sein und mir anhören, was der Herr Fachlehrer mir zu sagen habe.
Er wisse schon, sagte Voß, wie er diese Rotznasen zum Singen bringe. Er kam wieder auf die Betten zu sprechen. Laut den Aufzeichnungen der Sekretärin hatten bereits vierzehn das Bettenaufreißen auf sich genommen.

Die Halleiner Lehrlinge, die mit uns in ein Wirtshaus gingen, sagten, sie würden junge Arbeiter und andere Lehrlinge verständigen. Das Heim müsse besetzt werden. Wir tranken Bier, unterhielten uns über das Verhör, berieten uns und lachten, weil wir nun sahen, wie schwerfällig die Hüter einer strengen Ordnung waren. Angeheitert vom Bier, zogen wir hinauf vors Heim, wo uns der Unteroffizier und Voß bereits erwarteten. Da gingen wir noch einmal ein Stück zurück und beschlossen auf Binders Vorschlag, uns an diesem Abend wie eingeschüch-

terte Lehrlinge zu verhalten. Kirchner sagte, das würde die beiden noch mehr verunsichern. Mirko meinte, das sei gefährlich. Sie würden uns sicherlich durchs Heim jagen, da könne es leicht sein, daß wir uns verlieren. Da öffnete Lederer seine Taschen und verteilte eine Handvoll Trillerpfeifen. Die könnten vielleicht ganz nützlich sein, und im übrigen sei Pfeifen weniger anstrengend als Schreien.
Wir gingen auf das Eingangstor zu.
Voß stand vor der Tür und schubste Lehrling um Lehrling nach innen. Der Unteroffizier kommandierte im grauen Militärmantel Laufschritt. Seine Stimme hallte in einer ungeheuren Lautstärke durch die Gänge, sie paßte überhaupt nicht zu unserem Zustand. Wir mußten hinauf in die Unterkünfte. Dann gings: Bettenbau! austreten! Bettenbau! austreten! Bettenbau! austreten! Im Laufschritt hinunter in den Hof! Liegestützen! Laufschritt! Liegestützen! Laufschritt! Immer im Kreis, die Mauern entlang, um den Unteroffizier herum. Kniebeugen bis zur Erschöpfung. Liegestützen bis zur Erschöpfung. Dann im Laufschritt hinauf in die Unterkünfte, in denen Voß mittlerweile wieder alle Betten aufgerissen hatte. Von den Eingängen aus kommandierten sie. Bald ließ Voß austreten, bald der Unteroffizier. Bevor alle mit dem Bettenbauen fertig waren, hieß es schon wieder: austreten! Und weil das Austreten nicht schnell genug vor sich ging, wurden wir wieder in den Schlafsaal zurückgebrüllt.
Und sofort wieder heraus!
Das ging vielleicht eine halbe Stunde so, dann mußten wir in den Speisesaal hinunterlaufen, von dort wieder in die Unterkünfte hinauf und von den Unterkünften wieder in den Speisesaal hinunter. Nach dem Abendessen pflanzte sich Mirko vor den Erziehern auf und bat sie, ob er ihnen das Abendessen servieren dürfe. Er schaute auf den Boden und sagte leicht stotternd, er bitte in Anwesenheit al-

ler Lehrlinge um Entschuldigung. Er sei dumm gewesen. Er habe sich von einem Kommunisten aufhetzen lassen. Voß ließ seinen Blick durch den Speisesaal schweifen. Dann stieß er Mirko mit der Faust gegen die Brust und sagte: das nenne ich Tapferkeit!
Er lächelte sogar ein wenig.
Mirko ging zur Anrichte und verlangte laut und deutlich von der jungen Schwester: Suppe für den Herrn Fachlehrer und den Herrn Unteroffizier. In der Nähe des Erziehertisches nötigte er Zink vom Stuhl auf; als Servierer brauche er diesen Platz. Der Unteroffizier schien nichts begriffen zu haben. Binders Vorschlag gefiel mir überhaupt nicht mehr. Weiß der Teufel, was die zwei Trotteln noch mit uns vorhaben. Nein, dachte ich, die Stimmung im Saal erinnert schon wieder an früher. Ich zwinkerte Kirchner zu, der in der Mitte des Saales mit dem Rücken zur Anrichte saß, um ihm zu verstehen zu geben, wir sollten wieder etwas unternehmen.
Er verstand mich aber nicht.
Dann sagte ich mir einfach, es wird schon nicht schiefgehen. Ich ließ einen Löffel fallen, wartete das Gebrüll des Unteroffiziers ab, in das dieser prompt verfiel, hob den Löffel auf und sagte: die zwei da drüben werden bezahlt, damit sie uns schikanieren.
Dem Unteroffizier, der noch nicht Zeit gehabt hatte, sich wieder zu setzen, blieb der Mund offen. Voß erhob sich langsam und sagte, schaut euch doch diesen Bauernschmied an. Und tatsächlich schauten mich einige erstaunte Gesichter an. Das ist ja ungeheuerlich, schrie Binder. Das ist ja unerhört! Ruhe! Der Unteroffizier schrie, andere schrien. Wild durcheinander herrschten sie sich an, warfen sich Voßsche Schimpfwörter an den Kopf, gaben sich Befehle und beruhigten sich erst allmählich wieder. Voß stand im unteren Drittel des Speisesaals und schaute schwer atmend umher, alles an ihm schien furchtbar aufgebracht. Es war dieser Blick, den ich

ja zum Überdruß kannte, der aufs Betroffenmachen aus war. Ich machte eine abwehrende Handbewegung und sagte, ich glaube, Sie verwechseln mich mit einem Hund. Wir brauchen Sie wirklich nicht. Keine Erzieher! Was sollen wir denn ohne Erzieher? Der Unteroffizier brüllte. Dem Geschrei machten Lederer und Kirchner mit den Trillerpfeifen ein Ende.
Wenn da nicht bald Ordnung wird, sagt Mirko, melde ich den ganzen Sauhaufen dem Direktor.
Eines würde mich interessieren, sagte Binder: Da wir Sie wahrscheinlich bald nicht mehr sehen, Herr Unteroffizier, könnten Sie uns noch sagen, wie das so ist, wenn man schreit?

Ihr seid ja wahnsinnig!
Ihr benehmt euch ja wie Wahnsinnige!
So könnt ihr mit einem Fachlehrer nicht reden.
Hört euch doch diesen Witzbold an, sagte Kirchner.
Weiler paßt es nicht, daß wir uns wehren.
Lothar Weiler sagte daraufhin etwas, aber das Gesagte ging im Gelächter unter. Er wollte gehen und mit ihm andere.
Dableiben! riefen Kirchner und Lederer.
Ihr könnt nicht einfach abhauen!
Das werden wir uns vielleicht von euch vorschreiben lassen, gab Weiler zurück und ging. Nicht nachlaufen, sagte ich, laßt sie gehen. Bist blöd, sagte Bratkowitsch. Die sollen gefälligst ihre Sachen vom Tisch räumen.
Was? Tische abräumen wollt ihr? sagte Mirko.
Während Mirko davon sprach, daß der ganze Speisesaal auf den Kopf gestellt werden müsse, bekam es die Schwester hinter der Anrichte mit der Angst zu tun.
Sie verständigte durch die Sprechanlage die Oberin.
Ehrwürdige Mutter! Kommen Sie schnell! Sie wollen den Speisesaal auf den Kopf stellen!
Ja sind denn der Herr Fachlehrer und der Herr Unterof-

fizier nicht da? fragte die Oberin die Schwester.
Die sind, ohne etwas zu sagen, weggegangen, sagte Kugler.
Die haben sich aus dem Staub gemacht, sagte Mirko.
Abgehauen, platzte Treiber.
Ja, ehrwürdige Schwester, wie Sie sehen, sind wir ohne Erzieher, sagte Lederer.
Kinder!
Kinder! Was macht ihr denn?
Keine Erzieher im Heim, das ist ja unvorstellbar.
Aber Schwester, sagte Bratkowitsch, Sie brauchen sich nicht zu beunruhigen. Die Erzieher sind ja nur gegangen, weil sie eingesehen haben, daß wir sie nicht brauchen.
Was wir brauchen, sagte Kugler, ist ein besseres Essen.
Besseres Essen und immer heißes Wasser, schloß sich Zink an. Badegelegenheiten, meldete sich Fröhlich, immerwährende Badegelegenheit.
Aber Kinder, das ist ja furchtbar!
Kein Erzieher im Haus!
Ohne Erzieher!
Was soll denn aus euch werden?
Ihr seid doch noch viel zu jung, um schon euch selbst überlassen zu werden. Ihr braucht eine sichere Hand, die euch auf den rechten Weg führt. Unser ehrwürdiges Heim! Mein Gott, was soll jetzt aus unserem ehrwürdigen Heim werden? Da muß ja sofort etwas geschehen, das darf ja gar nicht an die Öffentlichkeit kommen. Unser ehrwürdiges Heim ohne Erzieher, das ist ja unvorstellbar.
Den Papst anrufen, sagte Mirko.
Der Papst soll einen Bischof oder einen Kardinal schikken, der Ordnung macht, der aus den jungen Seelen die Teufel austreibt, rief er der Oberin durch die Tür nach.
Was machen wir?
Ausgehen!
Wir lassen alles liegen und stehen und gehen aus.

Am besten, wir sperren das Haustor zu und lassen niemanden herein.
Am besten, wir tun gar nichts.
Nein, sagte Kirchner, wir bringen zunächst einmal den Speisesaal in Ordnung. Ja, wir bringen den Speisesaal in Ordnung. Wir bringen den Speisesaal in Ordnung, sagte ich.
Spinnt ihr?
Mirko fing an zu lachen.
Er sei doch nicht verrückt und räume Tische ab. Bodenaufwischen. Bodenpolieren. Das habe ich ja immer gemacht. Aber wenn wir die Erzieher loswerden wollen, fiel ihm Binder ins Wort, müssen wir zunächst den Speisesaal aufräumen. Wir können nicht sagen, wir brauchen sie nicht, wenn wir gleichzeitig alles liegen und stehen lassen. Dann heißt es erst recht, daß wir sie brauchen.
Ich spinn doch nicht, ich kann den Boden vor lauter Aufwischen schon nicht mehr sehen, ich bin doch nicht verrückt und räume auch nur einen Tisch ab. Ich habe für meinen Aufenthalt bezahlt. Und du hast auch bezahlt. Und die andern auch.
Stimmt, sagte Kirchner.
Ich würde auch lieber ausgehen.
Nur hat es keinen Sinn, daß wir jetzt auseinanderlaufen. Das können wir uns im Augenblick nicht leisten.
Lederer sprach von einem Plan.
Das kenne ich schon, sagte Mirko.
Das haben wir voriges Jahr schon gemacht, und es ist nichts daraus geworden.
Die andern räumten bereits auf, trugen Teller, Schüsseln und Besteck zur Anrichte vor, hinter der immer noch die junge Schwester war, ein wenig schüchtern, aber eigentlich gar nicht böse. Mirko, der sich nicht um ihre Anwesenheit kümmerte, sagte, daß alles noch viel zu harmlos sei. Das Internat sei aber überhaupt nicht harmlos. Ihr tut ja so, als würden uns die Erzieher etwas angehen, aber

in Wirklichkeit ist Erzieher nur ein Beruf. Ich bin aber ein Mensch, wie der Erzieher auf der Straße oder im Wirtshaus ein Mensch ist. Nein, da mache er nicht mit. Er übernehme keine Heimordnung, auch nicht vorläufig.

Kommt und schaut euch diese Sauerei an, rief Lederer. Der ganze Waschraum ist voll Blut.
Die Lehrlinge, die mit Weiler den Speisesaal verlassen hatten, standen um das Bett herum. Sie hätten nur gesehen, sagte Weiler, wie Mirko zur Tür hereingegangen sei. Von einer Schlägerei hätten sie nichts gehört.
Aus Mirko war nichts herauszubringen.
Wir hätten ihn nicht aus dem Speisesaal gehen lassen sollen. Hans Kirchner schlug nun vor, daß keiner das Heim verlassen solle, daß keiner allein auf den Gang trete.
Plötzlich stand der Direktor unter der Tür.
Sie also!
Wieso ich?
Kommen Sie einmal mit! Er sah ziemlich verärgert aus. Er ging rasch den Korridor entlang. Eine Schwester sperrte die Verbindungstür zum Haushalteschülerinnentrakt auf und hinter uns zu. Ich wurde in ein Zimmer geführt. Die Oberin. Die junge Schwester vom Speisesaal. Voß. Der Unteroffizier. Der Fachlehrer für Fachkunde. Alle sitzend um einen langen Tisch, über den ein Tischtuch gebreitet war. Verflucht ernst. Aber das ist kein Gericht, denke ich, diese Menschen können mich nicht verurteilen.
Verzeihen Sie, wandte ich mich an die Oberin, gibt es da irgendwo eine Sitzgelegenheit?
Schaut euch doch diesen Kerl an, brauste Voß auf. Er will eine Sitzgelegenheit. Ich werd dir gleich Beine machen.
Ich habe nicht Sie, sondern die Hausherrin um eine Sitzgelegenheit ersucht, entgegnete ich und sah die Oberin an, als würde ich ernsthaft Auskunft erwarten.
Du hältst jetzt endlich dein Maul!

Ehrwürdige Schwester, ich...
Maulhalten!
Andauernd höre ich, daß in diesem Land jeder Staatsbürger frei seine Meinung äußern kann...
Sie sind hier kein Staatsbürger! Sie sind hier Lehrling und haben sich als Lehrling zu verhalten. Und nun schweigen Sie endlich, bis Sie gefragt werden. Verstanden!
Ich machte eine verneinende Kopfbewegung.
Der Direktor schrie: Ich habe gesagt: Verstanden!
Und die Antwort darauf heißt: Jawohl. Verstanden!
Ich verneinte wieder.
Ja sind Sie taub?
Wenn ich rede, schreien Sie, wenn ich nicht rede, schreien Sie auch. Das verwirrt mich.
Nun ist es aber genug, schrie der Direktor und sprang gleichzeitig vom Stuhl auf, ich bin für Sie kein Sie, Sie haben sich nicht zu meinem Verhalten zu äußern, ich bin für Sie der Herr Direktor.
Er machte eine Pause, ging hinterm Tisch auf und ab.
Sie wissen, fuhr er in einem ruhigen Ton fort, wozu meine Kollegen und ich uns hier versammelt haben?
Herr Direktor, ich weiß es nicht.
Dann denken Sie scharf nach.
Sie haben doch etwas gesagt?
VOSS Halt uns nicht zum Narren, Bauernschmied.
HOLL Ich weiß nicht, was Sie meinen, und ich kann mich jetzt auch nicht erinnern, was ich heute oder gestern alles gesagt habe.
FACHLEHRER Aber schauen Sie, Holl, Sie verbauen sich ja nur Ihre Zukunft. Sie haben beim Abendessen zwei Sätze gesagt, die wollen wir jetzt von Ihnen noch einmal hören.
HOLL Die zwei drüben werden bezahlt, damit sie uns schikanieren. Das stimmt ja. Sie tun ja nichts anderes. Ja, das habe ich gesagt. Und das werde ich auch weiterhin sagen, bis es sie nicht mehr gibt.

DIREKTOR Sie sollen auf die Frage des Herrn Fachlehrer antworten. Sie haben gesagt: Die zwei da drüben werden bezahlt, damit sie uns schikanieren. Und was noch?

HOLL Ja, und später habe ich gesagt: Wir brauchen Sie wirklich nicht. Weil mich Herr Voß angeschaut hat, als würde er auf mich losgehen.

DIREKTOR Nun fangen Sie aber nicht gleich wieder an, uns vorzumachen, das sei freie Meinungsäußerung. Wer solche Sätze ausspricht, noch dazu während des Einnehmens einer Mahlzeit, die wortlos zu konsumieren ist, hat nur die Provokation und in der Folge den Aufruhr im Sinn. Keine Widerrede! Sie haben sich am Nachmittag in der Direktion bereits höchst störrisch aufgeführt.

HOLL Aber Herr Direktor, ich möchte zu den zwei Sätzen noch...

DIREKTOR Unterbrechen Sie meine Gedankengänge nicht. Sie haben sich aufrührerisch geäußert, eine Äußerung, die völlig im Widerspruch zu unseren Ausbildungszielen steht, nämlich binnen kürzester Zeit aus Ihnen einen hochqualifizierten Facharbeiter zu machen, wohlgemerkt zu Ihrem Vorteil. Ich gebe zu, das Dasein der Jugend ist zweifellos kompliziert, aber das unsere, die wir die Verantwortung tragen, ist nicht minder kompliziert. Unser Leben gehört zur Hälfte der Jugend und zur Hälfte dem Staat. Wir, ich und meine Kollegen, sind sozusagen die unparteiischen Vermittler. Ein junger Mensch interessiert sich nicht für den Staat. Das weiß der Staat. Der Staat betraut deshalb uns mit der Erziehung, weil uns beide, Jugend und Staat, gleichermaßen ein Anliegen sind...

HOLL Anstatt uns zu helfen, verstellen uns die Erzieher den Weg, damit wir ja nichts begreifen. Wenn ich schon leben muß, dann will ich wissen, was um mich vorgeht, wer ich bin, in welcher Welt ich lebe.

DIREKTOR Der junge Mann will die Welt begreifen.

VOSS Der Bauernschmied will die Welt begreifen und

kann nicht einmal mit einer Feile umgehen.

DIREKTOR Sie sind ja noch keine zwanzig Jahre alt, was wollen, was können Sie denn jetzt schon von der Welt begreifen?

HOLL Natürlich nichts, Herr Direktor.

DIREKTOR Aber im Speisesaal wollten Sie die Welt begreifen.

HOLL Ich habe nicht gesagt, ich will die Welt begreifen.

DIREKTOR Sinngemäß haben Sie.

HOLL Ich weiß nicht, worauf Sie hinaus wollen.

DIREKTOR Aber wir. Wir sind für Ihre Erziehung und Ausbildung verantwortlich, aber nicht Sie für unsere. Wir brauchen nicht Ihnen Rede und Antwort zu stehen, sondern Sie uns. Und es ist keine Kleinigkeit, daß wir uns Ihretwegen hier versammelt haben, wohlgemerkt außerdienstlich. Sie wollten also im Speisesaal die Welt begreifen, wer noch?

HOLL Don Camillo.

DIREKTOR Ich würde an Ihrer Stelle keinen Spaß machen, sondern antworten, solange es nicht zu spät ist. Noch ist es nicht zu spät. Noch haben wir über Sie keine Entscheidung gefällt. Noch steht Ihnen die Schule offen. Noch steht Ihnen alles offen. Sie wollen doch weiterkommen? Sie wollen doch nicht wegen einer, na sagen wir, wegen einer lächerlichen Affäre im Dreck steckenbleiben. Das wollen Sie doch nicht, wollen Sie das?

HOLL Natürlich nicht, Herr Direktor.

DIREKTOR Unsere Geduld hat Grenzen.

FACHLEHRER Sie müssen jetzt klug sein.

DIREKTOR Eine junge Existenz ist schnell verdorben. Um weiterzukommen, brauchen Sie Schulen, scheitern Sie, sind Sie nur ein Hilfsarbeiter. Das bedeutet, was immer Sie vorbringen, wiegt nicht mehr, als man einem Hilfsarbeiter zubilligt. Nicht ich, nicht wir, Sie selbst entscheiden hier Ihr Schicksal. Ich erledige nur eine Formalität. Die Schulen, wie Sie vielleicht wissen, sind wohlweislich organisiert. Verlassen Sie eine als beschriebenes, sind Sie beim Eintritt in die nächste kein unbeschriebenes Blatt mehr. Sie sehen also, wir sind nicht ohnmächtig.

HOLL Das glaube ich nicht.

DIREKTOR Was glauben Sie nicht?

HOLL Daß Sie soviel Macht haben. Zumindest verstehe ich nicht, warum der Herr Fachlehrer Voß als Erzieher auf die Lehrlinge mit den Fäusten losgeht.

DIREKTOR Jugendliche Zuckungen, für die sich die meisten dankbar erweisen, sobald sie den Ernst des Lebens erfaßt haben. Alte Meister schreiben oft noch Dankesbriefe. Die Jugend ist leider undankbar, will sich vorzeitig Einblick verschaffen und sofort zur Beteiligung schreiten. Und der nächste Schritt heißt schon: abschaffen. Uns abschaffen, das haben Sie doch gemeint. Oder nicht? Lassen Sie doch Ihrer Zunge freien Lauf, verteidigen Sie sich.

OBERIN So ist es immer, gewährt man Zöglingen das Reden, bringen sie den Mund nicht auf. Aber kaum kehrt man ihnen den Rücken, zwitschern sie wie die Spatzen. Und es wird von Jahr zu Jahr schlimmer.

VOSS Fang endlich an, wenn du etwas zu sagen hast.

DIREKTOR Er starrt die Wand an und schweigt.

OBERIN *Zur jungen Schwester*: Hat dieser den Heiligen Vater beleidigt? *Die junge Schwester macht eine verneinende Kopfbewegung.*

FACHLEHRER Also reden Sie doch endlich.

VOSS Sprich endlich, du Hund.

UNTEROFFIZIER Hast du uns nichts zu berichten?

DIREKTOR Herr Pröll hat Ihnen eine Frage gestellt.

HOLL Herr Pröll geht mich nichts an.

DIREKTOR Aber Sie gehen sehr wohl Herrn Pröll etwas an.

HOLL Jawohl Herr Direktor. Herr Pröll wird mir immer ein Vorbild sein.

DIREKTOR Es ist ganz natürlich, daß sich ein Mensch wie Sie um die Kontrolle drücken möchte, weil diese Ihre Schwächen ans Tageslicht bringt. Um aber auf diese Weise nicht ständig mit Ihrer Umwelt in Konflikt zu kommen, gehen Sie den Weg des geringsten Widerstandes und hetzen andere gegen Ihre Vorgesetzten auf, was bei Jugendlichen bekanntlich nicht schwierig zu bewerkstelligen ist.

HOLL Das stimmt doch alles nicht.

DIREKTOR Einen Aufstand anzetteln hat im übrigen nichts mit Intelligenz zu tun, es wird häufig in einen solchen Zusammenhang gebracht. Tatsächlich ist es nur eine Modeerscheinung.

HOLL Ich möchte wissen, warum Sie mich aus dem Schlafsaal geholt haben.

UNTEROFFIZIER Er stellt Fragen, anstatt zu antworten.

HOLL Ich habe keinen Aufstand angezettelt.

UNTEROFFIZIER Sie reden nur, wenn Sie gefragt sind.

HOLL Sie haben mir nicht zu befehlen.

VOSS Bauernschmied, halt die Klappe.

HOLL Darum gehts ja, deswegen hat ja alles angefangen.

VOSS Halts Maul!

DIREKTOR So kommen wir nicht weiter.

HOLL Darum gehts ja, wenn jemand Aufstände anzettelt...

DIREKTOR Ich befürchte, Sie denken, daß Sie wichtig sind. Sie sind aber nicht wichtig. Ein Mensch, der sich aufführt wie Sie, ist überhaupt nicht wichtig. Zunächst hat ein Mensch eine Leistung zu erbringen, erst diese berechtigt ihn, sich kritisch über ihm vertraute Zustände zu äußern, ja, imSinne einer wohldurchdachten Demokratie ist er sogar dazu verpflichtet, damit die Demokratie auch tatsächlich funktionieren kann. Nun haben Sie vorhin bereits selber zugegeben, daß Sie aufgrund Ihres Alters nicht über den nötigen Horizont verfügen, um für die

Gemeinschaft einen brauchbaren Beitrag zu erbringen.

HOLL Das habe ich alles nicht gesagt. Sie unterstellen mir andauernd Dinge, die ich überhaupt nicht gesagt habe.

DIREKTOR Was eine Gemeinschaft braucht, sind Menschen mit Pflichtbewußtsein. Menschen wie Sie denken nur an sich und übersehen absichtlich, was die Mitmenschen für sie tun. Unsere Aufgabe ist nun, zu verhindern, daß die Gemeinschaft durch Sie Schaden erleidet.

HOLL Zu verhindern, daß die Gemeinschaft durch mich Schaden erleidet?

DIREKTOR Beziehungsweise weiterhin keinen Schaden erleidet, denn einen Schaden erlitten hat sie bereits, da Sie ihre Einrichtungen mißbraucht haben. Das hat in zweierlei Hinsicht Geld gekostet. Einerseits die Ausbildungskosten für Sie, andererseits haben Sie einem anderen den Platz weggenommen. Das bedeutet für die Produktion eine Lücke.

Ich griff auf den Spind, auf dem ich meinen Pappkoffer liegen hatte, warf den Koffer auf das Bett, schlug den Deckel auf. Ich bin auch fürs Weggehen, sagte Mirko, aber alle, nicht einer. Das wollen sie ja, sie wollen uns der Reihe nach loswerden. Natürlich wollen sie uns der Reihe nach loswerden, sagte Kirchner, aber so einfach geht das wohl auch wieder nicht. Natürlich geht das, solang es welche gibt, die sich andauernd ducken und sich alles gefallen lassen, aber so hilflos sind wir doch nicht. Es ist doch nicht mehr so, daß einer von uns verprügelt werden kann, und wir schauen zu. Außer wie bei ihm – er zeigte auf Mirko –, der anscheinend so leise im Waschraum verprügelt worden ist, daß man es nicht bis in den Schlafsaal herein hat hören können. Ich sehe einfach nicht ein, sagte Kirchner, warum wir uns jetzt wie Kinder auseinanderschicken lassen sollen. Was ist denn passiert? Mirko ist nach dem Abendessen verprügelt worden. Gut.

Dann haben wir geglaubt, der Direktor kommt aufgebracht zu uns in den Schlafsaal und brüllt. Gut. Der Direktor war schlauer. Er hat nicht gebrüllt. Er hat sich einen von uns herausgefischt, weil er mit einem leicht fertig wird. Gut. Daraufhin haben es einige mit der Angst zu tun bekommen, weil wir nicht gewußt haben, wie es weitergehen würde. Aber jetzt wissen wir, daß sie uns einzeln fertigmachen wollen. Genau das hat Voß allein mit uns gemacht. Allein hat er uns in den vergangenen zwei Kursen so eingeschüchtert, daß wir gestern im Wirtshaus fast nur davon gesprochen haben, was uns wieder alles passieren würde. Aber der Witz ist, daß uns nämlich nichts passieren kann, wenn wir es nicht zulassen. Mit dreißig Eingeschüchterten kann beliebig verfahren werden. Aber so denke ich nicht mehr. Sobald ich weiß, daß ihr euch für mich einsetzt, kann ich mich wehren.
Das sagt er nur, sagte Weiler, weil er weiß, daß er vielleicht schon morgen oder übermorgen hinausgeschmissen wird.
Na und, fuhr Binder ihn an.
Das kann mir genauso passieren.
WEILER Es geht ja nicht um alle. Es geht ja nur um einige. Es haben ja nur einige mit dem Stunk angefangen. Und jetzt wollt ihr alle mit hineinziehen, weil ihr zu feige seid, für das einzustehen, was ihr angestellt habt.
MIRKO Richtig. Jugendliche müssen bearbeitet werden, was sie nicht umbringt, macht sie nur härter.
KIRCHNER Was wir machen, ist ganz einfach.
WEILER *dazwischen:* Was heißt da wir? Wer ist dieser Wir?
KIRCHNER Was wir machen, ist ganz einfach. Wir hören auf, uns vorzustellen, was mit uns passiert. Wir nehmen uns selber in die Hand. Wir ignorieren einfach den Zustand, wie er bis heute war. Ich bin ein Mensch, schrie er, und kein Hebel, an dem andere nach Laune reißen können. Es ist einfach lächerlich, daß ein Mensch mit sich ge-

schehen läßt, was einem anderen gerade in den Kopf springt. Was gehen mich seine Launen an? Was geht mich dieser Mensch an? Ich meine, es ist lächerlich. Kaum sitze ich im Zug, denke ich an Voß. Kaum kommt man ins Haus, flüstern alle und fürchten sich vor Voß. Den gibt es nur, weil sich immer alle mit ihm abgefunden haben.
Abfinden haben müssen, sagte Fröhlich. Wir haben uns ja nicht gekannt, was hätten wir denn da tun sollen?
KIRCHNER Ich spreche ja nicht von uns, ich meine die vor uns. Die hätten doch längst etwas unternehmen können.
Man kann doch nicht andauernd überall vor allem davonlaufen. Wenigstens Warntafeln hätten sie aufstellen können, witzelte Binder.
Auf einem Feldweg hatte ich zu Marianne gesagt: Als Kind habe ich mir oft gewünscht, versinken zu können, einfach in die Erde versinken. Kaum sagt man, was man sich hundert und tausendmal denkt, ist es ein Verbrechen.
Jetzt bist du doch bei mir.
Aber davon konnte ich nicht leben. Nicht einmal Kofler würde ich etwas erklären können. Marianne liebt dich. Sie denkt an dich, während du in einer lächerlichen Schule sitzt und zum Fenster hinausschaust. Sie hat sich dich in den Kopf gesetzt. Wenn sie wüßte, was ich jetzt denke, wäre sie traurig. Warum ich nicht geschrieben habe? Das kann ich nicht in ein paar Sätzen sagen.
Ich klappte den Kofferdeckel wieder zu und legte den Koffer auf den Kasten zurück.
Gewonnen! schrie Lederer.
Nein, sagte ich, ich habe nicht vorgehabt, heimzufahren. Ich kann machen mit mir, was ich will. Ich kann mir für einige Tage auch ein Hotel leisten. Die Sache ist nämlich die: Wenn der Direktor mich loswerden will, wird er mich los.
KIRCHNER Aber wieso!

BRATKOWITSCH Wer wen los wird, bestimmen wir.
REISCH *auf Mirko deutend*: Er fängt immer an.
WEILER *zu Reisch*: Er hätte nur am Kasten und am Bett ein Namensschild anbringen müssen.
BINDER Dafür bekommt er heute nacht auch die Decke.
REISCH Aber ich seh wirklich nicht ein, warum einer etwas anfängt, was alle in Schwierigkeiten bringt.
KIRCHNER Welche Schwierigkeiten?
REISCH Daheim! Wenn mein Vater davon erfährt, gibts statt Taschengeld Ohrfeigen. Wenn mein Meister davon erfährt, gibts auch Ohrfeigen. Ich muß ja wieder heim, im Internat bin ich ja nur sieben Wochen.
LEDERER Ich muß auch wieder heim.
MIRKO Ich glaube, ich muß jetzt einmal erklären, warum ich mich im Heim nicht so aufführe, wie Weiler es sich vorstellt. Der Weiler weiß nämlich nicht, daß ich nach jedem Berufsschulkurs vom Bürgermeister empfangen werde. Der Bürgermeister klopft mir dann auf die Schulter und sagt: Ein junger Mensch muß sich wehren, sonst verliert der Staat den Verstand.
WEILER *aufgebracht*: Ich habe nichts gegen die Heimordnung. Und wenn Kirchner hundertmal behauptet, die Heimordnung sei widersinnig. Ihr braucht euch doch nur ordentlich aufzuführen, dann passiert keinem etwas.
Kirchner, der von Lehrlingen umstellt war, fuchtelte wild mit der Hand durch die Luft, riß den Mund auf und zu, gab aber keinen Laut von sich. Später legte er sich auf den Boden. Im Stehen sei ihm das Reden allmählich zu anstrengend, sagte er. Aber die Zeit dränge, und es sei noch einiges zu besprechen. Es seien also folgende Schritte: Sobald einer aus dem Heim fliegt, wird gestreikt! Sobald einer aus der Schule fliegt, wird gestreikt! Sobald einer angegriffen wird, wird gestreikt! Sobald einer angebrüllt wird, wird gestreikt! Keiner wird mehr allein verhört!

Der Direktor wird sich nun ein wenig mit dir beschäftigen, sagte Kirchner. Er wird versuchen, dich loszuwerden, um die andern einzuschüchtern. Das machen sie in Schulen oft. Du mußt jetzt nur darauf achten, daß sie dir nichts anhängen können. Du hältst dich vorläufig am besten raus. Du brauchst keine Angst zu haben, wir lassen dich schon nicht im Stich.
Ich habe keine Angst.
Ich dachte nur, sagte Kirchner und rannte vor zu anderen, um ihnen Anweisungen zu geben. Mein Plan, mir in der Stadt ein Zimmer zu nehmen, ist abgelehnt worden. Das sei zu aufwendig. Und ich soll ja nicht glauben, sie beschäftigen sich nur mit mir. Neben mir ging einer, der meinte, man sollte zuerst die Facharbeiterprüfung ablegen und sich dann beschweren.

Bruckmann, der von der Direktion einen Brief erhalten hatte, schaute lange streng.
Es ist nicht so, daß du lernen mußt, sagte er.
Wenn dir der Beruf nicht mehr gefällt, ist der erste Tag der beste, daß du aufhörst und dir was anderes suchst. Ich bin dir deswegen bestimmt nicht böse.
Gegen den Beruf habe ich nichts, sagte ich. Ich habe etwas gegen die Berufsschule und gegen die Erziehung.
Aber Erziehung gehört dazu! Lehrlinge sind Jugendliche, die erzogen werden müssen. Jugendliche können nicht sich selbst überlassen werden. Was Jugendliche ohne Erzieher anstellen, kannst du täglich in den Zeitungen lesen.
Stimmt, sagte ich, aber ich habe mir auch sagen lassen, es soll Zeitungen geben, in denen man lesen kann, was Erzieher mit Jugendlichen anstellen. Aber das sind wahrscheinlich schlechte Zeitungen.
Ja, stöhnte Bruckmann, er gebe zu, die Erzieher seien nicht die besten. Aber es gehe nicht an, daß ich deswegen Lehrlinge aufhetze. Du hättest dir das schon ein wenig

überlegen sollen. Du schadest nicht nur dir, sondern auch mir.
Aber ich kann mir doch nicht von vornherein alles gefallen lassen, wehrte ich mich. Nur weil sich ein Erzieher in den Kopf gesetzt hat, mit Lehrlingen nach Willkür zu verfahren.
Ja, es hat seine Richtigkeit, wenn du dich für dich zur Wehr setzt. Jeder Mensch hat das Recht, sich gegen Ungerechtigkeiten zur Wehr zu setzen. Aber was du machst, ist nicht mehr ein Sich-zur-Wehr-Setzen. Das nennt man aufhetzen. Das macht in Österreich nicht einmal ein ordentlicher Kommunist. Das sind einfach keine Methoden, Lehrlinge zum Streik aufzurufen.
Das habe ich nicht allein, das haben andere genauso gemacht, weil mich sonst die Direktion hinausgeworfen hätte. Und nach mir hätten sie andere hinausgeworfen. Das wird mir nur unterstellt, daß ich allein alles angezettelt hätte. Aber angefangen hat alles durch Voß. Er hat alles heraufbeschworen. Immer heißt es, privat sei er der feinste Mensch. Ich lachte. Ja, ich glaube schon, daß die Innung an Voß ihre Freude hat, aber jetzt muß er gehen. Was Richter nicht gemacht haben, machen wir.
Bruckmann schüttelte heftig den Kopf.
Wenn du dir von Erziehern und Lehrern nichts mehr sagen lassen willst, dann ist es wohl besser, wir lösen das Lehrverhältnis auf. Ich mach dir deswegen keinen Vorwurf. Bestimmt nicht. Nur glaube ich, daß es jetzt keinen Sinn mehr hat, wenn du alles so kritisch siehst. Das wird ja dann immer mehr.
Aber das ist doch ein Widerspruch, unterbrach ich ihn. Einerseits soll ein Lehrling schon alles begreifen, bevor man ihm etwas erklärt hat, andererseits erwartet man von ihm, daß er immer blind bleibt. Das geht ja gar nicht. Ich kann doch nicht lernen und lernen und gleichzeitig dumm bleiben.
Du bist zu alt, Franz.

Ich seh das jetzt, du bist für eine Lehre zu alt.
So kannst du das nicht sehen, so ist es nicht, glaub mir, du siehst das falsch. In der Lehre geht es nicht darum, daß du erkennst, was ein Widerspruch ist. Begreif das endlich!
Aber es ist ein Widerspruch, rief ich.
Ich habe ja nie gesagt, schrie Bruckmann, daß es kein Widerspruch ist. Habe ich jemals zu dir gesagt, daß es kein Widerspruch ist?
Das nicht, sagte ich.
Aber trotzdem ist es etwas, das nicht geht. Ich kann nicht aufhören zu denken, nur weil Vorgesetzte nicht wollen, daß ich denke. Bei Schularbeiten, Prüfungen und in der Lehrwerkstatt soll ich plötzlich wieder denken, weil die Vorgesetzten wollen, daß ich denke. Ich kann mir doch nicht von einem Augenblick auf den anderen denken: denken! nicht denken! denken! nicht denken! denken!
Aber schau, sagte Bruckmann mit viel Geduld, darum geht es in der Ausbildung nicht. In der Ausbildung geht es darum, daß du einen Beruf erlernst, dafür mußt du auch einige Unannehmlichkeiten in Kauf nehmen. Die Welt ist nicht logisch! Das mußt du endlich begreifen! Entweder du nimmst die Bedingungen, wie sie sind, in Kauf, dann kommst du zu einem Beruf, oder du nimmst sie nicht in Kauf und kommst zu keinem Beruf. Was anderes gibt es nicht!
Bruckmann ging um ein halbfertiges Gartentor, das auf dem Boden lag. Ich schaute an ihm vorbei durchs Fenster. Auf der Landstraße torkelte der ehemalige Landarbeiter Robert Specht am Zaun entlang.
Aber ich versteh überhaupt nicht, sagte ich, warum ich zu alt sein soll. Ich bin doch nicht zu alt, du hast doch einmal gesagt, dir ist das lieber, wenn einer älter ist, weil du den auch allein lassen kannst.
Davon bin ich auch jetzt noch überzeugt, sagte Bruckmann und schaltete das Schweißaggregat ein.

Es war später Nachmittag.
Da sitzen sie in ihren Häusern.
Aber Hilfsarbeiter werden, ist jetzt auch ein Wahnsinn.
Die Straße war leer. Das alte Wirtshaus, in dem Otto Irder seine Witze riß, erinnerte mich einen Augenblick an Erika. Sie hatte da einmal gearbeitet, jetzt arbeitete sie in einer Großküche. Einmal soll ich nur laufen, dann stimmt mein Gang wieder nicht, einmal reden, dann wieder nicht reden, und nun ist es auch noch falsch, daß ich denke. Aber der Widerspruch ist da. Ich war plötzlich beim Haus, rannte hindurch und hinauf in mein Zimmer. Ich ließ mich rücklings aufs Bett fallen und versuchte, an nichts zu denken, aber es ging nicht, einmal war Mariannes Körper da, einmal ein Ast in einem Gabelstiel, ein abgestürztes Pferd, der schreiende Seifert, eine Schweißtischecke im Wirtschaftsförderungsinstitut, die Rauferei auf der Straße, ein lauschendes Priesterohr, Konrad Eiblich mit einem aufgeklappten Taschenmesser, ein Stier, wie er auf eine Kuh springt, was? jetzt, wo du etwas verdienen solltest, willst du einen Beruf erlernen? Ein dampfender Grashaufen, zugleich machte sich eine Erschöpfung breit. Ich lag schwer auf dem Bett, als hätte mein Körper in den letzten Stunden an Gewicht zugenommen.

Ich sprang plötzlich auf und ging zu Otto Irder. Ich bin doch kein Narr, da muß doch etwas zu machen sein. Das ist mir doch egal, ob da jemand enttäuscht ist oder nicht enttäuscht ist. Ich lebe doch nicht, um anderen zu gefallen. Otto war aber nicht zu Hause. Er sei mit Kollegen weggefahren, hieß es. Ich überlegte, ob ich ins Lanner gehen sollte. Kann sein, daß ich wieder lange in der Dunkelheit stehe. Einen Haufen Arbeit hinter mich bringen, bis man nichts mehr von mir sieht. Ja, damit habe ich mir Ruhe verschafft. Aber welche Ruhe? Eine Sippschaft, die mich auf eine Ofenbank hatte verbannen wollen, lä-

chelte und redete wieder mit mir, weil sich herausgestellt hatte, daß ich für ein Handwerk doch nicht zu dumm war. Und ich hatte sie wieder aufgesucht, diese Welt, weil sie immer noch in mir pochte, aber Tausende von unausgesprochenen Sätzen lagen zwischen uns. Kinder überquerten aufgeregt redend die Straße. Ich ging ein Stück vor und zurück. In den Häusern brannte Licht. Wie machen die das nur? Die sitzen alle in ihren geheizten Wohnungen, warten auf das Abendessen, und ich gehe eigentlich schon immer mit meiner Existenz hausieren. Immer ist etwas falsch. Immer stoße ich irgendwo an. Auf Marianne sind sie angewiesen. Froh sein, überhaupt arbeiten zu dürfen? Du mußt wollen. Der Beruf muß dir gefallen. Die Arbeit muß dir Spaß machen. Hinter einem großen Fenster sah ich die Kartenspieler. Ich ging zurück ins Haus, holte mir den Mantel und machte mich auf den Weg zu Marianne.
Ich hatte mich seit dem Tag, als ich in der Früh von ihr weggegangen war, nicht mehr blicken lassen, weil mich vor der Heimlichkeit, in der sie lebte, ekelte. Sie hatte mir geschrieben, mir vorgeschlagen, wo ich sie treffen könnte. Es war kalt. Ich mußte lange in der Dunkelheit warten, bis sie endlich vors Haus trat. Sie zog mich hinter ein Gehöft, lief weg und verschwand noch einmal für kurze Zeit im Haus. Dann kam sie und sagte, sie dürfe nicht weg.
Du bist doch frei, sagte ich.
Nicht so laut, flüsterte sie.
Marianne zog mich zu sich und preßte mir die Lippen auf den Mund. Sie liebt mich, aber ich kann nicht mir ihr reden. Sie hört mir zu, aber was ich sage, hat mit ihr nichts zu tun. Ein Körper, der vor Jahren auf diesem Weg gegangen ist, steht in der Dunkelheit und läßt sich eine Zunge in den Mund schieben. Und Arme umschlingen mich, drücken, als gebe es etwas zu erpressen. Du Lauser, sagte sie, warum hast du mich so lange warten lassen?

Nicht einmal meinen Brief hast du beantwortet. Warum hast du mir nicht geschrieben? Sag, warum hast du mir nicht geschrieben? Das sagte sie hastig und schaute zur Haustür hinüber, als müßte sie jeden Augenblick weglaufen. Ich gab darauf keine Antwort. Ich wußte nicht, was ich darauf hätte sagen können. In immer kleineren Gruppen stand diese Welt, der Marianne angehörte, irgendwo in einer Ecke, grinste, schaute, schwieg oder torkelte aus einem Wirtshaus, während ihre Aufpasser über bleichgeriebenen Tischen brüteten, beteten, in Stuben auf und ab gingen und über schlaflose Nächte klagten. Du Dreckschlampen, hörte ich die Alte keifen. Sie stand unter der Tür, konnte uns aber nicht sehen. Was macht der Dreckschlampen solange heraußen! Hat sie schon wieder irgendwo so einen Saukerl stehen! Marianne drückte mir die Hand auf den Mund. Bleib ruhig, flüsterte sie. Sie zitterte vor Kälte. Was muß sie für Abende verbringen! Jeder Atemzug wird bewacht. Ich wartete, bis sich die Alte ins Haus zurückzog, dann entfernte ich mich langsam von Marianne, und sobald mir vorkam, sie würde nichts mehr von mir sehen, fing ich an zu laufen. Mir war so übel, daß ich es niemandem sagen konnte. Ich durchlief wahllos Gassen und Straßen und ärgerte mich, daß es in den Häusern so ruhig war, nur Lichter und Schatten hinter den Fenstern.

Schließlich sei es seine Werkstatt, seien es seine Maschinen. Schließlich trage er die Verantwortung.

Ich reg mich nicht auf, mich stört nur, daß es immer so hingestellt wird, als wäre es schon das natürlichste auf der Welt, daß die einen arbeiten und die anderen kassieren.

Nicht ein Berufsschullehrer gibt uns recht, einer wie der andere redet von Pflichten und erklärt einem, wie leicht man zu ersetzen ist. In den Wirtshäusern, im Zug, überall

werden die Leute bös, wenn ich sage, daß junge Menschen selber zu denken anfangen müssen. Ich kann verstehen, daß Erzieher alles unternehmen, um ihre Posten nicht zu verlieren, obwohl ich deren Aufgabe immer noch nicht verstehe. Und schon gar nicht verstehe ich, daß jemand, der einem das Fürchten beibringt, dafür bezahlt wird. Aber noch weniger kann ich verstehen, daß Menschen, die gar keine Erzieher sind, wie die Erzieher reden. Besonders in den Wirtshäusern fällt mir das auf. Da hocken haufenweise Männer, die alle mit der Jugend etwas vorhaben. Sie wollen die Jugend laufen sehen, singen hören, arbeiten sehen, marschieren sehen. Nur reden wollen sie uns nicht hören. Reden nur, wenn einer gefragt wird. Ich saß auf dem Platz, auf dem ich mich verteidigen konnte. Ada saß dicht neben mir, zittrig griff sie nach der Schale, krümmte sich vor und blies in den Tee.
Freilich, sagte Bruckmann, soll ein junger Mensch etwas aus sich machen. Das ist sogar lobenswert. Aber alles mit Maß und Ziel. Nichts sehen, nichts hören, nichts sagen und warten, bis drei Jahre vorüber sind, geht genauso nicht. Da heißt es dann wieder: spreiz gefälligst die Ohren auf, wenn ich dir etwas sage.
Mach gefälligst die Augen auf, wenn ich dir etwas zeige.
Ist dir das Maul zugewachsen?
Und sage ich etwas, das der Vorgesetzte nicht hören will, sagte er: halts Maul! Das Problem gibt es nur, sagte Bruckmann, weil du schon älter bist, weil dir derartige Widersprüche auffallen.
HELENE Das ist Quatsch.
BRUCKMANN Ich will ihm ja nur erklären, daß es für ihn aufgrund dieser Vorfälle besser ist, was anderes zu machen, weil ihm von nun an alle aufsitzen werden. Du hättest dir das schon überlegen müssen.
Wieso immer ich?
Ich soll mir immer alles überlegen, bis ich vor lauter Überlegen verrückt werde, aber daß sich auch einmal die

Lehrer etwas überlegen könnten, höre ich nie. All die Jahre haben die Lehrer Voß zugeschaut, das Gericht hat zugeschaut, aber kaum setzt man sich gegen Schikanen zur Wehr, tun alle, als hätte man ein Verbrechen begangen. Außerdem, fügte ich hinzu, war zum Überlegen keine Zeit.
Du vergißt, sagte Bruckmann, daß ich dich bei deiner Einstellung gefragt habe, ob du dir nicht zu alt vorkommst. Habe ich dich danach gefragt, ja oder nein?
Ja, sage ich. Und ich weiß auch, daß in der Staatsbürgerkunde für Lehrlinge steht: Der Lehrling hat sich anständig zu betragen und ist zu Folgsamkeit, Treue und Verschwiegenheit verpflichtet. Er muß sich im Gewerbe nach den Anweisungen des Lehrherrn verwenden lassen. Der Lehrherr hat die Sitten und Aufführung des minderjährigen Lehrlings in und außerhalb des Betriebes zu überwachen.
BRUCKMANN Ich verteidige die Berufsschule nicht.
Ihm seien derartige Zustände selber lästig, er möchte am liebsten überhaupt nicht an die Berufsschulzeit erinnert werden. Er habe die Berufsschule auch nicht erfunden. Die Augen zumachen und durchlaufen! Alles andere habe keinen Sinn.
INGE Dann bist du wer, dann kannst du anschaffen.
Ja, sagte ich, man müßte wochenlang scharf nachdenken und dann nur Unsinn daherreden.
Helene schüttelte den Kopf.
Der alte Krainer, der sonst jede Meinungsverschiedenheit zwischen Bruckmann und mir ausnützte, um sich einzumischen, schwieg aus Protest. Er konnte nicht in seine Kammer, weil die Alte in den Hungerstreik getreten war.

Nach Abschluß der Facharbeiterprüfung, die ich in einer Dachkammer ablegte, fuhr ich mit Josef Bruckmann zurück. Ich arbeitete noch einige Tage, dann begab ich mich auf Arbeitssuche. Ein regnerischer Oktobertag. Vom Hauptbahnhof aus rief ich den Landmaschinenhändler an, dem ich versprochen hatte, in seinem Betrieb zu arbeiten. Eine Frauenstimme meldete sich. Ich heiße Franz Holl, sagte ich. Augenblick, Herr Holl, ich verständige gleich meinen Mann. Nicht notwendig, sagte ich, richten Sie ihm aus, daß ich nicht in seinem Betrieb arbeiten werde. Aber das können Sie uns nicht antun, hörte ich die Frau sagen. Es tut mir leid, sagte ich und hängte auf. Ich erkundigte mich, welcher Bus in die Ignaz-Harrer-Straße fahre. Im Zug hatte ich mir bereits die Stellengesuche in den Zeitungen angeschaut. Ich nahm den Obus und stieg beim Elmokino aus. Im Arbeitsamt war ein Gestank, daß ich gleich wieder gehen wollte. Billiger Tabak. Fußschweiß. Alkoholfahnen. Stinkende Kleider. Saure Gesichter. Der Warteraum klebte vor Dreck. Türen flogen auf, mürrische Beamte keiften, rannten heraus und woanders hinein. Ich mußte mich lange anstellen. Dann schnauzte mich der Beamte über den Schreibtisch an, ob ich Zeugnisse habe. Einen ganzen Haufen, sagte ich. Der Mensch, der vor mir einen Zigarettenstummel ausdämpfte, war aber, wie ich an seinen Blicken sah, nicht zum Spaßen aufgelegt. Ich wollte über den einen und den anderen Betrieb Genaueres erfahren, der Beamte aber griff zum Telefon und sagte, ich habe einen jungen Facharbeiter da, kann ich ihn euch schicken. Draußen denke ich, es handelt sich sicher wieder um eine Gefangennahme. Aber ich bin ja in der Stadt, beruhige ich mich, ich brauch doch jetzt die Stadt. Die Stadt hat alles, was dem Land fehlt. Der Regen klatschte auf die Straße. Menschen gingen. Vom Arbeitsamt bis zum Gehsteig konnte ich stehen und schauen, soviel ich wollte, aber in der Ignaz-Harrer-Straße beherrschte mich schon wieder die Geschichte. Die Augen voller Eindrücke, wurde ich wieder an allem vorbeigejagt. Es war ein Werktagvormittag. Ich ging keine hundert Schritte, dann mußte ich einsehen, daß es unmöglich war, durch die Ignaz-Harrer-Straße zu gehen, wie ich wollte, weil der Gehsteig zu schmal war, die Straße zu schmal war, weil alle liefen. Ich flüchtete mich in eine Metzgerei, verlangte fünfzehn Deka Leberkäs, zwei Semmerl und eine Flasche Bier, zahlte an der Kassa und setzte mich mit den Sachen so zu dem dafür vorgesehenen Tisch, daß ich sowohl die Vorgänge in der Metzgerei als auch durch das Schaufenster die Vorgänge auf der Ignaz-Harrer-Straße beobachten konnte. Der Autolärm machte mich müde. Das Folgetonhorn eines Rettungswagens ärgerte mich, weil ich nicht wußte, wen es erwischt hatte. Ich setzte meinen Gang fort, wollte laufen, von der Metzgerei bis zur Lehener Post laufen, aber es ging nicht. Ich mußte mich dem Gehrhythmus anpassen, ohne zu wissen, wer ihn bestimmte, wer die Gesichter zu launenhaften Gesichtern machte. Von der Straße klatschten andauernd die Regenlachen auf den Gehsteig. Ich fuhr mit dem Bus nach Itzling. Ich erkundigte mich nach einer bestimmten Firma. Die Firma war neu. Laut bürgerlichem Gesetz gehörte die Firma dem Herrn Feinschmied. Ich sah eine hohe Halle mit fünf großen Toren. Aus den Hallen rundherum drang Industrielärm. Lichtbogen grellten aus den Fenstern. Ich ging langsam auf die Einfahrt zu, blieb stehen und überlegte. Es kam mir lächerlich vor, ich geh da über den betonierten Hof und biedere mich im Büro an. Ich werde zu Geld gemacht und muß mich selber anbieten. Diese Lächerlichkeit wurde mir erst jetzt richtig bewußt. Wieder sehe ich nur das Außen, denke ich, wieder erfahre ich nicht, was mich drinnen erwartet. Der Regen trieb mich schließlich durch die Einfahrt. Ich ging über den Hof und versuchte, in das Büro zu schauen, sah aber nur Glas und durchsichtige Vorhänge. Vorm Eingang spannte ich das Regendach ab. Durch eine Glastür sah ich die Werkshalle. Dann sah ich ein Schild mit der Aufschrift ›Unbefugten Zutritt verboten‹. Ah, denke ich, man will nicht, daß ich mir zuerst die Werkshalle anschaue. Ich geh schnell auf den Werkshalleneingang zu und höre hinter mir eine Frauenstimme. Was ich suche, fragt mich eine junge Sekretärin. Arbeit, sage ich. Da müssen Sie ins Büro kommen, sagt sie und hält mir eine andere Glastür auf. Ich gehe an ihr vorbei, sehe einen langen Raum. Drei Sekretärinnen blicken von der Arbeit auf. Den Schirm, sage ich und seh auch schon einen Schirmständer, stecke meinen Schirm hinein. Die Sekretärin, die mich an der Werkshallenbesichtigung gehindert hatte, sagte mir, ich solle warten. Sie ging die Bürofenster entlang auf eine Glastür zu, durch zwei Abteilungen in eine dritte, sprach dort, wie mir schien, mit Herrn Feinschmied. Ich versuchte, einen unbekümmert Wartenden zu spielen, was mir aber nicht gelang, weil mich die neue Umgebung irritierte. Es gab keine Sitzgelegenheit. Ich mußte frei dastehen. Meine Hände, die ich von Kind auf brauchte, um mich freizuarbeiten, hingen nun untätig und viel zu groß aus den Rockärmeln. Aus den hinteren Abteilungen wurden Blicke auf mich gerichtet. Zwei Männer und eine Frau. Die Sekretärin kam zurück und sagte mir mit ruhigem, ernstem Ton, Herr Feinschmied wolle mich sprechen. Ich tappte an den Sekretärinnen vorbei, durch die Abteilungen, Herrn Feinschmied entgegen, der mit dem Gesicht zu mir hinter einem blanken Tisch saß, modisch angezogen. Eine Begrüßung. Zuerst bin ich mit Herrn Feinschmied allein. Ich lege Zeugnisse vor, berichte Berufliches. Herr Feinschmied erzählt, was der Betrieb geleistet hat und leisten wird. Frau Feinschmied wird telefonisch von der vorletzten Abteilung herübergerufen, ist aber, keine vier Meter von uns entfernt, nur durch eine Glaswand von uns getrennt. Meine Zeugnisse finden Gefallen. Dann höre ich Herrn Feinschmied plötzlich sagen, dreizehn Schilling brutto und verbilligtes Quartier. Mich haut es fast vom Stuhl, und ich sage, aber Herr Feinschmied, der Landmaschinenhändler bietet mir einen Stundenlohn von fünfundzwanzig Schilling netto und freies Essen und freies Quartier. Herr Feinschmied drohte mir darauf mit baldigen Lohnerhöhungen. Ich wollte mich gleich auf der Stelle erschießen, hatte aber keine Pistole bei mir. Ich ließ mir sagen und glaubte es auch, daß die Firmen rundherum nicht mehr als Herr Feinschmied zahlten. Der Landmaschinenhändler, von dem ich mir die Arbeitsbedingungen hatte schildern lassen, kam nicht in Frage, weil ich da wieder auf dem Lande hätte leben müssen. Das Land hatte ich aber einfach bis in den letzten Winkel so satt, daß ich mich für einen Bruttostundenlohn von dreizehn Schilling an Herrn Feinschmied verkaufte. Ich stürzte hinaus in den Regen. Die Ahornbäume verloren schon Laub. Mit allen erdenklichen Verwünschungen irrte ich durch eine Allee und dachte, wie schön wäre es, würde mich in dieser Straße jemand durch einen gut angebrachten Schuß niederstrecken. Mir war auf einmal alles so gleichgültig, daß ich nicht einmal mehr das Regendach aufspannte. Ich erkundigte mich bei einem aussteigenden Lastwagenfahrer nach dem Bahnhof. Mich selber ernst zu nehmen, war nach diesem Büroerlebnis ausgeschlossen. Holl, du Trottel, sagte ich, von deinen zwanzigeinhalb Jahren arbeitest und quälst du dich vierzehneinhalb Jahre ab und verkaufst dich für einen Bruttostundenlohn von dreizehn Schilling. Das kann doch nicht wahr sein. Das kann einfach nicht stimmen. Herr Feinschmied, fiel mir ein, hatte mir väterliche Ratschläge erteilt. In meiner Wut lief ich an einer Schlosserei vorbei und hörte plötzlich Hammerschläge, lief zurück und erkundigte mich nach dem Meister und fragte ihn, ob er jemanden brauche. Er schaute mich von oben bis unten an und sagte, wenn du tüchtig bist. Tüchtig, dachte ich verärgert und holte meine Zettel aus der Tasche. Welchen Stundenlohn zahlst du, fragte ich. Er überlegte lange und sagte, für den Anfang fünfzehn. Netto oder brutto, fragte ich und hörte: brutto.

Zwei Gesellen sah ich, denen ich nicht allzuviel Intelligenz zutraute. Ich nahm dem Mann meine Zettel ab und ging, weil ich mir sagte, für zwei Schilling mehr nehme ich keine Unternehmeranwesenheit in Kauf.

Um die Koffer nicht mit mir herumschleppen zu müssen, warf ich sie in einen Taxikofferraum und ließ mich zur Firma fahren. Das war am anderen Tag gegen fünf. Der Betriebsleiter übergab mir im Büro einen Haustürschlüssel mit der Aufforderung, ihn nicht zu verlieren. Herr Feinschmied schritt aus den Abteilungen heraus und grinste mich im Vorbeigehen an. Mir schien, er konnte sich nur mehr entfernt an mich erinnern. Er sagte irgend etwas, das ich nicht verstand. Und Zimmerschlüssel, fragte ich. Den kriegst du vom Hausmeister, sagte der Betriebsleiter. Eine Sekretärin rief durch die Sprechanlage den Hausmeister aus. Der Hausmeister kam viel später. Gegen sechs fuhren wir in die Schallmooser Hauptstraße. Ich schleppte meine Koffer in ein altes, finsteres Haus, über einen engen, stinkenden, finsteren Gang auf eine eingetretene Tür zu, und ich kam mir auf einmal vor wie in einem Film. Der Hausmeister, den ich auf fünfunddreißig schätzte, riß Witze und fragte mich, wo ich herkomme. Zimmerschlüssel war ein Witz. Das war keine Tür, was der Hausmeister mit dem Stiefel aufstieß, das war stinkendes Brennholz. Stockpritschen sah ich. Dann sah ich Löcher in den Fensterscheiben. Dann eine an einem isolierten Draht befestigte Glühbirne. Abgeblätterter Putz. Auf dem Gang befand sich ein winziges Waschbecken. Die Löcher in den Fenstern, sagte der Hausmeister, stammen von Bierflaschen, die die Arbeiter durch die geschlossenen Fenster hinausgeworfen haben. Kein Kasten, sagte ich und drehte mich, ich sehe keinen Kasten. Du hast recht, sagte der Hausmeister, ich sehe auch keinen Kasten. Dann sagte er, jetzt zeig ich dir noch, wo das Scheißhaus ist. Brauchst du nicht, sagte ich,

ich würde nicht einmal da, wo mir die Firma zumutet, daß ich wohnen soll, scheißen, wie will ich da wissen, wo in dieser stinkenden Bruchbude ein Scheißhaus ist. Ich pfiff vor mich hin. Diese Zumutung machte mich fast wahnsinnig. Ich konnte mich nicht erinnern, jemals einen derart verwahrlosten Stall angetroffen zu haben. Mir war so elend, daß ich es nicht einmal denken konnte, wie elend mir war. Außerhalb der durchlöcherten Fenster der abendliche Lärm einer fremden Stadt, die mir auf einmal Angst machte. Herinnen ekelte mich vor jedem neuen Atemzug. Ich wagte nicht, etwas anzufassen. Ich konnte nicht ausmachen, wann zum letzten Mal ein menschlicher Körper auf einer der acht Pritschen gelegen war. Monate muß das her sein, dachte ich. Überall lagen und standen ausgetrunkene Bierflaschen, Weinbrandflaschen, Schnapsflaschen, aufgemachte Konservenbüchsen, Sokken, zerrissene Stiefel, alte Schuhe, verkrustetes Eßgeschirr. In unmittelbarer Nähe heulte ein Folgetonhorn auf und ließ mich zusammenzucken. Wie zwei Witze standen meine Pappkoffer, die ich mir am Vortag gekauft hatte, neben mir auf dem Boden. Kein Tisch. Nur ein halb zertrümmerter Stuhl. Mir fiel ein, daß mir Herr Feinschmied geraten hatte, nicht jeden Abend auszugehen. In seinem blanken Büro hatte ich diesen Ratschlag achtlos beiseite geschoben, jetzt mußte ich an ihn denken. Um es bis zur Ankunft der Arbeiter, die nebenan und auf der Hinterseite hausten, auszuhalten, pißte ich an verschiedenen Stellen die Wände an und sang dabei.

In der Früh war ich schon wieder ein anderer Mensch. Die verschlafenen, mürrischen Gesichter, die mich durch Windschutzscheiben anstarrten, denen ich, hinter einem südländischen Arbeiter hergehend, begegnete, erschienen mir nicht mehr launenhaft. Mir selber war nach dem, was mir der Südländer am Abend angedeutet hatte, auch nicht mehr zum Reden zumute. Die neue Umgebung tat ihr übriges. Mein Körper, in dem sich viel Energie angesammelt hatte, schritt mit mir auf den Eingang zu. Unser Eingang befand sich auf der Rückseite des Büros. Eine blau-schwarz lackierte Stahltür stand offen. Rechts sah ich eine Mauer mit Oberlichten, links die Fenster des Aufenthaltraumes. Vor dem Eingang standen einige Männer in verschmierten Arbeitsanzügen und rauchten billige Zigaretten. Schon wieder ein Neuer, sagte einer. Auf meiner Uhr war es zehn Minuten vor sieben. Der Südländer führte mich in den Umkleideraum, der, wie ich sah, auch zugleich Waschraum war. Auf dem gelben Plafond brannten Neonröhren, sonst war alles hellgrau, schwarz, dunkelgrau. Links und rechts an den Wänden entlang standen Stahlspinde. Stickige Luft erfüllte den Raum, der einem langen Gang glich. Er war so eng, daß einer den andern beim Kleiderwechseln hinderte. Der Südländer schlängelte sich fluchend an Fluchenden vorbei bis zur Mitte durch. Ein Mann, der sich mir als Betriebsrat vorstellte, gab mir zu verstehen, daß im Laufe des Tages ein Spind für mich frei würde. Geld und falls ich sonst etwas von Wert bei mir hätte, könnte ich im Magazin deponieren. Mein Dialekt, der nicht in diesen Umkleideraum paßte, verursachte Gelächter. Ich schwieg und stürzte mich in ein Umziehabenteuer. Ich war verwirrt. Die fremden Menschen verwirrten mich. Ich benahm mich wie ein Gastarbeiter. Ich zog mich um und wußte auf einmal nicht, was ich mit meinem Sakko anfangen sollte. Was tue ich jetzt mit meinem Sakko und meinem Hemd? Halbschuhe und Socken steckte ich in den Umhängbeutel. Was mache ich mit der Armbanduhr? Plötzlich durchzuckte mich ein schrecklicher Lärm. Ich glaubte, ununterbrochen gegen die Wand springen zu müssen. Alle Gegenstände bebten. Alles lief, schlug Türen zu. Ich kannte Pausenzeichen. Ich kannte Sirenen. Aber dieser Lärm war schrecklich und hielt an. Ich raffte meine Sachen zusammen, Sakko, Hemd, Umhängbeutel, und eilte einen Gang entlang. Überall herrschte dieser unerträgliche Lärm. Er kam aus Stahltrichtern und brach erst nach einigen Minuten plötzlich ab. Ich stand in der Werkshalle. Der Mann, der den Betriebsleiter spielte, winkte mich zu sich und sagte, er arbeitet heute mit dem Vorarbeiter Leimberger. Leimberger, dachte ich, ist mir der Name Leimberger genannt worden? Wer ist dieser Vorarbeiter Leimberger, fragte ich den Betriebsleiter. Da muß er in der Halle fragen, bekam ich zur Antwort. Ein Vorschlaghammer donnerte gegen eine Stahlbordwand. Woanders heulte ein Schweißgerät auf. Die Arbeiter riefen einander Namen und Spitznamen zu. Tore wurden aufgeschoben. Ich legte mein Sakko und das Hemd auf den Umhängbeutel und stellte diese neben der Werkmeisterkabine ab. Während ich mich weiter unten nach Leimberger erkundigte, trafen mich fast gleichzeitig am Ohr und am Genick zwei Fensterkittkugeln, die nur aus Blasrohren stammen konnten. Ich schaute ganz beiläufig in die ungefähre Schußrichtung, entdeckte aber kein Blasrohr. Ich sagte mir, du darfst dir nichts anmerken lassen. Ich such den Vorarbeiter Leimberger, fragte ich einen jungen Arbeiter. Der schickte mich in den hintersten Hof, wo ein Schwerhöriger, der nicht Leimberger war, an einem Bretterstapel herumriß, mir aber auch nicht sagte, daß er nicht Leimberger sei, sondern mich gleich in ein Bretterherausziehen verwickeln wollte. Leimberger selber fand ich, an einem Schneepflug reißend, in der Halle. Ich sang ihm schnell die wichtigsten Informationen vor. Ich sang meine Namen. Ich sang, aus welcher Gegend ich kam und was ich dort gelernt hatte. Auf sein Geheiß machte ich mich auf den Weg ins Magazin, dabei traf mich wieder eine Fensterkittkugel, eine andere sauste knapp am Genick vorbei. Ich sprang schnell hinter einen Fernlaster, rieb an der Stelle, wo mich die Fensterkittkugel getroffen hatte. Im Augenblick fiel mir nichts ein, wie ich am besten gegen zwei mir unbekannte Blasrohrschützen vorgehen könnte, außerdem beschäftigten mich eine Menge anderer Gedanken. Am Magazinschalter, standen Männer verschiedenen Alters Schlange und faßten Bier, Werkzeug und Bestandteile aus, zwickten einander, schlugen zurück, griffen einander in die Geschlechtsgegend, schrien auf. Im Magazin wurde ich von einem Mann, der sich mir als Lagerleiter vorstellte, mit Sie angesprochen. Während er mir einen Werkzeugkasten aushändigte und mit mir den Bestand prüfte, in einer durch und durch ernsten Manier, erfuhr ich, daß mir bei der Abgabe das fehlende Werkzeug vom Lohn abgezogen würde. Dieser Mensch war mir widerlich. Ich war kaum draußen und erfuhr von einem jungen Arbeiter, daß der Lagerleiter einer von den Spürhunden sei, in seiner Gegenwart kein Wort gegen die Firma, gegen den Herrn Feinschmied. Ich schleppte den Werkzeugkasten durch die Halle, scharf umherblickend wegen der Blasrohrschützen, und ärgerte mich über das Zeitungsinserat, das ich, bevor ich das Arbeitsamt aufsuchte, gelesen hatte, Spitzenlöhne, angenehmes Betriebsklima, Ledigenquartiere, Aufstiegsmöglichkeiten etcetera. Leimberger war knapp über dreißig Jahre alt. Er gehörte zum Stamm der Belegschaft. Wir droschen wie die Wilden mit schweren Vorschlaghämmern auf den verbogenen Schneepflug ein. Ich arbeitete unter Beobachtung, konnte aber nicht feststellen, wer mich beobachtete. Den Betriebsleiter sah ich einmal weiter hinten stehen und schauen. Die andern arbeiteten rundherum oder gingen vorbei. Es herrschte ein unregelmäßiger, aber ständiger Lärm. Neue und gebrauchte Fernlastzüge standen in der Halle. Ich griff wieder zu einer alten Methode: arbeiten und schweigen. Gearbeitet wurde, wie ich bald feststellte, umständlich und unbeholfen. Eine halbe Stunde irrte ich nur herum, um ein Schweißgerät aufzutreiben. Überall blitzten grelle Lichtbogen auf. Aus den Gesichtern starrten mich rot unterlaufene Augen an. Ich mußte mit vorgehaltener Hand gehen oder blinzeln, um meine Augen auf das Notwendigste vor ultravioletten Strahlen zu schützen. Die Schweißkabel waren schadhaft und überall mit alten Fetten verschmiert. Den Weg zum Schneepflug mußte ich ausräumen. Dann mußte ich erst einen Schweißschirm finden, auf Lastwagenbrücken hinaufschreien, wenn ein Arbeiter oben war, oder selbst hinaufklettern, wenn keiner oben war oder einer oben war, mich aber infolge des ohrenbetäubenden Lärms, den er notgedrungen machte, nicht hören oder mich weder hören noch sehen konnte. Ich mußte zwischen den Lastzügen durchlaufen, mich bücken und unter die Lastzüge schauen, in die Montiergruben hinuntersteigen, bald aufrecht, bald gebückt die Montiergruben abgehen, bis ich endlich im hintersten Winkel einen Schweißschirm fand, an dem der Griff fehlte und das Schutzglas zerbrochen war. Aber das war das Wenigste, denn ich mußte sowieso zum Magazinschalter, um Elektroden auszufassen, da konnte ich auch gleich ein neues Schutzglas verlangen. Am Magazinschalter wurde dieses Mal gedrängt und geflucht. Ich wußte nicht warum. Ich sah nur, daß vier junge Männer gleichzeitig durch die Schalteröffnung hineinfluchten, daß der Lagerleiter von seinem Schreibtisch aufsprang und einen zwischen fünfundvierzig und fünfzig Jahre alten Mann, der Brillen aufhatte, kräftig anschrie. Was der um einen Kopf kleinere Lagerleiter dem andern ins Gesicht schrie, konnte ich nicht hören, weil in unserer Nähe mit dem Federnhammer und weiter hinten mit einer hochtourigen Metallkreissäge gearbeitet wurde. Der Alte rannte, mit den Händen durch die Luft fuchtelnd, dem schreienden Lagerleiter davon, zwischen Regalen durch. Über dem Magazinfenster sah ich verstaubte Schilder, die anscheinend Arbeitsunfällen vorbeugen sollten. Der Lagerleiter, eine Halbschuhexistenz in einem hellblauen Mantel, setzte sich wieder zum Schreibtisch. Der Mann, den er angeschrien hatte, erfuhr ich, hieß Helmut Lexer. Er kam mit schweren Schraubenschlüsseln zum Vorschein, warf diese zornig auf den mit Blech beschlagenen Schaltertisch. Die jungen Männer griffen nach ihm, erwischten ihn aber nicht. In seiner Wut brüllte Lexer dann mich an, weil ich nicht wußte, für welche Firma der Auftrag war, anschließend bewegte er den Kopf hin und her, als wäre er von mir entsetzt oder enttäuscht. Ich lief ohne Widerrede zu Leimberger. Leimberger brauste auf, jetzt bring endlich Elektroden. Wem gehört der Schneepflug, schrie ich. Bis ich wieder beim Magazinschalter war, standen schon wieder drei andere dort. Vorgenommen hatte ich mir, ins Magazin hineinzugehen und Lexer zu sagen, daß er mit mir weder zu brüllen noch mir durch Kopfschütteln etwas anzudeuten habe, aber Lexer war weg und damit auch die Situation. Du hättest nicht zu Leimberger laufen sollen, warf ich mir vor, sondern sofort mit Lexer abrechnen sollen. Du mußt mit Menschen, die nicht normal reden, auf der Stelle abrechnen, sonst wird das eine furchtbare Gewohnheit. Ich verlangte, als ich dran war, schreiend Elektroden und ein neues Schutzglas. Aber schnell, schrie ich, ich habe keine Zeit, den halben Vormittag unsinnig herumzupassen. Die giftigen Dämpfe, die mir ins Gesicht stiegen, atmete ich in gleichmäßigen Zügen ein. In dieser ruhigen Körperhaltung erinnerte ich mich an den Winter, als ich zwei Monate lang jeden Samstag und Sonntag Schweißkurse besuchte, um Siegbert Seifert und den Tenngauer Kirchgängen aus dem Weg zu gehen. Damals fühlte ich mich in den Schweißkabinen des Wirtschaftsförderungsinstituts zu Hause, weil der Mann, der uns Teilnehmern das Schweißen beibrachte, ein ruhiger, humorvoller Mensch war, der uns den Unternehmerinteressen entgegengesetzte Ratschläge erteilte. In der Dunkelheit verließ ich gern das Haus, stolperte über Schnee, fuhr mit dem Bus, fuhr mit dem Zug, um einen Tag lang einen angenehmen Menschen in der Nähe zu haben. Da habe ich mit Begeisterung zugehört, und alles war auf einmal klar, weil dieser Mensch jeden Arbeitsgang bis ins Detail erklären konnte. Ich wußte jetzt, was sich vor meinen Augen abspielte. Der Lichtbogen fauchte nicht mehr unverständlich gegen die Schweißstelle. Ich wußte, warum der Lichtbogen auf die Schweißstelle blies. Ich konnte ihn spielend regulieren. Der Vorarbeiter Leimberger, der mir das anscheinend nicht zugetraut hatte, war nach einigen Schweißnähten von mir begeistert. Er erkundigte sich nach meinem Stundenlohn.

Um neun kam wieder dieser entsetzliche Lärm aus den Trichtern. Alles stürmte auf den Ausgang zu, durch den Gang, in den Aufenthaltsraum, wo ein Gemischtwarenhändler aus einem Korb die Jause, die wir bei einem Lehrmädchen bestellt hatten, an uns verkaufte. Es gab da lange, graue Tische und lange, graue Bänke ohne Rükkenlehne, eine Warmhalteanlage und ein Schild: ›Die Mitarbeiter werden aufgefordert, Verbesserungsvorschläge im Büro zu melden.‹ Ansonsten waren die Wände kahl. Der Raum war ziemlich neu und sauber aufgeräumt. Ungefähr vierzig Leute konnten sitzen. Bis ich dem Gemischtwarenhändler meine Jause bezahlt hatte, waren alle Bänke besetzt. Ich hielt nach einem Platz Ausschau und dachte, es wird wohl hoffentlich bald einer soweit sein und sagen, dieser junge Mann braucht einen Platz. Ich war nicht der Mensch, der sich schnell irgendwo einmischt oder aufdrängt. Ich schaute hin, viele schauten her, aus kauenden, verschmierten Gesichtern. Leimberger forderte schließlich seine Bankreihe auf, etwas zusammenzurücken. Einige murrten, rückten aber dann doch so weit zusammen, daß ich zwischen Leimberger und einem anderen einen Platz bekam. Es fiel kaum ein Wort. Alles war auf das heftigste mit Kauen und Schlukken beschäftigt. Ich war durch meinen Aufenthalt im Verzug. Die anderen hatten schon eine Wurstsemmel oder ein belegtes Brot im Magen liegen, ich biß meine Wurstsemmel erst an, würgte den Bissen hinunter und schüttete Bier nach. Die Ziffer fünfzehn auf den Armbanduhren machte mir Angst, weil ich wußte, daß mich dann wieder dieser Lärm durchzucken würde. Aber auch das Wort Mitarbeiter bereitete mir Kummer. Ich haßte dieses Wort. Ich brachte es sofort mit dem Zeitungsinserat in Zusammenhang. Das Bier schmeckte mir nicht, aber ich brauchte es, um die trockene Wurstsemmel weiterzubringen. Der Jausenlärm verwandelte sich fast gleichzeitig in Papierrascheln, in Einpack- und Wegräumtätigkeit. Mir schien, daß sich auch die andern vor der Lärmanlage fürchteten, denn sie schauten auf die Uhr und wurden unruhig, witzelten oder warteten nur noch aufs Aufspringen. Und plötzlich brach der Lärm wieder los. Alle rannten auf den Ausgang zu. Selbst im Gehen war der Lärm unerträglich. Ich lief zum Schneepflug und schaltete das Schweißgerät ein. Bei Bruckmann war mir das Schweißgerät peinlich, jetzt benutzte ich das Schweißgerät als Gegenlärm, was rund um mich herum auch andere Menschen machten. Wann kommt der Herr Feinschmied, schrie ich. Halb zehn, zehn, schrie Leimberger. Feinschmied kam kurz nach halb zehn. Überall, wo ein Mensch zu sehen war, sah ich den Unternehmer Feinschmied hingehen und mit dem Kopf nicken. Es dauerte eine Weile, bis er in unsere Nähe kam. Er winkte Leimberger zu sich, sprach kurz mit ihm und ging auf mich zu, wünschte mir einen guten Morgen und sagte, Sie bekommen ab sofort fünfzehn. Ich sagte darauf nichts. Er ging weiter, grüßend und kopfnickend. Vielleicht weiß er vom Quartier gar nichts, dachte ich, erinnerte mich aber, daß mir der Südländer gesagt hatte, daß Feinschmied über alles unterrichtet sei. Mich machte nur stutzig, daß der Unternehmer Feinschmied mit mir bei der Aufnahme gesprochen hatte, als hätten wir gemeinsam ein Stück Welt zu bewältigen. Dagegen sprach wieder, daß er am darauffolgenden Tag achtlos an mir im Büro vorbeigegangen war. Ich schweißte und spürte, daß etwas nicht mit mir stimmte. Irgend etwas mußte sich innerhalb weniger Stunden mit mir ereignet haben. Ich bekam es aber nicht heraus. Um zehn ging ich ins Büro. Die Sekretärinnen grüßten mich mit Herr Holl. Eine lächelte mir sogar zu. Das war mir peinlich. Den Herrn Betriebsleiter möchte ich sprechen, sagte ich. Mir kam es auf einmal wieder ungeheuerlich vor, daß mir dieser Mensch einen Haustürschlüssel ausgehändigt und mich aufgefordert hatte, ihn nicht zu verlieren. Vor dem Büro sah ich den Sportwagen des Herrn Feinschmied stehen. Ich wurde angemeldet und zum Betriebsleiter vorgelassen. Braucht er etwas, fragte mich der Betriebsrat. Ein Quartier, sagte ich aufgebracht. Daraufhin kamen der Herr Feinschmied und die Frau Feinschmied aus ihren Abteilungen und fragten mich besorgt, ob sie etwas für mich tun könnten. Ich kann, merke ich, während ich vom Quartier rede, das Quartier einfach nicht schildern. Der Herr Feinschmied brauste auf, ließ sofort den Hausmeister ausrufen und war mit seiner Empörung ganz auf meiner Seite und mit ihm auch die Frau Feinschmied. Nicht die geringste Feindseligkeit konnte ich entdecken. Ganz leger besprachen sie mit mir die Quartierfrage aus meiner Sicht, so daß ich auf einmal wieder denken mußte, die sorgen sich um mich. Ich verließ das Büro mit der festen Zusage, daß spätestens um sechzehn Uhr ein ordentliches Quartier für mich gefunden sei. Als ich kurz nach siebzehn Uhr mit einem jungen Mann, der sich Ernst August nannte, durch den Hinterausgang erschöpft die Firma verließ, erfuhr ich, daß zu Mittag einem anderen gekündigt worden war. Jetzt verstand ich auch, warum mir der Betriebsrat in der Früh gesagt hatte, daß im Laufe des Tages für mich ein Spind frei würde.

Von Franz Innerhofer
erschienen im Suhrkamp Verlag

Schöne Tage. Roman. 1976. 240 S. *suhrkamp taschenbuch* Band 349

in Vorbereitung: Die großen Wörter. Roman. 176 S. *suhrkamp taschenbuch* Band 564 (November 1979)

Junge österreichische Literatur
in den suhrkamp taschenbüchern

H. C. Artmann, Grünverschlossene Botschaft. 90 Träume gezeichnet von Ernst Fuchs. 1972. Band 82

–, How much, schatzi? 1973. Band 136

–, Unter der Bedeckung eines Hutes. Montagen und Sequenzen. 1976. Band 337

–, ein lilienweißer brief aus lincolnshire. gedichte aus 21 jahren. 1978. Band 498

The Best of H. C. Artmann, 1975. Band 275

Thomas Bernhard, Gehen. Erzählung. 1971. Band 5

–, Frost. 1972. Band 47

–, Das Kalkwerk, Roman. 1973. Band 128

–, Die Salzburger Stücke (Der Ignorant und der Wahnsinnige; Die Macht der Gewohnheit). 1975. Band 257

–, Der Kulterer. Eine Filmgeschichte. 1976. Band 306

Helmut Degner, Graugrün und Kastanienbraun. Aufzeichnungen eines Neurotikers. 1979. Band 529

Peter Handke, Chronik der laufenden Ereignisse. Filmbuch. 1971. Band 3

–, Die Angst des Tormanns beim Elfmeter. Erzählung. 1972. Band 27

–, Stücke 1 (Publikumsbeschimpfung; Weissagung; Selbstbezichtigung; Hilferufe; Kaspar). 1972. Band 43

–, Ich bin ein Bewohner des Elfenbeinturms. Mit Abbildungen. 1972. Band 56

–, Stücke 2 (Das Mündel will Vormund sein; Quodlibet; Der Ritt über den Bodensee). 1973. Band 101
–, Wunschloses Unglück. Erzählung. 1974. Band 146
–, Die Unvernünftigen sterben aus. 1973. Band 168
–, Der kurze Brief zum langen Abschied. 1974. Band 172
–, Als das Wünschen noch geholfen hat. Mit Abbildungen. 1974. Band 208
–, Falsche Bewegung. 1975. Band 258
–, Die Hornissen. Roman. 1978. Band 416
–, Die Stunde der wahren Empfindung. 1978. Band 452
–, Das Gewicht der Welt. Ein Journal (November 1975 bis März 1977). 1979. Band 500
Franz Innerhofer, Schöne Tage. Roman. 1977. Band 349
–, Schattseite. Roman. 1979. Band 542
Walter Kappacher, Morgen. Roman. 1976. Band 339
Alfred Kolleritsch, Die grüne Seite. Roman. 1976. Band 323
Friederike Mayröcker. Ein Lesebuch. 1979. Band 548
Peter Rosei. Landstriche. Erzählungen. 1975. Band 232
–, Wege. Erzählungen. 1976. Band 311

st 490 Max Brod, Tycho Brahes Weg zu Gott
Roman
Mit einem Vorwort von Stefan Zweig
276 Seiten
»Nichts ist bloß Einfall, dekoratives Detail in diesen Romanen, zufällig aufgelesener, aus Büchern gelesener Stoff, der koloristisch verlockt, sondern aus einer Notwendigkeit der Aussagen und des Bekennens stellt nun der Dichter seine Gestalten gegen die Welt, um sich selbst in ihnen und sich die Welt durch sie zu erklären.« *Stefan Zweig*

st 491 Christiaan L. Hart Nibbrig
Ästhetik
Materialien zu ihrer Geschichte. Ein Lesebuch
344 Seiten
Dieses Lese- und Arbeitsbuch versammelt im Sinne einer historischen Collage Gedanken zum Phänomen der Schönheit und der Kunst von der Antike bis in unsere Tage. Kurze Stichworte umreißen jeweils einleitend Ansatz und Position von mehr als hundert Autoren, die hier zu Wort kommen. Sie vertreten nicht nur den Bereich der Theorie, sondern auch der Literatur, der bildenden Kunst und der Musik.

st 492 György Konrád, Der Besucher
Roman
Aus dem Ungarischen von Mario Szénessy
Mit einem Nachwort von Walter Jens
208 Seiten
»Konrád hat ein uraltes Motiv gewählt: Ein König, vom Herrschen angewidert und gelangweilt, verspürt plötzlich

Lust, sich unter seine Landeskinder zu mischen. ... Nur ist diesmal der ›Herrscher‹ ein Fürsorgebeamter. Seinen Reden – einem Sturzbach von beruflichen Erlebnissen, von Betrachtungen, Episoden aus dem Leben der Ausgestoßenen –, den Reden des Helden entnimmt man allmählich, daß er eine Veränderung seiner Situation herbeisehnt.« *Frankfurter Rundschau*

st 493 Realismus als Widerspruch
Die Wirklichkeit in Courbets Malerei
Herausgegeben von Klaus Herding
Mit Abbildungen
338 Seiten
Gustave Courbet gilt als der »Vater des Realismus« in der Malerei. Was aber realistische Kunst im 19. Jahrhundert war und was sie für uns bedeuten könnte, ist weithin offen geblieben. Es stellt sich die Frage nach dem politischen und ästhetischen Rahmen der »bataille réaliste«. Daher kommen in den Beiträgen dieses Bandes Journalisten und Karikaturisten ebenso zu Wort wie Schriftsteller und Maler, Kunsthistoriker und Philosophen. Mit den erstmals ins Deutsche übertragenen Quellen und den darauf gegründeten Werkanalysen soll die gegenwärtige Realismusdebatte eine breitere Basis erhalten.

st 494 Machado de Assis
Postume Erinnerungen des Brás Cubas
Nachträge zu einem verfehlten Leben
Roman
Aus dem Brasilianischen übersetzt von Erhard Engler
286 Seiten
Was Brás Cubas uns von jenseits des Grabes mitteilt, ist nichts weniger als ein Bildungsroman. Es sind die Erlebnisse, Erfahrungen und Einsichten eines Müßiggängers und der Handvoll Personen seines Umkreises. Lange, kurze, kürzeste und blankgelassene Kapitel vermitteln uns seine häufig – stets zu unserem innigen Vergnügen – durch Reflexionen, Vertraulichkeiten, Apropos, Anekdoten, Bonmots unterbrochene Lebensbeichte.

st 496 Dieter Kühn, Stanislaw der Schweiger
Roman
168 Seiten

Stanislaw der Schweiger spielt im 19. Jahrhundert in den unheimlichen Karpaten, wo, wie man weiß, die Vampire zu Hause sind. Doch Graf Stanislaw ist kein gieriger Blutsauger. Er, der nie ein Wort sagt, ist ein Wort-Vampir: er saugt Wörter und Geräusche in sich auf, ist ein »akustischer Allesfresser«.
»... ein toller Spaß, der sich nicht selten ins Unheimliche, Beklemmende steigert.« *Günter Blöcker*

st 497 Über Hans Carossa
Herausgegeben von Volker Michels
452 Seiten
Im Verhältnis zur Fülle der vorwiegend positiven Beurteilungen früherer Jahrzehnte belegt unser Band das spannendste Kapitel der deutschen Carossa-Rezeption *nach* dem Erscheinen des zeitgeschichtlichen Rückblicks *Ungleiche Welten* überproportional genau, weil es ein Stück auch heute noch verdrängter, »unbewältigter« deutscher Vergangenheit dokumentiert.

st 498 H. C. Artmann, ein lilienweißer brief aus lincolnshire
Gedichte aus 21 Jahren
herausgegeben und mit einem Nachwort von Gerald Bisinger
mit einem Porträt H. C. Artmanns von Konrad Bayer
528 Seiten
Dieser umfangreiche Band vereinigt über 450 Gedichte von Artmann und bringt zudem in einem Anhang die Gedichte, die Hannes Schneider aufgefunden hat, nachdem diese Sammlung 1969 erstmals erschienen war. »Wir haben meines Wissens zur Zeit im deutschen Sprachraum keinen Verwandlungskünstler ähnlichen Ausmaßes und verwandter Gescheitheit wie H. C. Artmann.«
Karl Krolow

st 499 Volker Braun, Gedichte
160 Seiten
Der unerbittliche, direkte Ton, die verheißungsvoll pathetische Geste der frühen Gedichte, in denen sich der ungebärdige und kritische Optimismus einer neuen Gesellschaft zu Wort meldete, ist einer nüchterneren, aber auch

persönlicheren Sprache gewichen. Volker Brauns Gedichte haben »für Leser in der Bundesrepublik eine irritierende und herausfordernde Faszination«.

st 500 Peter Handke. Ein Journal
(November 1975 – März 1977)
304 Seiten
»Ich übte mich nun darin, auf alles, was mir zustieß, sofort mit Sprache zu reagieren, und merkte, wie im Moment des Erlebnisses gerade diesen Moment lang auch die Sprache sich belebte und mitteilbar wurde.«
Die Arbeitsmoral dieser exemplarischen Aufzeichnungen ist ihre Genauigkeit, die, selbst wo sie aus der Verzweiflung kommt, eine Art von Freundlichkeit ist gegenüber der Welt. Was hier niedergeschrieben wurde, will nicht zur Nachahmung anstiften; aber man kann daraus leben lernen.

st 501 E. Y. Meyer, In Trubschachen
Roman
218 Seiten
In Trubschachen ist die Erzählung einer Veränderung der vertrauten Lebensverhältnisse. Das ausgewogene Verhältnis von Erzählung und Reflexion macht die Zwangsläufigkeit, die Nüchternheit und den humanen Ernst dieses Textes aus. Der Leser ist aufgefordert, über sich selbst und die eigenen Erfahrungen nachzudenken.
»... Leben als Möglichkeit.« *Rolf Michaelis*

st 502 Hermann Broch, Massenwahntheorie
Kommentierte Werkausgabe Band 12
Herausgegeben von Paul Michael Lützeler
584 Seiten
Nach den erschütternden Erfahrungen mit dem Nationalsozialismus arbeitete Broch im amerikanischen Exil etwa von 1939 bis 1948 an der *Massenwahntheorie.* Während der Vorarbeiten studierte er die Massenpsychologien LeBons, Freuds, Adlers, C. G. Jungs, Reichs, Cantrils und Reiwalds.
»Brochs *Massenwahntheorie* ist die Politeia eines Gesellschaftskritikers, der den freien Blick über die Erscheinungen der Politik und Literatur besitzt. Es ist ein Werk von prometheischer Kühnheit.« *Harry Pross*

st 505 Hermann Lenz, Neue Zeit
Roman
392 Seiten
Die Geschichte des Eugen Rapp, der in München Kunstgeschichte studiert, eine halbjüdische Freundin findet, mit ihr am Alltagsfaschismus die Sabotageakte des scharf Beobachtenden verübt, der als Besatzungssoldat in Frankreich und Frontsoldat in Rußland die Forderung des Tages erfüllt, auf dem Rückzug in amerikanische Gefangenschaft gerät und ins zerschlagene Deutschland zurückkehrt, ist die Geschichte einer Generation.
»Mit *Verlassene Zimmer, Andere Tage* und *Neue Zeit* gibt es jetzt drei Bücher über die erste Jahrhunderthälfte im südlichen Deutschland, die ein poetischer Geschichtsunterricht sind, voller Anmut, voller Würde.«
Peter Handke

st 508 Stanisław Lem, Memoiren, gefunden in der Badewanne
Aus dem Polnischen von Walter Tiel
Mit einer Einleitung des Autors
Aus dem Polnischen von Klaus Staemmler
Phantastische Bibliothek Band 25
286 Seiten
Das »Gebäude«, eine Spionagezentrale, ist »unbesiegbar«. Im Verlauf seiner Entwicklung ständig gewachsen, steht es im unaufhörlichen Kampf mit einem Antigebäude, einer gegnerischen Spionagezentrale, die es durchdrungen hat und von der es ebenso durchdrungen worden ist. Aber ob es gegnerische Organisationen und jenes andere »Gebäude« gibt oder je gegeben hat, weiß niemand. Möglicherweise ist es nur ein projiziertes Feindbild. »Ein Zukunftsalptraum.« *Der Bund, Bern*

st 509 Gerd Maximovič, Die Erforschung des Omega-Planeten
Erzählungen
Phantastische Bibliothek Band 26
310 Seiten
Im Mittelpunkt dieser Erzählungen steht das Prinzip Menschlichkeit, das immer auf der Seite der Geknechteten und Unterdrückten ist. Dies geht satirisch so weit, daß Menschlichkeit eher bei Nicht-Menschen, bei Monstren anzutreffen ist als bei den Menschen selbst.

st 511 Tankred Dorst, Dorothea Merz
Mitarbeit Ursula Ehler
Mit Abbildungen
252 Seiten
Das ist die Geschichte einer jungen Frau in Deutschland von 1925 bis 1934. In Dialogszenen, in Beschreibungen, in Briefen und als Tagebuchnotizen werden die Ereignisse aus dem Leben der Dorothea Merz geschildert.
»Psychologie und Historie – die Verknüpfung gelingt Dorst gerade durch die bewußt offene Form seines Porträts vorzüglich.« *Berliner Morgenpost*

st 512 Walter Jens, Republikanische Reden
222 Seiten
»Walter Jens erweist sich in seinen *Republikanischen Reden* als moderner Aufklärer . . . und als solcher ganz eigentlich als Unzeitgemäßer. Seine bei den Strukturen ansetzende, Symptome aller Arten wach zur Kenntnis nehmende Kritik an unserer Zeit . . . ist nicht zuletzt ein sachliches Plädoyer gegen die herrschende Resignation.«
Aus dem Inhalt: Antiquierte Antike?; Wir Extremisten; Phantasie und gesellschaftliche Verantwortung; Plädoyer für einen Pluralismus der Wissenschaft; Wider die Isolation; Fußball: Versöhnung mitten im Streit?; u. a.

st 514 Milan Kundera, Der Scherz
Roman
Aus dem Tschechischen von Erich Bertleff
Mit einem Nachwort von Louis Aragon
Aus dem Französischen von Peter Aschner
340 Seiten
Mit einer Geringfügigkeit begann es: der Student Ludvik Jahn war bemüht, seine Überlegenheit und seinen gelassenen Zynismus Markéta zu beweisen und schrieb ihr eine Karte ins Parteischulungslager. Ein Scherz sollte es sein; doch die Macht versteht keinen Scherz. Und so beginnt die Auseinandersetzung, die er mit sich selbst und der sozialistischen Gesellschaft führt. 1948: es ist die Zeit der gesellschaftlichen Umwälzung in der ČSSR.
»*Der Scherz* ist ein Beweis dafür, daß der Roman für den Menschen so unentbehrlich ist wie das Brot.«
Louis Aragon

st 519 Heinrich Zimmer, Spiel um den Elefanten
Ein Buch von indischer Natur
Mit 21 Abbildungen
Einleitung von Walter Höllerer
214 Seiten
Heinrich Zimmer geht auf die europäische Kulturgeschichte ein und leitet dann über zur indischen Physiologie: dort steht die Typenlehre des Elefanten in Verbindung mit der Lehre von den Leibesstoffen, und diese korrespondiert wiederum mit den vier Kastentypen und ihren symbolischen Farben, mit den Welt- und Lebensaltern. So ist seine Darstellung zugleich eine lebendige Anschauung indischen Denkens.
»... eine wahre Fundgrube des Aparten, Skurrilen und Geheimnisvollen für historisch abenteuerlustige Leser.«
Nürnberger Zeitung

st 520 Fritz J. Raddatz, ZEIT-Gespräche
Zehn Dialoge mit Günter Grass, Rolf Hochhuth, Thomas Brasch, Joseph Breitbach, Alfred Grosser, Alberto Moravia, Leszek Kolakowski, Susan Sontag, James Baldwin, Hans Mayer
162 Seiten
Im Mittelpunkt dieser zehn Dialoge steht die Frage nach der Verantwortlichkeit des Schriftstellers in dieser Zeit.

st 521 Hans Carossa, Ungleiche Welten
Lebensbericht
230 Seiten
Dieser in den Jahren 1944–1950 niedergeschriebene autobiographische Rückblick ist eines der aktuellsten Bücher Carossas und darüber hinaus ein kulturpolitisches Quellenwerk ersten Ranges. Es rekapituliert die Verflechtungen der deutschen Kultur mit den politischen Ereignissen seit dem Ende des Ersten Weltkriegs und schildert die Genese und die Praktiken des Nationalsozialismus nicht aus der distanzierten Perspektive des Exils, sondern aus dem Erlebnis eines unmittelbar Betroffenen.

st 522 Walter Scheel/Hans Apel
Die Bundeswehr und wir
Zwei Reden
74 Seiten

Zur Diskussion gestellt werden in diesem Band zwei Reden, die Walter Scheel und Hans Apel vor den Kommandeuren der Bundeswehr gehalten haben: *Über die sittlichen Grundlagen von Verteidigungsbereitschaft und demokratischem Bewußtsein* und *Kontinuität in der Sicherheits- und Verteidigungspolitik der Bundesrepublik Deutschland.*

st 523 Christiane Rochefort
Zum Glück gehts dem Sommer entgegen
Roman
Aus dem Französischen von Eugen Helmlé
222 Seiten
»*Zum Glück gehts dem Sommer entgegen* ist eine Warnung an die Erwachsenen, an Eltern, Lehrer und Erzieher, ihre Kinder ernst zu nehmen und es niemals bei erzieherischer Routine bewenden zu lassen.«
Franz Rappmannsberger

st 524 Ernst Claes, Flachskopf
Aus dem Flämischen von Peter Mertens
Mit einem Vorwort und mit Bildern
von Felix Timmermans
232 Seiten
Dieser Roman, 1930 erstmals deutsch erschienen, erzählt Episoden aus der Kindheit von Lodewijk Verheyden, den man in seinem flämischen Heimatdorf wegen seiner blonden Haare nur »Flachskopf« nennt. Es ist, nach Felix Timmermans, »die Geschichte einer sieghaften Jugend, in der der Geist des Reineke Fuchs und Eulenspiegels lebt«.

st 525 Martin Walser, Jenseits der Liebe
Roman
176 Seiten
Walser demonstriert, was es heißt, jene Grenze zwischen Liebe und jenseits der Liebe überschritten zu haben. Er zeigt auf, daß Liebe oder der Mangel daran sich auch sozial begreifen läßt, daß Liebe einsetzbar ist, entzogen werden kann. Daß sie unter vielerlei Namen auftritt und immer ein Teil dessen ist, was uns lebensfähig macht.
»Es ist eine nervige Sprache, in der eine Fülle von Beobachtungen aufgehoben sind.« *National-Zeitung, Basel*

st 526 Jurek Becker, Der Boxer
Roman
320 Seiten
Jurek Becker ist mit der Geschichte Aron Blanks den Folgen eines Krieges nachgegangen, die nicht untersucht und registriert werden, die nicht durch Wiedergutmachung aufgehoben werden. Und die Person des Autors nimmt Anteil am Stillstand und damit am geräuschlosen verspäteten Untergang einer Familie.
»*Der Boxer* zeigt alle Eigenschaften eines sein Thema souverän beherrschenden Erzählers. Es ist ein Meisterwerk geworden.« *Rheinische Post*

st 527 Jochen Schimmang, Der schöne Vogel Phönix
Erinnerungen eines Dreißigjährigen
300 Seiten
Der autobiographische Bericht eines Dreißigjährigen, der die Spätphase der antiautoritären Bewegung, Studium, Kaderarbeit für eine K-Gruppe und den Bruch mit dieser Gruppe, Schwierigkeiten beim Übergang ins Berufsleben, Hoffnungen, Desillusionierung und Depressivität dieser Jahre durchaus repräsentativ, also nachvollziehbar, zum Wiedererkennen und Sichunterscheiden, verfolgt, mitgemacht, erlebt hat.

st 528 Junker/Link, Ein Mann ohne Klasse
Roman
512 Seiten
Neugierig, wach, witzig, eitel, sehr beredet ist dieser »Mann ohne Klasse«, ein energischer Macher, souverän, aber zugleich der wuchernden Vielfalt seines Lebens ausgeliefert, sie frißt ihn auf: die Lebenssituation der siebziger Jahre im Roman.

st 529 Helmut Degner, Graugrün und Kastanienbraun
Aufzeichnungen eines Neurotikers
294 Seiten
Zwischen den Aufenthalten in der Psychiatrie hat der Neurotiker sich acht Jahre lang in seiner Wohnung verkrochen. Er hat Angst und Angst vor der Angst. Eines Tages hat er begonnen, sich aus dieser Angst und aus den zwanghaften Erinnerungen an leidvolle Erfahrungen herauszuschreiben. Er nimmt freieren Kontakt zu Marion

und zu anderen Menschen auf. »Graugrün und kastanienbraun sind nicht mehr nur die Augen und das Haar des Mädchens – das ist für mich das Leben: grau, aber immer auch ein wenig grün, und wenn es schön ist, kastanienbraun.«

st 530 Wolfgang Koeppen, Reisen nach Frankreich
176 Seiten
Die *Reisen nach Frankreich* führen vom äußersten Norden bis nach Marseille und Nizza. Aber bei allen Städten Frankreichs in der Provinz, die Koeppen besucht, spürt er die große Sehnsucht, die nach Paris gerichtet ist. So schließt auch wie selbstverständlich ein großes Paris-Kapitel dieses Buch, das 1961 erstmals erschien, ab.

st 531 Hermann Lenz, Der russische Regenbogen
Roman
176 Seiten
Die junge Russin Tamara wird 1944 als Kriegsgefangene nach Ostpreußen geschafft, von dort flieht sie nach Italien, gelangt aber nur in das Zwangslager einer süddeutschen Stadt. Ihr moralischer Halt sind ihr Haß und das Gift, das sie in der Jacke versteckt hat. Von den Amerikanern befreit, gibt sie ein Fest, das Opfer und ehemalige Feinde vereint.

st 532 Christiane Rochefort, Frühling für Anfänger
Roman
ca. 240 Seiten
Christoph Ronin, sechzehn Jahre, dreht eines Abends durch. Aus der Beschirmtheit durch den häuslichen Fernsehapparat geht er weg und seiner eigenen Wege. Seine Stationen sind Pommes-frites-Buden, Flipperlokale, eine Bibliothek, drei Betten und ein Parkplatz. Der März im Paris des Jahres 1967 wird zum Vorboten des Pariser Mais 1968.

st 534 Stanisław Lem, Der futurologische Kongreß
Aus Ijon Tichys Erinnerungen
Aus dem Polnischen von I. Zimmermann-Göllheim
Phantastische Bibliothek Band 29
144 Seiten
Im Zeitalter der Psychemie werden alle Sinneswahrnehmungen durch chemische Mittel beeinflußt, die die ganze

menschliche Existenz durchdringen, so daß es keine Wirklichkeit mehr gibt, die nicht chemisch manipuliert wäre. Lem betreibt ein Spiel mit der Sprache und imaginiert beiläufig eine Futurologie, die die Zukunft anhand der Umformungsmöglichkeiten der Sprache erforscht.

st 535 Herbert W. Franke, Sirius Transit
Phantastische Bibliothek Band 30
176 Seiten
Ein neuentdeckter, erdähnlicher Planet und eine Firma, die die Besiedlung organisiert: die SIRIUS TRANSIT. Für Barry Griffin bedeutet der neue Planet die Erfüllung alter Träume und Sehnsüchte, und er hofft, daß der ältere Bruder, der Leiter der SIRIUS TRANSIT, ihm einen Job bei den Erschließungsarbeiten verschaffen kann. Schließlich gelingt es Barry, das Geheimnis der SIRIUS TRANSIT aufzuklären, aber er verirrt sich in diesem System perfekter technischer Illusion, in dem die Unterschiede zwischen Wirklichkeit und Täuschung verfließen.

st 558 Erica Pedretti
Harmloses, bitte
80 Seiten
An den Bildern, die Erica Pedretti in anschaulicher Deutlichkeit entwirft, läßt sich der Übergang von der Deskription einer idyllischen Landschaft, des heilen Lebens zur angedeuteten Tragödie erkennen. Dieses Modell ist in einer gegenständlichen Sprache erzählt, die modernste Erzähltechniken ebenso wie den einfachen Satz aufnimmt. So erweist sich der Text als spiegelndes Glatteis, auf dem der, der Harmloses erwartet, zu Fall kommt.

st 559 Ralf Dahrendorf
Lebenschancen
Anläufe zur sozialen und politischen Theorie
238 Seiten
Dieser Band ist ein Versuch, den Begriff der Lebenschancen als Schlüsselbegriff zum Verständnis sozialer Prozesse zu etablieren und in den Zusammenhang geschichtsphilosophischer Erwägungen zur Frage des Fortschritts, sozialwissenschaftlicher Analysen des Endes der Modernität und politisch-theoretischer Überlegungen zum Liberalismus zu stellen.

Alphabetisches Gesamtverzeichnis der suhrkamp taschenbücher